TRANZLATY

El idioma es para todos

ภาษาเป็นสิ่งที่ทุกคนต้องการ

La Transformación
(*La Metamorfosis*)
กลาย

Franz Kafka
ฟรันทซ์ คัฟคา

Español
ไทย

www.tranzlaty.com

Primera parte
ตอนที่หนึ่ง

Gregorio Samsa se despertó una mañana de un sueño intranquilo.
เช้าวันหนึ่ง เกรกอร์ ซัมซา ตื่นขึ้นมาจากการฝันร้าย

Se encontró en su cama, pero incapaz de moverse.
เขาพบว่าตัวเองอยู่บนเตียง แต่ขยับตัวไม่ได้

Se había transformado en una alimaña monstruosa.
เขาได้กลายร่างเป็นสัตว์ร้ายที่น่าเกลียดน่ากลัว

Estaba acostado boca arriba, sobre su espalda, que estaba dura como una armadura.
เขานอนหงายอยู่บนพื้น ซึ่งแข็งเหมือนเกราะ

Levantando un poco la cabeza podía ver su barriga.
เมื่อเขาเงยหน้าขึ้นเล็กน้อย

เขาก็สามารถมองเห็นท้องของตัวเองได้

Pero su vientre estaba abovedado y dividido en segmentos.
แต่ท้องของมันโป่งออกและแบ่งออกเป็นปล้องๆ

La manta descansaba encima de su vientre redondeado.
ผ้าห่มวางอยู่บนท้องกลมๆ ของเขา

Pero la manta estaba a punto de caerse por completo.
แต่ผ้าห่มเกือบจะเลื่อนลงมาหมดแล้ว

Sus piernas eran lamentables comparadas con su tamaño habitual.
ขาของเขาดูเล็กจิ๋วเมื่อเทียบกับขนาดปกติ

Y sus muchas piernas se movían impotentes ante sus ojos.
และขามากมายของเขาก็สั่นไหวอย่างช่วยไม่ได้ต่อหน้าต่อตาเขาๆ

"¿Qué me ha pasado?" pensó para sí.
"เกิดอะไรขึ้นกับฉันกันแน่?" เขาคิดในใจ

Pero no era un sueño del que no pudiera despertar.
แต่มันไม่ใช่ความฝันที่เขาตื่นไม่ได้

- 1 -

En realidad era su propia habitación la que él se encontraba.
ที่จริงแล้วเขาพบว่าตัวเองอยู่ในห้องของตัวเอง

Un auténtico espacio para humanos, aunque un poco pequeño.
เป็นห้องที่เหมาะสำหรับมนุษย์ แต่เล็กไปหน่อย

Él yacía tranquilamente entre las cuatro paredes conocidas.
เขานอนนิ่งอยู่ระหว่างกำแพงทั้งสี่ที่คุ้นเคยกันดี

Sobre la mesa había una colección de muestras textiles.
บนโต๊ะมีตัวอย่างผ้าหลายชนิดวางอยู่

Samsa era un vendedor ambulante, de ahí las muestras.
ซัมซาเป็นเซลส์แมนเดินทาง จึงมีสินค้าตัวอย่างติดมือไปด้วย

Encima de las muestras textiles desmontadas había una imagen.
เหนือตัวอย่างสิ่งทอที่ถูกแยกชิ้นส่วนนั้น มีรูปภาพอยู่ภาพหนึ่ง

Recientemente había recortado la imagen de una revista.
เขาเพิ่งตัดรูปนั้นออกมาจากนิตยสาร

Había colocado el cuadro en un bonito marco dorado.
เขาได้ใส่ภาพนั้นไว้ในกรอบสีทองสวยงาม

El cuadro enmarcado mostraba a una dama sentada erguida.
ภาพที่ใส่กรอบนั้นแสดงให้เห็นหญิงสาวนั่งตัวตรง

Llevaba un gorro de piel y tenía un manguito de piel.
เธอสวมหมวกขนสัตว์และมีที่ปิดมือทำจากขนสัตว์ด้วย

Ella estaba levantando su mano hacia el espectador de la imagen.
เธอกำลังยกมือขึ้นไปทางผู้ชมภาพ

Todo su antebrazo desapareció dentro de su pesado manguito de piel.
แขนท่อนล่างของเธอหายเข้าไปในถุงมือขนสัตว์หนาๆ นั้นจนหมด

Gregor miró por la ventana el clima gris.
เกรเกอร์มองออกไปนอกหน้าต่าง เห็นสภาพอากาศมืดครึ้ม

Se podía oír fuertes gotas de lluvia golpeando la ventana.

ได้ยินเสียงฝนตกหนักกระทบหน้าต่าง

El clima gris lo hacía sentir muy melancólico.
อากาศที่มืดครึ้มทำให้เขารู้สึกหดหู่ใจมาก

"¿Qué tal si duermo un poco más?" pensó.
"ฉันนอนต่ออีกหน่อยดีไหมนะ?" เขาคิด

"Dormir más podría ayudarme a olvidar estas tonterías".
"การนอนหลับให้มากขึ้นอาจช่วยให้ฉันลืมเรื่องไร้สาระพวกนี้ได้
"

Pero dormir más era completamente inviable.
แต่การนอนหลับต่อเป็นไปไม่ได้อย่างสิ้นเชิง

Porque estaba acostumbrado a dormir sobre su lado derecho.
เพราะเขาเคยชินกับการนอนตะแคงข้างขวา

Pero su estado actual le impedía realizar sus movimientos habituales.
แต่สภาพร่างกายในขณะนั้นทำให้เขาไม่สามารถเคลื่อนไหวได้ตามปกติ

No tenía forma de llegar a esa posición.
เขาไม่มีทางทำให้ตัวเองตกอยู่ในสถานการณ์เช่นนี้ได้เลย

Intentó con todas sus fuerzas lanzarse hacia su lado derecho.
เขาพยายามอย่างสุดกำลังที่จะพลิกตัวไปทางด้านขวา

Probablemente intentó este movimiento cientos de veces.
เขาอาจลองทำท่านี้มาแล้วเป็นร้อยครั้ง

Pero él siempre volvía a la posición supina.
แต่เขาก็มักจะเอนตัวกลับไปนอนหงายเสมอ

Cerró los ojos para no ver sus piernas inquietas.
เขาหลับตาลงเพื่อไม่ให้เห็นขาที่ขยับไปมาของตัวเอง

Al final el dolor le impidió intentarlo de nuevo.
สุดท้ายแล้ว ความเจ็บปวดทำให้เขาไม่กล้าลองอีกครั้ง

Un dolor sordo en el costado que nunca había sentido antes.
อาการปวดตื้อๆ บริเวณสีข้างที่เขาไม่เคยรู้สึกมาก่อน

«Oh Dios», pensó desesperado Gregorio Samsa.
"โอ้ พระเจ้า" เกรกอร์ ซัมซาคิดในใจอย่างสิ้นหวัง

¡Qué profesión tan agotadora he elegido para mí!
"ฉันเลือกอาชีพที่หนักหน่วงเหลือเกิน!"

"Día tras día tengo que viajar por trabajo".
"ทุกวัน ฉันต้องเดินทางไปทำงาน"

"El trabajo de oficina es mucho más fácil que trabajar fuera de casa".
"งานในสำนักงานง่ายกว่างานนอกสถานที่เยอะ"

"Y tengo la maldición de tener que viajar."
"และฉันก็โชคร้ายที่ต้องเดินทางไปมาอยู่ตลอด"

"Todas las preocupaciones por llegar a tiempo a los trenes."
"ความกังวลทั้งหมดเกี่ยวกับการไปขึ้นรถไฟให้ทันเวลา"

"Mis horarios de comida son irregulares y la comida es mala".
"เวลาทานอาหารของฉันไม่แน่นอน และอาหารก็ไม่อร่อย"

"Mis amigos siempre están cambiando de ciudad en ciudad."
"เพื่อนของฉันมักย้ายไปมาตามเมืองต่างๆ"

"Las interacciones que tengo son frías y profesionales".
"การติดต่อสื่อสารของฉันเป็นไปอย่างเย็นชาและเป็นทางการ"

"¡Dejad que el Diablo se divierta con este tipo de trabajos!"
"ปล่อยให้ปีศาจสนุกกับงานแบบนี้ไปเถอะ!"

Sintió un ligero picor en la parte superior del estómago.
เขารู้สึกคันเล็กน้อยบริเวณส่วนบนของท้อง

Se apoyó contra el poste de la cama, con la espalda.
เขาเอนหลังพิงเสาเตียง

Quería poder levantar mejor la cabeza.
เขาอยากจะสามารถเงยหน้าได้ดีขึ้นกว่าเดิม

Encontró el punto que le picaba y le molestaba.
เขาพบจุดที่คันและรบกวนเขาอยู่

Su cabeza parecía estar cubierta de pequeños puntos blancos.
ดูเหมือนว่าศีรษะของเขาจะถูกปกคลุมไปด้วยจุดสีขาวเล็กๆ

No podía decir qué eran esos pequeños puntos blancos.

เขาไม่สามารถบอกได้ว่าจุดสีขาวเล็กๆ เหล่านั้นคืออะไร

Había planeado tocar el lugar con una de sus piernas.
เขาตั้งใจจะใช้ขาข้างหนึ่งแตะลงบนจุดนั้น

Pero cuando tocó el lugar sintió un extraño escalofrío.
แต่เมื่อเขาสัมผัสจุดนั้น เขาก็รู้สึกถึงความเย็นยะเยือกแปลกๆ

Entonces inmediatamente retiró la pierna del lugar.
เขาจึงรีบดึงขาออกจากจุดนั้นทันที

No tuvo más remedio que aceptar la sensación de picazón.
เขาไม่มีทางเลือกอื่นนอกจากต้องยอมรับความรู้สึกคันนั้น

Y volvió a su posición anterior en la cama.
แล้วเขาก็กลับไปนอนในท่าเดิมบนเตียง

"Despertarse tan temprano realmente te vuelve bastante
estúpido".
"การตื่นนอนแต่เช้าตรู่ทำให้คนเราโง่ได้จริงๆ"

"Un hombre debe dormir lo suficiente", pensó.
"คนเราต้องนอนหลับให้เพียงพอ" เขาคิดในใจ

"Los demás vendedores ambulantes viven una vida de lujo."
"พนักงานขายเดินทางคนอื่นๆ ใช้ชีวิตอย่างหรูหรา"

"Por la mañana transfiero los pedidos que he recibido."
"ตอนเช้าฉันจะโอนเงินตามคำสั่งซื้อที่ได้รับ"

"Mientras tanto esos señores todavía están desayunando."
"ขณะเดียวกัน
สุภาพบุรุษเหล่านั้นก็ยังคงรับประทานอาหารเช้าอยู่"

"Imagínese si intentara hacer eso con mi jefe".
"ลองนึกภาพดูสิว่าถ้าฉันลองทำแบบนั้นกับเจ้านายของฉันจะเ
ป็นยังไง"

"Me despediría antes de terminar mi desayuno."
"เขาคงไล่ฉันออกก่อนที่ฉันจะกินอาหารเช้าเสร็จด้วยซ้ำ"

"Pero quizá eso tampoco sería lo peor."
"แต่บางทีนั้นอาจจะไม่ใช่เรื่องที่แย่ที่สุดก็ได้"

"El problema es que mis padres me están frenando".
"ปัญหาคือพ่อแม่ของฉันกำลังขัดขวางฉันอยู่"

"Si no fuera por ellos ya habría dimitido."
"ถ้าไม่ใช่เพราะพวกเขา ฉันคงลาออกไปแล้ว"

"Me habría enfrentado al jefe y se lo habría dicho".
"ฉันน่าจะลุกขึ้นต่อว่าเจ้านายและบอกเขาไปตรงๆ"

"Diría exactamente lo que pienso de él y del trabajo".
"ฉันจะพูดตรงๆ ว่าฉันคิดอย่างไรกับเขาและงานนั้น"

"¡Se caería del escritorio si le contara todo!"
"ถ้าฉันเล่าทุกอย่างให้เขาฟัง เขาคงตกโต๊ะแน่!"

"Es muy extraña la forma en que se sienta en su escritorio".
"ท่าทางการนั่งบนโต๊ะทำงานของเขานั้นแปลกมาก"

"La forma en que habla con sus subordinados no es
correcta".
"วิธีการที่เขาพูดกับลูกน้องนั้นไม่เหมาะสม"

"Y lo peor es que su audición es muy pobre".
"และที่แย่ที่สุดคือเขามีปัญหาเรื่องการได้ยินอย่างมาก"

"Así que no te queda otra opción que sentarte muy cerca de
él."
"ดังนั้นคุณจึงไม่มีทางเลือกอื่นนอกจากต้องนั่งใกล้เขามาก ๆ"

Pero dicho todo esto, la esperanza no está completamente
perdida todavía.
"แต่ถึงกระนั้น ความหวังก็ยังไม่หมดไปเสียทีเดียว"

"Ahorraré el dinero para pagar la deuda de mis padres".
"ฉันจะเก็บเงินไว้เพื่อชำระหนี้ของพ่อแม่"

"No puedo hacer nada mientras todavía le deban dinero".
"ฉันทำอะไรไม่ได้เลยตราบใดที่พวกเขายังติดหนี้เขาอยู่"

"Pero cuando la deuda esté pagada definitivamente lo haré."
"แต่เมื่อชำระหนี้หมดแล้ว ฉันจะทำอย่างแน่นอน"

"Probablemente tomará otros cinco o seis años."
"น่าจะใช้เวลาอีกประมาณห้าถึงหกปี"

"Sí, entonces definitivamente se hará la gran separación".
"ใช่แล้ว การแยกทางครั้งใหญ่จะต้องเกิดขึ้นอย่างแน่นอน"

"Por el momento, sin embargo, debo levantarme de la cama."

"อย่างไรก็ตาม ตอนนี้ฉันต้องลุกจากเตียงแล้ว"
"Porque mi tren sale a las cinco en punto."
"เพราะรถไฟของฉันจะออกเวลาห้าโมงเย็น"
Gregor miró el despertador que sonaba sobre la mesa.
เกรเกอร์มองนาฬิกาปลุกที่วางอยู่บนโต๊ะซึ่งกำลังส่งเสียงติ๊กต๊อกอยู่

"¡Padre Celestial!" pensó al ver la hora.
"พระเจ้าผู้ทรงสถิตในสวรรค์!" เขาคิดในใจขณะดูเวลา

Las seis y media ya habían pasado silenciosamente.
เวลาหกโมงครึ่งผ่านไปอย่างเงียบเชียบแล้ว

Y las manecillas del reloj seguían avanzando.
และเข็มนาฬิกาก็ยังคงเคลื่อนไปข้างหน้าเรื่อยๆ

Y ahora se acercaba la cuarta hora menos cuarto.
และตอนนี้เวลาก็ใกล้จะถึงเจ็ดโมงสี่สิบห้าแล้ว

"¿Quizás la alarma no sonó para despertarme?", pensó.
"บางทีนาฬิกาปลุกอาจจะยังไม่ดังเพื่อปลุกฉันก็ได้" เขาคิด

Desde la cama Gregor inspeccionó el despertador.
จากบนเตียง เกรเกอร์เหลือบมองนาฬิกาปลุก

El despertador estaba programado exactamente para las
cuatro.
นาฬิกาปลุกถูกตั้งเวลาไว้ถูกต้องที่เวลาสี่โมงเย็น

No podía explicarlo, pero la alarma debió haber sonado.
เขาอธิบายไม่ได้ แต่สัญญาณเตือนภัยคงดังขึ้นแน่ๆ

"¿Cómo pude dormirme a pesar de la alarma sin darme
cuenta?"
"ฉันนอนหลับเลยเวลาปลุกไปได้ยังไงโดยไม่รู้ตัว?"

Cuando suena la alarma incluso sacude los muebles.
เมื่อสัญญาณเตือนภัยดังขึ้น เฟอร์นิเจอร์ก็จะสั่นสะเทือนด้วย

Sabía que su sueño no había sido para nada tranquilo.
เขารู้ว่าการนอนหลับของเขาไม่ได้สงบสุขเลยแม้แต่น้อย

Pero quizá por eso su sueño era mucho más profundo.
แต่บางทีนั่นอาจเป็นเหตุผลที่ทำให้เขาหลับสนิทมากขึ้น

Tenía que pensar qué debía hacer ahora.
เขาต้องคิดว่าจะทำอย่างไรต่อไปดี

El siguiente tren no salía hasta las siete.
รถไฟขบวนถัดไปจะออกเวลาเจ็ดโมงเย็น

Coger ese tren sería casi imposible.
การขึ้นรถไฟขบวนนั้นแทบจะเป็นไปไม่ได้เลย

Y aún no había empacado los textiles que necesitaba.
และเขายังไม่ได้จัดเตรียมสิ่งทอที่จำเป็นเลย

Tampoco se sentía especialmente fresco y ágil.
เขาเองก็รู้สึกไม่ค่อยสดชื่นและคล่องแคล่วเท่าไหร่เช่นกัน

Quizás había una posibilidad de subir al tren.
บางทีอาจมีโอกาสที่จะได้ขึ้นรถไฟก็ได้

Pero de todas formas, un regaño por parte del jefe era
inevitable.
แต่ไม่ว่าอย่างไรเจ้านายก็คงต้องตำหนิอยู่ดี

El empleado habría subido al tren de las cinco.
พนักงานคนนั้นคงขึ้นรถไฟเที่ยวห้าโมงเย็นไปแล้ว

El oficinista era una criatura sin carácter del jefe.
พนักงานธุรการคนนั้นเป็นคนไร้กระดูกสันหลัง
เป็นลูกน้องของเจ้านาย

Así que la ausencia de Gregor ya habría sido informada.
ดังนั้น การหายตัวไปของเกรเกอร์จึงน่าจะถูกรายงานไปแล้ว

"¿Qué pasa si llamo para avisar que estoy enfermo?" Gregor
estaba pensando.
"ถ้าฉันโทรไปลาป่วยล่ะ?" เกรเกอร์กำลังครุ่นคิด

Pero eso sería extremadamente embarazoso y sospechoso.
แต่การทำเช่นนั้นจะเป็นเรื่องน่าอับอายและน่าสงสัยอย่างยิ่ง

Gregor nunca había estado enfermo durante el tiempo que
trabajó allí.
ตลอดเวลาที่ทำงานอยู่ที่นั่น เกรเกอร์ไม่เคยป่วยเลยสักครั้ง

Y ya les había dado cinco años de servicio.
และเขาก็ได้ให้กำเนิดพวกเขามาแล้วห้าปี

Lo más probable era que el jefe viniera a ver cómo estaba.
มีโอกาสสูงที่เจ้านายจะเข้ามาตรวจสอบเขา

Probablemente traería al médico del seguro médico.
เขาอาจจะพาแพทย์ที่ดูแลเรื่องประกันสุขภาพมาด้วย

Y culparía a los padres por la pereza de su hijo.
และเขาจะตำหนิพ่อแม่ที่ปล่อยให้ลูกชายขี้เกียจ

No podrían hacerle ninguna objeción.
พวกเขาจะไม่สามารถคัดค้านเขาได้

Porque para él sólo había dos clases de trabajadores.
เพราะสำหรับเขาแล้ว คนงานมีอยู่เพียงสองประเภทเท่านั้น

O bien los trabajadores estaban completamente sanos o bien eran reacios al trabajo.
คนงานเหล่านั้นมีสุขภาพแข็งแรงสมบูรณ์
หรือไม่ก็เกียจคร้านไม่ยอมทำงาน

¿Y estaría equivocado en ese análisis básico?
แล้วเขาจะผิดพลาดในการวิเคราะห์พื้นฐานนั้นหรือเปล่า?

Ciertamente, en este caso tenía un argumento sólido.
แน่นอนว่าในกรณีนี้ เขามีเหตุผลที่แข็งแกร่ง

A pesar de su apariencia, Gregor en realidad se sentía bastante bien.
ถึงแม้ภายนอกจะดูไม่เป็นเช่นนั้น แต่จริงๆ
แล้วเกรเกอร์รู้สึกสบายดีทีเดียว

El sueño innecesariamente largo lo dejó un poco somnoliento.
การนอนหลับนานเกินไปโดยไม่จำเป็นทำให้เขาง่วงเล็กน้อย

Pero aparte de eso no podía quejarse de enfermedad.
แต่โดยรวมแล้วเขาไม่มีอะไรต้องกังวลเรื่องสุขภาพเลย

Incluso sintió un hambre especialmente fuerte y saludable.
เขารู้สึกหิวอย่างรุนแรงและมีสุขภาพดีเป็นพิเศษด้วยซ้ำ

Mientras pensaba estos pensamientos el reloj volvió a sonar.
ขณะที่เขากำลังคิดเรื่องเหล่านั้น นาฬิกาก็ตีบอกเวลาอีกครั้ง

Según la alarma eran ya las siete menos cuarto.

จากสัญญาณเตือนระบุว่าขณะนี้เป็นเวลาเกือบเจ็ดโมงเย็นแล้ว
Y ahora también se oyó un suave golpe en la puerta.
และตอนนี้ก็มีเสียงเคาะประตูเบาๆ ดังขึ้น
—Gregor —lo llamó alguien. Era la madre.
"เกรเกอร์" มีคนเรียกเขา – เป็นแม่ของเขานั่นเอง
"Son las siete menos cuarto", confirmó la alarma.
"ตอนนี้เจ็ดโมงสี่สิบห้าแล้ว" เธอยืนยันเสียงนาฬิกาปลุก
¿No querías irte?, preguntó la suave voz.
"คุณไม่อยากจะไปเหรอ?" เสียงนุ่มนวลถามขึ้น
Gregor se asustó cuando oyó su voz respondiendo.
เกรเกอร์ตกใจเมื่อได้ยินเสียงตัวเองตอบกลับมา
La voz seguía siendo la voz que siempre tuvo.
เสียงนั้นยังคงเป็นเสียงเดิมของเขาเสมอมา
Pero ahora había un nuevo sonido mezclado en su voz.
แต่ตอนนี้มีเสียงใหม่ปะปนอยู่ในน้ำเสียงของเขา
Desde lo más profundo de él también salió un doloroso chillido.
จากส่วนลึกภายในตัวเขา
มีเสียงร้องแหลมเล็กที่เจ็บปวดเล็ดลอดออกมาด้วย
Al principio su voz parecía formar palabras con claridad.
ในตอนแรก
ดูเหมือนว่าเสียงของเขาจะเปล่งออกมาเป็นคำได้อย่างชัดเจน
Pero entonces Gregor escuchó el eco mental de su voz.
แต่แล้วเกรเกอร์ก็ได้ยินเสียงสะท้อนในความคิดของเขา
La grabación de su voz se interrumpió de una manera extraña.
การบันทึกเสียงของเขาขาดหายไปในลักษณะที่แปลกประหลาด
Y no estaba seguro de si había escuchado las cosas correctamente.
และเขาก็ไม่แน่ใจว่าได้ยินถูกต้องหรือไม่
Gregor sintió un profundo deseo de dar una respuesta detallada.

เกรเกอร์รู้สึกอยากให้คำตอบอย่างละเอียดเหลือเกิน

Quería explicarle todo claramente a su madre.
เขาต้องการอธิบายทุกอย่างให้แม่ฟังอย่างชัดเจน

Pero, dadas las circunstancias, tuvo que limitarse.
แต่ด้วยสถานการณ์เช่นนั้น เขาจึงต้องจำกัดตัวเอง

Y respondió mucho más breve de lo que le hubiera gustado.
และเขาตอบสั้นกว่าที่เขาต้องการมาก

-Sí madre, no te preocupes, gracias, ya estoy levantado.
"ครับแม่ ไม่ต้องห่วง ขอบคุณครับ ผมตื่นแล้วครับ"

La puerta de madera probablemente ayudó a amortiguar su voz.
ประตูไม้คงช่วยทำให้เสียงของเขาเบาลง

Desde fuera el cambio en la voz de Gregor pasó desapercibido.
ภายนอกไม่มีใครสังเกตเห็นการเปลี่ยนแปลงในน้ำเสียงของเกรเกอร์

La madre pareció estar satisfecha con su explicación.
ดูเหมือนว่าแม่จะพอใจกับคำอธิบายของเขาแล้ว

Y ella se fue de nuevo tan silenciosamente como había llegado.
แล้วเธอก็จากไปอย่างเงียบๆ เหมือนตอนที่เธอมา

Pero la pequeña conversación tuvo un efecto no deseado.
แต่การสนทนาสั้นๆ นั้นกลับส่งผลกระทบที่ไม่พึงประสงค์

Llamó la atención de los demás miembros de la familia.
เขาดึงดูดความสนใจของสมาชิกคนอื่นๆ ในครอบครัว

Gregor todavía estaba en casa y no había ido a trabajar.
เกรเกอร์ยังคงอยู่ที่บ้านและไม่ได้ไปทำงาน

Y ahora el padre también llamó a la puerta lateral.
และตอนนี้พ่อก็เคาะประตูข้างบ้านด้วยเช่นกัน

Golpeó débilmente, pero decidido, con el puño.
เขาเคาะเบาๆ แต่ด้วยความมุ่งมั่น โดยใช้กำปั้นเคาะ

—Gregor, Gregor —gritó—, ¿cuál es el problema?

"เกรเกอร์ เกรเกอร์" เขาเรียก "มีปัญหาอะไรเหรอ?"

Al cabo de un rato volvió a advertir con voz más grave.
หลังจากนั้นไม่นาน
เขาก็เตือนอีกครั้งด้วยน้ำเสียงที่หนักแน่นขึ้น

Pero ahora la hermana llamó a la puerta del otro lado.
แต่ที่ประตูอีกด้านหนึ่ง น้องสาวก็เคาะประตู

"¿Gregor? ¿No te encuentras bien?", preguntó en voz baja.
"เกรเกอร์? คุณไม่สบายหรือเปล่า?" เธอถามเสียงเบา

"¿Necesitas algo?" preguntó preocupada.
"คุณต้องการอะไรไหมคะ" เธอถามด้วยความเป็นห่วง

Gregor respondió a ambas partes: "Ya he terminado".
เกรเกอร์ตอบทั้งสองฝ่ายว่า "ผมทำเสร็จแล้วครับ"

Había hecho todo lo posible para pronunciar todas las palabras con cuidado.
เขาพยายามอย่างเต็มที่ที่จะออกเสียงทุกคำอย่างระมัดระวัง

Y eliminó todo lo que era llamativo en su voz.
และเขาก็ขจัดทุกสิ่งที่เด่นชัดในน้ำเสียงของเขาออกไป

El padre también parecía satisfecho con la respuesta.
ดูเหมือนว่าพ่อก็พอใจกับคำตอบเช่นกัน

Y regresó a su desayuno inacabado.
แล้วเขาก็กลับไปกินอาหารเช้าที่ยังกินไม่เสร็จ

Pero la hermana susurró: "Gregor, ábreme, te lo ruego".
แต่พี่สาวกระซิบว่า "เกรเกอร์ เปิดประตูหน่อย ฉันขอร้อง"

Pero su preocupación por él no podía conmoverlo de ninguna manera.
แต่ความห่วงใยของเธอที่มีต่อเขาไม่สามารถทำให้เขาใจอ่อนได้เลย

Gregor no tenía intención de abrirle la puerta.
เกรเกอร์ไม่มีความตั้งใจที่จะเปิดประตูให้เธอเลย

Había adquirido algunos hábitos de cautela al viajar.
เขาได้เรียนรู้และคุ้นเคยกับความระมัดระวังมาจากการเดินทาง

Y se alababa a sí mismo por haber cerrado las puertas.

และเขาก็ชมตัวเองที่ล็อกประตูได้เรียบร้อย

Primero quiso levantarse tranquilamente y a su propio ritmo.
อันดับแรก เขาอยากลุกขึ้นอย่างเงียบๆ ตามเวลาของตัวเอง

Y sin que nadie le molestara quiso vestirse.
และเขาก็อยากจะแต่งตัวโดยไม่ให้ใครมารบกวน

Una vez logrado esto, quiso entonces desayunar.
เมื่อทำภารกิจนั้นเสร็จแล้ว เขาก็อยากทานอาหารเช้า

Sólo entonces quiso reflexionar más sobre la situación.
จากนั้นเขาจึงเริ่มพิจารณาสถานการณ์นั้นอย่างละเอียดมากขึ้น

Sabía que no tenía sentido hacer planes en la cama.
เขารู้ว่าการวางแผนในขณะอยู่บนเตียงนั้นไม่มีประโยชน์อะไร

Sería imposible llegar a una conclusión sensata.
การหาข้อสรุปที่สมเหตุสมผลนั้นเป็นไปไม่ได้

Había habido otras ocasiones en las que se despertó con dolores leves.
ก่อนหน้านี้ก็มีหลายครั้งที่เขาตื่นขึ้นมาด้วยอาการปวดเล็กน้อย

Estos dolores siempre resultaban ser pura imaginación.
ความเจ็บปวดเหล่านั้นมักกลายเป็นเพียงจินตนาการเสมอ

Al levantarme de la cama el dolor invariablemente desaparecía.
เมื่อลุกจากเตียง ความเจ็บปวดก็จะหายไปโดยอัตโนมัติ

Tenía curiosidad por ver qué pasaría con esas ideas.
เขาอยากรู้ว่าแนวคิดเหล่านี้จะพัฒนาไปอย่างไร

El cambio en su voz probablemente se debió sólo a un resfriado.
การเปลี่ยนแปลงในน้ำเสียงของเขาน่าจะเป็นเพราะเป็นหวัดมากกว่า

Los resfriados son simplemente un riesgo laboral para los viajeros.
โรคหวัดเป็นเรื่องปกติที่พบได้ทั่วไปในนักเดินทาง

No tenía ninguna duda de que ésa era la explicación lógica.

เขาไม่ลังเลเลยว่านั่นคือคำอธิบายที่สมเหตุสมผล

Logró quitarse la manta de encima con facilidad.
การดึงผ้าห่มออกจากตัวเขานั้นทำได้ง่ายดาย

Lo único que tenía que hacer era inhalar e inflarse.
สิ่งที่เขาต้องทำก็แค่หายใจเข้าและพองตัวขึ้นเท่านั้นเอง

La manta se deslizó de su cuerpo y cayó al suelo.
ผ้าห่มหลุดจากตัวเขาและตกลงบนพื้น

Su cuerpo increíblemente ancho dificultaba otras cosas.
รูปร่างที่กว้างใหญ่ผิดปกติของเขาทำให้เรื่องอื่นๆ
ยากลำบากขึ้น

Habría necesitado brazos y manos para ponerse de pie.
เขาคงต้องใช้แขนและมือเพื่อยืนขึ้น

Pero ya no tenía las extremidades que solía tener.
แต่เขาไม่มีแขนขาเหมือนแต่ก่อนแล้ว

En lugar de brazos y manos tenía muchas piernas pequeñas.
แทนที่จะมีแขนและมือ เขากลับมีขาเล็กๆ จำนวนมาก

Y sus piernas se movían constantemente, sin su control.
และขาของเขาก็ขยับอยู่ตลอดเวลาโดยที่เขาควบคุมไม่ได้

Intentó doblar una pierna, pero en lugar de eso se estiró.
เขาพยายามงอขาข้างหนึ่ง แต่กลับยืดออกแทน

Finalmente logró controlar una pierna.
ในที่สุดเขาก็สามารถควบคุมขาข้างหนึ่งได้สำเร็จ

Pero luego se liberó el movimiento de las otras piernas.
แต่หลังจากนั้น การเคลื่อนไหวของขาข้างอื่นๆ
ก็ถูกปล่อยให้เป็นอิสระ

Y todas sus piernas se crisparon de extrema excitación.
และขาทุกข้างของเขากระตุกด้วยความตื่นเต้นอย่างสุดขีด

Primero quería sacar la parte inferior de su cuerpo de la cama.
อันดับแรก

เขาอยากจะเอาส่วนล่างของร่างกายออกจากเตียงก่อน

Pero en realidad aún no había visto la parte inferior de su cuerpo.

แต่จริงๆ แล้วเขายังไม่ได้เห็นส่วนล่างของร่างกายตัวเองเลย

Y, de todas formas, resultó demasiado difícil mover esta pieza.

และสุดท้ายก็พบว่าการเคลื่อนย้ายส่วนนี้ยากเกินไปอยู่ดี

Finalmente, con todas sus fuerzas, realizó un movimiento salvaje.

สุดท้าย ด้วยพละกำลังทั้งหมดที่มี

เขาจึงตัดสินใจทำอะไรที่บ้าบิ่นที่สุดอย่างหนึ่ง

Sin más vacilación, avanzó.

เขาก้าวไปข้างหน้าโดยไม่ลังเลอีกต่อไป

Pero había elegido la dirección equivocada.

แต่เขาเลือกทิศทางที่ผิดไปแล้ว

Golpeó violentamente su cuerpo contra el poste inferior de la cama.

เขาเอาตัวกระแทกกับเสาเตียงด้านล่างอย่างแรง

El dolor ardiente que sintió le enseñó una valiosa lección.

ความเจ็บปวดแสนสาหัสที่เขารู้สึกนั้นได้สอนบทเรียนอันมีค่าแก่เขา

La parte inferior de su cuerpo era quizás más sensible.

ส่วนล่างของร่างกายเขาอาจจะไวต่อความรู้สึกมากกว่าส่วนอื่นๆ

Entonces intentó sacar primero la parte superior del cuerpo de la cama.

เขาจึงพยายามยกส่วนบนของร่างกายออกจากเตียงก่อน

Giró cuidadosamente la cabeza en la dirección correcta.

เขาค่อยๆ หันศีรษะไปในทิศทางที่ถูกต้อง

Y pronto su cabeza estaba mirando hacia el borde de la cama.

และในไม่ช้าศีรษะของเขาก็หันไปทางขอบเตียง

Este movimiento cauteloso en realidad fue fácil para él.

การเคลื่อนไหวอย่างระมัดระวังนี้ จริงๆ
แล้วเป็นเรื่องง่ายสำหรับเขา

Y su anchura y peso no detuvieron su movimiento.
และรูปร่างที่ใหญ่โตและน้ำหนักตัวของเขาก็ไม่ได้เป็นอุปสรรคต่
อการเคลื่อนไหวของเขา

La masa de su cuerpo siguió lentamente el giro de la cabeza.
มวลร่างกายของเขาค่อยๆ เคลื่อนตามการหันของศีรษะ

Pero luego sostuvo su cabeza sobre el borde de la cama.
แต่แล้วเขาก็ยื่นศีรษะลงไปที่ขอบเตียง

Y se enfrentó a un nuevo miedo en el que aún no había
pensado.
และเขาก็ต้องเผชิญกับความกลัวใหม่ที่เขาไม่เคยคิดมาก่อน

Avanzar más por este camino podría ser peligroso.
การดำเนินการต่อไปในลักษณะนี้อาจเป็นอันตรายได้

Había pensado que simplemente se dejaría caer.
เขาคิดว่าเขาแค่จะปล่อยตัวเองให้ตกลงไป

Pero sería un milagro si no se lesionara la cabeza.
แต่คงเป็นปาฏิหาริย์หากเขาไม่ได้รับบาดเจ็บที่ศีรษะ

Ahora no era el momento de arriesgarse a perder el
conocimiento.
ตอนนี้ไม่ใช่เวลาที่จะเสี่ยงต่อการหมดสติ

Quizás sería mejor quedarse en la cama después de todo.
บางทีการนอนอยู่บนเตียงอาจจะดีกว่าก็ได้

Pero luego tuvo que hacer el mismo esfuerzo para regresar.
แต่หลังจากนั้นเขาก็ต้องพยายามอย่างหนักเช่นเดียวกันเพื่อเดิ
นทางกลับ

Después de todo ese esfuerzo él estaba tendido allí igual que
antes.
หลังจากพยายามอย่างหนัก

เขาก็ยังคงนอนอยู่ตรงนั้นเหมือนเดิม

Y ahora sus piernas parecían incluso más enojadas que
antes.

และตอนนี้ขาของเขาก็ดูเหมือนจะปวดรุนแรงกว่าเดิมเสียอีก

Los movimientos de sus piernas se habían vuelto aún más incontrolables.
การเคลื่อนไหวของขาเขาเริ่มควบคุมไม่ได้มากขึ้นไปอีก

No veía manera de salir de la situación en la que se encontraba.
เขาไม่เห็นทางออกใดๆ จากสถานการณ์ที่เขาเผชิญอยู่

De este caos no fue posible sacar la paz ni el orden.
ไม่สามารถนำความสงบเรียบร้อยกลับคืนมาสู่สถานการณ์ที่วุ่นวายนี้ได้

Pero sabía que quedarse en la cama tampoco era una opción.
แต่เขาก็รู้ว่าการนอนอยู่บนเตียงก็ไม่ใช่ทางเลือกเช่นกัน

Sacrificarlo todo era la opción más sensata.
การเสียสละทุกสิ่งทุกอย่างคือทางเลือกที่สมเหตุสมผลที่สุด

Se aferró a la más mínima esperanza de levantarse de la cama.
เขายังคงมีความหวังแม้เพียงเล็กน้อยที่จะลุกจากเตียงได้

Si lo hubiera conseguido, todo riesgo habría valido la pena.
หากเขาทำสำเร็จ ความเสี่ยงทั้งหมดก็จะคุ้มค่า

Pero al mismo tiempo también recordó algo más.
แต่ในขณะเดียวกัน เขาก็นึกถึงสิ่งอื่นขึ้นมาได้ด้วย

"Mejores que decisiones desesperadas son reflexiones tranquilas."
"การไตร่ตรองอย่างใจเย็นนั้นดีกว่าการตัดสินใจอย่างเร่งรีบ"

Con todo su esfuerzo centró su mirada en la ventana.
เขาพยายามอย่างสุดกำลังที่จะจ้องมองไปที่หน้าต่าง

Pero lo que vio le trajo poca confianza y alegría.
แต่สิ่งที่เขาเห็นกลับไม่ได้สร้างความมั่นใจหรือความรื่นเริงใดๆ เลย

La niebla de la mañana cubría toda la estrecha calle.
หมอกยามเช้าปกคลุมถนนแคบๆ ทั้งหมด

El despertador volvió a sonar; ahora eran las siete.

นาฬิกาปลุกดังขึ้นอีกครั้ง คราวนี้เป็นเวลาเจ็ดโมงเย็นแล้ว
"Ya son las siete y todavía hay mucha niebla."
"ตอนนี้เจ็ดโมงแล้ว แต่หมอกยังหนาอยู่เลย"

Durante un rato permaneció en silencio, respirando débilmente.
สักพักหนึ่งเขานอนนิ่ง หายใจแผ่วเบา

Quizás un poco de quietud traería algo de normalidad.
บางทีความสงบอาจนำมาซึ่งความปกติสุขได้บ้าง

Un silencio absoluto podría provocar las condiciones reales.
ความเงียบสนิทอาจนำไปสู่สภาวะที่แท้จริงได้

Pero antes de que el reloj volviera a sonar, rompió el silencio.
แต่ก่อนที่นาฬิกาจะตีบอกเวลาอีกครั้ง
เขาก็ทำลายความเงียบลง

"Antes de que el reloj vuelva a sonar, debo levantarme de la cama."
"ก่อนที่นาฬิกาจะตีบอกเวลาอีกครั้ง ฉันต้องลุกจากเตียงแล้ว"

"Para entonces tengo que estar totalmente fuera de la cama."
"ฉันต้องลุกจากเตียงให้เรียบร้อยก่อนเวลานั้นแน่นอน"

"Después de las siete y cuarto la oficina enviará a alguien."
"หลังเวลา 19.15 น. ทางสำนักงานจะส่งคนมา"

"Porque la oficina abrió antes de las siete."
"เพราะสำนักงานเปิดทำการก่อนเจ็ดโมงเช้า"

Y ahora empezó a balancear su cuerpo fuera de la cama.
แล้วเขาก็เริ่มโยกตัวออกจากเตียง

Había abandonado el centrarse en la parte superior o inferior de su cuerpo.
เขาเลิกให้ความสนใจกับการออกกำลังกายส่วนบนหรือส่วนล่างของร่างกายแล้ว

Todo el largo de su cuerpo tuvo que salir de la cama.
ร่างกายของเขาทั้งหมดต้องลุกออกจากเตียง

Caer de esa manera debería proteger su cabeza, pensó.

เขาคิดว่าการล้มแบบนี้จะช่วยปกป้องศีรษะของเขาได้

Había planeado levantar la cabeza cuando cayera al suelo.
เขาตั้งใจจะเงยหน้าขึ้นเมื่อศีรษะกระแทกพื้น

La parte posterior de su cuerpo parecía lo suficientemente dura para el impacto.
ส่วนหลังของร่างกายเขาดูแข็งแรงพอที่จะรับแรงกระแทกได้

Y la alfombra estaba allí para suavizar el aterrizaje.
และพรมที่ปูไว้ก็เพื่อช่วยรองรับแรงกระแทก

Sin embargo, su mayor preocupación era el fuerte ruido.
แต่สิ่งที่เขากังวลมากที่สุดคือเสียงดัง

El ruido estrepitoso asustaría a todos en la casa.
เสียงดังโครมครามจะทำให้ทุกคนในบ้านตกใจกลัว

Quizás no les daría miedo el ruido fuerte.
บางทีพวกเขาอาจจะไม่กลัวเสียงดังก็ได้

Pero seguramente se preocuparían si oyeran eso.
แต่พวกเขาคงจะกังวลใจอย่างแน่นอนหากได้ยินเรื่องนี้

Pero había que correr el riesgo de llamar la atención.
แต่ความเสี่ยงที่จะดึงดูดความสนใจนั้นเป็นสิ่งที่หลีกเลี่ยงไม่ได้

El nuevo método era más un juego que un esfuerzo.
วิธีการใหม่นี้เป็นเหมือนเกมมากกว่าการใช้ความพยายาม

Tuvo que balancear su cuerpo con movimientos bruscos y espasmódicos.
เขาต้องโยกตัวด้วยการเคลื่อนไหวที่กระทันหันและกระชาก

Gregor ya estaba medio levantado de la cama.
เกรเกอร์ลุกจากเตียงไปได้ครึ่งทางแล้ว

Ahora se le ocurrió una idea nueva.
ตอนนี้ความคิดใหม่เพิ่งผุดขึ้นมาในใจเขา

"Todo sería tan fácil si alguien viniera en mi ayuda."
"ทุกอย่างคงง่ายกว่านี้ถ้ามีใครสักคนมาช่วยเหลือฉัน"

"Dos personas fuertes serían suficientes."
"คนเก่งสองคนก็เพียงพอแล้ว"

Su padre y la criada serían lo suficientemente fuertes.

พ่อของเขาและสาวใช้คงแข็งแกร่งพอ

Sólo tendrían que deslizar los brazos bajo su espalda.
พวกเขาแค่ต้องสอดแขนเข้าไปใต้หลังของเขาเท่านั้นเอง

Y luego pudieron sacarlo fácilmente de la cama.
จากนั้นพวกเขาก็สามารถดึงเขาออกจากเตียงได้อย่างง่ายดาย

Quizás habrían tenido que bajarle el peso poco a poco.
บางทีพวกเขาอาจจะต้องค่อยๆ ลดน้ำหนักของเขาลง

Ojalá entonces las piernas hubieran encontrado su propósito.
หวังว่าขาเหล่านั้นคงจะได้ทำหน้าที่ของมันเสียที

¿No sería mejor después de todo pedir ayuda?
"สุดท้ายแล้ว การขอความช่วยเหลือจะไม่ดีกว่าเหรอ?"

El problema, por supuesto, era que había cerrado las puertas.
ปัญหาคือเขาได้ล็อกประตูไว้แล้ว

Había algo en ese pensamiento que le hacía cosquillas.
มีบางอย่างในความคิดนั้นที่ทำให้เขารู้สึกขบขัน

Y a pesar de sus dificultades, no pudo evitar esbozar una sonrisa.
และถึงแม้จะเผชิญกับความยากลำบาก เขาก็อดที่จะยิ้มไม่ได้

Ya estaba cerca de perder el equilibrio.
ตอนนี้เขาใกล้จะเสียการทรงตัวแล้ว

Cada movimiento lo acercaba más a caerse de la cama.
ทุกครั้งที่เขาแกว่งตัว เขาก็ยิ่งใกล้จะตกจากเตียงมากขึ้นเรื่อยๆ

Pronto tendría que tomar la decisión final.
อีกไม่นานเขาก็จะต้องตัดสินใจครั้งสุดท้ายแล้ว

En cinco minutos serían las siete y cuarto.
อีกห้านาทีก็จะถึงเวลาเจ็ดโมงสิบห้าแล้ว

Mientras pensaba estos pensamientos, sonó el timbre.
ขณะที่เขากำลังคิดเรื่องเหล่านั้นอยู่ เสียงกริ่งประตูก็ดังขึ้น

"Es alguien de la oficina", se dijo.
"นั่นเป็นคนจากในออฟฟิศแน่ๆ" เขาคิดในใจ

Y casi se quedó paralizado de miedo ante la visita.

และเขาเกือบจะแข็งทื่อด้วยความกลัวเพราะผู้มาเยือนคนนั้น

Sus piernas bailaron aún más salvajemente que antes.
ขาของเขาขยับอย่างบ้าคลั่งยิ่งกว่าเดิมเสียอีก

Pero luego, por un momento, todo quedó en silencio.
แต่แล้ว ชั่วขณะหนึ่ง ทุกอย่างก็เงียบสงบลง

"No abrirán la puerta", se dijo Gregor.
"พวกเขาคงไม่ยอมเปิดประตูหรอก" เกรเกอร์คิดในใจ

Todavía estaba atrapado en una esperanza sin sentido.
เขายังคงยึดติดกับความหวังที่ไร้สาระอยู่

Pero luego, por supuesto, la criada se dirigió a la puerta.
แต่แล้วสาวใช้ก็เดินไปที่ประตู

Y como siempre, le abrió la puerta al visitante.
และเช่นเคย เธอเปิดประตูต้อนรับแขก

A Gregor le bastó con oír el primer saludo del visitante.
เกรเกอร์แค่ต้องการได้ยินคำทักทายแรกของผู้มาเยือนเท่านั้น

Pudo saber inmediatamente quién había venido a buscarlo.
เขาสามารถบอกได้ทันทีว่าใครมาหาเขา

El propio jefe de oficina había venido a ver cómo estaba Samsa.
เสมียนใหญ่มาตรวจสอบอาการของซัมสาด้วยตนเอง

¿Por qué Gregor fue el único condenado a este destino?
ทำไมเกรเกอร์ถึงเป็นคนเดียวที่ถูกลงโทษด้วยชะตากรรมเช่นนี้?

¿Por qué sólo él tuvo que servir en tal organización?
ทำไมมีแต่เขาคนเดียวที่ต้องทำงานในองค์กรแบบนั้น?

El más mínimo descuido despertaba inmediatamente sospechas.
ความผิดพลาดเพียงเล็กน้อยก็ก่อให้เกิดความสงสัยขึ้นทันที

¿Todos los empleados que trabajaban allí eran unos sinvergüenzas?
พนักงานทุกคนที่ทำงานที่นั่นเป็นคนเลวหมดเลยหรือเปล่า?

¿No había entre ellos ninguna persona fiel y devota?

ไม่มีคนซื่อสัตย์และภักดีอยู่ในหมู่พวกเขาเลยหรือ?

¿No podrían haber enviado simplemente un aprendiz?
ทำไมพวกเขาไม่ส่งเด็กฝึกงานมาแทนล่ะ?

¿Era realmente necesario todo este cuestionamiento?
การซักถามทั้งหมดนี้จำเป็นจริง ๆ หรือ?

¿El representante autorizado tenía que venir personalmente?
ตัวแทนที่ได้รับมอบอำนาจต้องมาด้วยตนเองหรือไม่?

¿Había que informar a toda la familia inocente?
จำเป็นต้องแจ้งให้ทั้งครอบครัวผู้บริสุทธิ์ทราบด้วยหรือไม่?

Todas estas consideraciones impulsaron a Gregor a actuar.
ปัจจัยทั้งหมดเหล่านี้เป็นแรงผลักดันให้เกรเกอร์ลงมือทำ

Se levantó de la cama con todas sus fuerzas.
เขาเหวี่ยงตัวเองลงจากเตียงด้วยแรงทั้งหมดที่มี

Se escuchó un fuerte estallido, pero no era realmente un ruido.
มีเสียงดังปัง แต่จริงๆ แล้วมันไม่ใช่เสียงอะไรเลย

La caída había sido ligeramente suavizada por la alfombra.
พรมช่วยรองรับแรงกระแทกจากการตกได้บ้าง

Su espalda era más elástica de lo que Gregor había pensado.
หลังของเขายืดหยุ่นกว่าที่เกรเกอร์คิดไว้

Así que el sonido era más apagado y no tan perceptible.
ดังนั้นเสียงจึงเบาลงและไม่ค่อยเด่นชัดนัก

Pero no había cuidado su cabeza durante la caída.
แต่เขาไม่ได้ระวังศีรษะของตัวเองตอนที่ล้มลง

Y cuando golpeó el suelo también se golpeó la cabeza.
และเมื่อเขาตกลงพื้น เขาก็ศีรษะกระแทกพื้นด้วย

Se frotó la cabeza contra la alfombra con rabia y dolor.
เขาถูศีรษะกับพรมด้วยความโกรธและความเจ็บปวด

Pero el gerente de la habitación de al lado escuchó el ruido.
แต่ผู้จัดการในห้องข้างๆ ได้ยินเสียงนั้น

"Algo cayó allí", observó correctamente.
"มีอะไรบางอย่างตกลงไปในนั้น" เขาสังเกตได้อย่างถูกต้อง

Gregor intentó imaginarse al gerente en su situación.
เกรเกอร์พยายามนึกภาพผู้จัดการคนนั้นอยู่ในสถานการณ์แบบ
นั้น

"¿Podría pasarle lo mismo a él?" se preguntó.
"เรื่องแบบเดียวกันนี้อาจเกิดขึ้นกับเขาได้ไหม?" เขาสงสัย

Aceptó que este extraño acontecimiento pudiera ser posible.
เขายอมรับว่าเหตุการณ์แปลกประหลาดนี้อาจเกิดขึ้นได้

Y entonces el jefe de oficina dio unos pasos hacia la
habitación.
จากนั้นเสมียนใหญ่ก็เดินไปที่ห้องสองสามก้าว

Fue casi una respuesta burda a la pregunta que hizo.
นั่นเป็นคำตอบที่ค่อนข้างหยาบสำหรับคำถามที่เขาถาม

Sus botas de cuero crujieron cuando se acercó a la puerta.
รองเท้าบูทหนังของเขาส่งเสียงเอี๊ยดอ๊าดขณะที่เขาเดินเข้าใกล้
ประตู

Desde la habitación de su derecha su criada le susurró:
สาวใช้กระซิบกับเขาจากห้องทางด้านขวามือ

Gregor, el representante autorizado está aquí.
"เกรเกอร์ ตัวแทนผู้มีอำนาจมาถึงแล้ว"

—Lo sé —dijo Gregor, pero sólo en voz baja, para sí mismo.
"ฉันรู้" เกรเกอร์กล่าว แต่พูดกับตัวเองเบาๆ เท่านั้น

No se atrevió a levantar la voz por encima de un susurro.
เขาไม่กล้าเปล่งเสียงให้ดังเกินกว่าเสียงกระซิบ

Porque Gregor no quería que su hermana lo oyera.
เพราะเกรเกอร์ไม่อยากให้พี่สาวได้ยินเขาพูด

—Gregor —dijo el padre desde la habitación de la izquierda.
"เกรเกอร์" คุณพ่อพูดจากห้องทางซ้าย

"El gerente ha venido a comprobar cuál es el problema".
"ผู้จัดการเข้ามาตรวจสอบว่ามีปัญหาอะไร"

"Él te preguntó por qué no saliste en el tren temprano."
"เขาถามว่าทำไมคุณไม่ขึ้นรถไฟเที่ยวแรก"

"No sabemos qué decirle", dijo el padre.

"เราไม่รู้จะพูดอะไรกับเขาดี" พ่อกล่าว
"Por cierto, también quiere hablar contigo personalmente."
"นอกจากนี้ เขายังต้องการพูดคุยกับคุณเป็นการส่วนตัวด้วย"
"Por favor, abre la puerta para que pueda hablar contigo."
"กรุณาเปิดประตูให้เขา เพื่อเขาจะได้พูดคุยกับคุณ"
"Tendrá la amabilidad de disculpar el desorden en la habitación".
"เขาจะกรุณาให้อภัยความรกในห้องนั้น"
"Buenos días, señor Samsa", le saludó el gerente.
"อรุณสวัสดิ์ครับ คุณซัมซา" ผู้จัดการกล่าวทักทายเขา
Y ciertamente le habló de manera amistosa.
และเขาก็พูดคุยกับเขาด้วยท่าทีที่เป็นมิตรอย่างแน่นอน
"No está bien", le dijo la madre al gerente.
"เขาไม่สบายค่ะ" แม่กล่าวกับผู้จัดการ
"No se encuentra bien en absoluto, créame, querido gerente."
"เขาไม่สบายเลย เชื่อฉันเถอะค่ะ ผู้จัดการที่รัก"
¿Por qué si no, Gregor perdería el tren de la mañana?
"แล้วทำไมเกรเกอร์ถึงพลาดรถไฟตอนเช้าล่ะ?"
"El chico no tiene nada en la cabeza excepto el negocio."
"เด็กคนนั้นไม่มีเรื่องอะไรอยู่ในใจนอกจากเรื่องธุรกิจ"
"Casi me molesta que no haga nada más".
"ฉันรู้สึกหงุดหงิดเล็กน้อยที่เขาไม่ทำอะไรอย่างอื่นเลย"
"Me gustaría que saliera por las noches a tomar aire fresco".
"ฉันหวังว่าเขาจะออกไปสูดอากาศบริสุทธิ์ในตอนเย็นบ้าง"
"Estuvo en la ciudad ocho días por negocios."
"เขาอยู่ในเมืองนี้แปดวันเพื่อทำธุรกิจ"
"Pero él estaba en casa todas esas noches"
"แต่ในช่วงเย็นเหล่านั้น เขาอยู่บ้านทุกคืน"
"Se sienta en nuestra mesa y lee el periódico".
"เขานั่งที่โต๊ะของเราและอ่านหนังสือพิมพ์"
"En otras ocasiones, estudia los horarios de los trenes."
"บางครั้งเขาก็ศึกษาตารางเวลาของรถไฟ"

"A veces se mantiene ocupado con la carpintería".
"บางครั้งเขาก็ใช้เวลาว่างไปกับการทำงานไม้"

"Por ejemplo, talló un pequeño marco de madera para cuadros".
"ตัวอย่างเช่น เขาแกะสลักกรอบรูปไม้ขนาดเล็ก"

"Estuvo ocupado con la sierra durante dos o tres tardes".
"เขาใช้เวลาสองสามเย็นอยู่กับการใช้เลื่อย"

"Te sorprenderá lo bonito que es el marco de fotos".
"คุณจะต้องทึ่งกับความสวยงามของกรอบรูปนี้"

"Ha colgado el marco de fotos en su habitación."
"เขาได้แขวนกรอบรูปไว้ในห้องของเขาแล้ว"

"Cuando abra la puerta veréis su carpintería."
"เมื่อเขาเปิดประตู คุณจะเห็นงานไม้ของเขา"

"Por cierto, me alegro de que esté aquí, señor Prokurist".
"ว่าแต่ ผมดีใจที่คุณมาที่นี่นะครับ คุณโปรคูริสต์"

"Solos no habríamos podido lograr que Gregor abriera la puerta."
"พวกเราเพียงลำพังคงไม่สามารถทำให้เกรเกอร์เปิดประตูได้"

"Es muy terco", le confesó su madre al empleado.
"เขาเป็นคนดื้อมาก" แม่ของเขาสารภาพกับพนักงาน

"Ciertamente está enfermo, aunque antes lo negó".
"เขาไม่สบายอย่างแน่นอน

แม้ว่าก่อนหน้านี้เขาจะปฏิเสธก็ตาม"

"Estaré allí enseguida", dijo Gregor lentamente y con cuidado.
"เดี๋ยวผมไปเดี๋ยวนี้" เกรเกอร์พูดช้าๆ และระมัดระวัง

Pero no hizo ningún movimiento hacia la puerta de la habitación.
แต่เขาก็ไม่ได้ขยับตัวไปทางประตูห้องเลย

No quería perderse ni una palabra de la conversación.
เขาไม่อยากพลาดแม้แต่คำพูดเดียวในการสนทนา

El secretario jefe estuvo de acuerdo con la evaluación de la madre.

หัวหน้าเสมียนเห็นด้วยกับการประเมินของมารดา
-Tampoco puedo explicarlo de otra manera, señora.
"ผมก็อธิบายเป็นอย่างอื่นไม่ได้เหมือนกันครับ คุณผู้หญิง"

"Esperemos que no tenga ninguna enfermedad grave", dijo.
เขากล่าวว่า "เราทุกคนหวังว่าเขาจะไม่ป่วยหนัก"

"Por otro lado, es un peligro en nuestra industria".
"ในทางกลับกัน มันก็เป็นอันตรายในอุตสาหกรรมของเรา"

"Nosotros, los empresarios, a menudo tenemos que superar el malestar."
"พวกเราที่เป็นนักธุรกิจมักต้องเผชิญกับความไม่สบายใจอยู่เสมอ"

"Los profesionales simplemente tienen que aguantar los dolores leves".
"มืออาชีพแค่ต้องอดทนกับอาการเจ็บเล็กน้อยก็พอ"

Mientras tanto su padre volvió a llamar a la otra puerta.
ในขณะเดียวกัน พ่อของเขาก็เคาะประตูอีกบานหนึ่งอีกครั้ง

"¿Puede entrar ahora el jefe de oficina?" quiso saber.
เขาถามว่า "เสมียนใหญ่เข้ามาได้หรือยัง?"

"No, no puede", respondió Gregor a la pregunta de su padre.
"ไม่ เขาทำไม่ได้หรอก" เกรเกอร์ตอบคำถามของพ่อ

Un silencio incómodo cayó en la habitación de la izquierda.
ความเงียบที่น่าอึดอัดปกคลุมห้องทางด้านซ้าย

En la habitación de la derecha la hermana comenzó a sollozar.
ในห้องทางด้านขวา น้องสาวเริ่มร้องไห้สะอึกสะอื้น

¿Por qué la hermana no se había ido a estar con los demás?
ทำไมพี่สาวถึงไม่ไปอยู่กับคนอื่นๆ?

Probablemente acababa de levantarse de la cama, pensó.
เขาคิดว่าเธอคงเพิ่งลุกจากเตียง

Es posible que ni siquiera haya empezado a vestirse todavía.
เธออาจจะยังไม่ได้เริ่มแต่งตัวเลยด้วยซ้ำ

Pero Gregor no podía entender por qué ella lloraba.

แต่เกรเกอร์ไม่เข้าใจว่าทำไมเธอถึงร้องไห้

¿Fue porque no se levantó y dejó entrar al gerente?
เป็นเพราะเขาไม่ลุกขึ้นและเปิดประตูให้ผู้จัดการเข้ามาหรือเปล่
า?

¿Fue porque estaba en peligro de perder su trabajo?
เป็นเพราะเขากำลังเสี่ยงที่จะตกงานหรือเปล่า?

¿Podría el jefe venir a buscar a los padres como antes?
เจ้านายอาจจะมาต่อว่าพ่อแม่เหมือนครั้งก่อนหรือเปล่า?

¿Iba a volver a hacerles las mismas exigencias de siempre?
เขากำลังจะเรียกร้องสิ่งเดิมๆ จากพวกเขาอีกหรือเปล่า?

**Estas cosas probablemente no hacían que hubiera que
preocuparse.**
เรื่องเหล่านี้อาจไม่จำเป็นต้องกังวลเลยก็ได้

Por el momento no tenía motivos para llorar.
ในตอนนี้เธอยังไม่มีเหตุผลที่จะต้องร้องไห้

Gregor todavía estaba allí, manteniendo a la familia.
เกรเกอร์ยังอยู่ที่นี่ คอยหาเลี้ยงครอบครัว

Y nunca tuvo intención de abandonar a la familia.
และเขาก็ไม่เคยมีความตั้งใจที่จะทิ้งครอบครัวไปเลย

**Por el momento, simplemente permaneció tendido sobre la
alfombra.**
ในตอนนี้เขานอนนิ่งอยู่บนพรมเท่านั้น

La familia desconocía la condición en la que se encontraba.
ครอบครัวไม่ทราบว่าเขามีอาการป่วยอย่างไร

Si lo hubieran sabido no habrían animado a su jefe.
ถ้าพวกเขารู้มาก่อน พวกคงไม่สนับสนุนเจ้านายของเขาหรอก

Ni siquiera habrían dejado entrar al gerente a la casa.
พวกเขาคงไม่ยอมให้ผู้จัดการเข้าไปในบ้านด้วยซ้ำ

No habría sido particularmente grosero rechazarlo.
การไล่เขาไปคงไม่ใช่เรื่องเสียมารยาทอะไรนัก

**Fácilmente podría haber encontrado una excusa adecuada
más tarde.**

เขาสามารถหาข้อแก้ตัวที่เหมาะสมได้ในภายหลังอย่างง่ายดาย

No era algo por lo que lo hubieran podido despedir.
มันไม่ใช่เหตุผลที่เขาควรถูกไล่ออก

Gregor pensó que ahora sería más sensato que lo dejaran solo.
เกรเกอร์รู้สึกว่าการอยู่คนเดียวคงจะเหมาะสมกว่าในตอนนี้

Molestarlo con llantos y conversaciones no sirvió de mucho.
การรบกวนเขาด้วยการร้องไห้และการพูดคุยไม่ได้ผลมากนัก

Pero fue la incertidumbre lo que molestó a los demás.
แต่ความไม่แน่นอนต่างหากที่ทำให้คนอื่นๆ รู้สึกไม่สบายใจ

Y fue esta incertidumbre la que justificó su comportamiento.
และความไม่แน่นอนนี้เองที่เป็นข้ออ้างให้พวกเขาประพฤติเช่นนั้น

—¡Señor Samsa! —gritó el gerente en voz alta.
"คุณซัมซา" ผู้จัดการตะโกนเรียกเสียงดังขึ้น

"¿Qué te pasa?" quiso saber.
เขาถามว่า "คุณเป็นอะไรไป?"

"Te has atrincherado en tu habitación."
"คุณปิดกั้นตัวเองอยู่ในห้อง"

"Solo puedes responder con un 'sí' o un 'no'."
"คุณต้องตอบเพียงแค่ 'ใช่' หรือ 'ไม่' เท่านั้น"

"Estás causando serias preocupaciones a tus padres."
"คุณกำลังทำให้พ่อแม่ของคุณเป็นห่วงอย่างมาก"

"No veo ninguna buena razón para preocuparlos".
"ฉันมองไม่เห็นเหตุผลที่ดีว่าทำไมคุณถึงต้องทำให้พวกเขากังวล"

"Hay otra cosa más que mencionaré de paso."
"มีอีกเรื่องหนึ่งที่ผมจะกล่าวถึงโดยผ่านๆ ไป"

"También estás descuidando tus obligaciones comerciales hacia nosotros".
"คุณยังละเลยหน้าที่ทางธุรกิจที่มีต่อเราด้วย"

"Esa irresponsabilidad está totalmente fuera de tu carácter".

"ความไม่รับผิดชอบแบบนี้ไม่ใช่ลักษณะนิสัยของคุณเลย"

"Hablo aquí en nombre de tus padres y de tu jefe".
"ดิฉันพูดในนามของพ่อแม่และเจ้านายของคุณค่ะ"

"Y os pido una explicación inmediata y clara."
"และผมขอให้คุณชี้แจงอย่างชัดเจนและทันที"

"Todo esto realmente me sorprende, debo decir".
"ต้องบอกว่าเรื่องทั้งหมดนี้ทำให้ผมทึ่งมากจริงๆ"

"Pensé que te conocía como una persona tranquila y razonable."
"ฉันคิดว่าฉันรู้จักคุณในฐานะคนที่ใจเย็นและมีเหตุผล"

"Pero ahora nos estás mostrando un lado diferente de ti".
"แต่ตอนนี้คุณกำลังแสดงให้เราเห็นอีกด้านหนึ่งของคุณ"

"De repente estás mostrando tus caprichos tan peculiares."
"จู่ๆ คุณก็แสดงนิสัยแปลกๆ ออกมา"

"Pero podría haber una explicación para tu fracaso".
"แต่ความล้มเหลวของคุณอาจมีคำอธิบายอยู่ก็ได้"

"El jefe mencionó una deuda que usted había cobrado para nosotros."
"เจ้านายพูดถึงหนี้ที่คุณเคยช่วยทวงถามให้เรา"

"Le di al jefe mi palabra de honor en tu nombre".
"ผมให้คำมั่นสัญญากับเจ้านายในนามของคุณแล้วครับ"

"Pero ahora veo tu incomprensible terquedad."
"แต่ตอนนี้ฉันเห็นความดื้อรั้นที่เข้าใจยากของคุณแล้ว"

"Aún podría perder todo mi deseo de ayudarte."
"ฉันอาจจะหมดความปรารถนาที่จะช่วยเหลือคุณไปเลยก็ได้"

"Su seguridad laboral no es en absoluto totalmente estable".
"ความมั่นคงในหน้าที่การงานของคุณนั้นไม่แน่นอนอย่างยิ่ง"

"Originalmente tenía la intención de contarte todo esto en privado".
"เดิมทีฉันตั้งใจจะบอกเรื่องทั้งหมดนี้ให้คุณฟังเป็นการส่วนตัว"

"Pero ahora veo que quieres que pierda mi tiempo aquí".
"แต่ตอนนี้ฉันเห็นแล้วว่าคุณต้องการให้ฉันเสียเวลาอยู่ที่นี่"

"Así que no veo ninguna razón por la que tus padres no
deberían saberlo."
"ดังนั้นฉันจึงไม่เห็นเหตุผลใดๆ
ที่พ่อแม่ของคุณจะไม่ควรทราบเรื่องนี้"

"Su desempeño reciente no ha sido satisfactorio."
"ผลงานของคุณในช่วงที่ผ่านมาไม่เป็นที่น่าพอใจ"

"Reconozco que las ventas son más lentas en esta época del
año".
"ผมยอมรับว่ายอดขายช่วงเวลานี้ของปีค่อนข้างชะลอตัว"

"Pero no hay época del año en que no haya ventas".
"แต่ไม่มีช่วงเวลาไหนของปีที่ไม่มีการขายสินค้าหรอก"

Por un momento Gregor olvidó todo lo que le rodeaba.
ชั่วขณะหนึ่ง เกรเกอร์ลืมทุกสิ่งทุกอย่างรอบตัวไป

—¡Pero señor Prokurist! —gritó Gregor desesperado.
"แต่ท่านโปรคูริสต์!" เกรกอร์ร้องออกมาด้วยความสิ้นหวัง

"Abriré la puerta enseguida, ahora mismo, no te preocupes."
"เดี๋ยวฉันจะเปิดประตูให้เดี๋ยวนี้เลย ไม่ต้องห่วง"

"El problema es que me he estado sintiendo bastante mal."
"ปัญหาคือช่วงนี้ฉันรู้สึกไม่ค่อยสบาย"

"Mi mareo me impidió llegar a la puerta."
"อาการเวียนศีรษะทำให้ฉันไปถึงประตูไม่ได้"

"Todavía estoy en cama, pero me siento mucho mejor."
"ตอนนี้ฉันยังนอนอยู่บนเตียง แต่รู้สึกดีขึ้นมากแล้ว"

"Un momento por favor, me estoy levantando de la cama."
"รอสักครู่นะคะ ฉันเพิ่งลุกจากเตียง"

"Un momento de paciencia es todo lo que pido, señor
Prokurist."
"ผมขอความอดทนเพียงสักครู่เท่านั้นครับ คุณโปรคูริสต์"

"No va tan bien como pensaba, pero estaré bien".
"มันไม่เป็นไปอย่างที่ฉันคิดไว้ แต่ฉันคงไม่เป็นไร"

"¿Cómo puede sucederle algo así a una persona tan
rápidamente?"

"เรื่องแบบนี้เกิดขึ้นกับคนๆ หนึ่งได้เร็วขนาดนี้ได้อย่างไร?"

"Me sentí bien anoche, mis padres lo saben."
"เมื่อคืนฉันรู้สึกสบายดี พ่อแม่ฉันรู้เรื่องนั้น"

"Pero quizá ya tuve una pequeña premonición entonces."
"แต่บางทีตอนนั้นฉันอาจจะมีลางสังหรณ์มาบ้างแล้วก็ได้"

"Quizás te preguntes por qué no lo reporté en la oficina".
"คุณอาจถามว่าทำไมฉันไม่รายงานเรื่องนี้ที่ที่ทำงาน"

"Pensé que me sentiría mucho mejor por la mañana".
"ฉันคิดว่าพรุ่งนี้เช้าฉันน่าจะรู้สึกดีขึ้นกว่านี้"

"Uno siempre piensa que para entonces ya habrá superado la enfermedad."
"คนเรามักคิดว่าตัวเองจะหายจากโรคนี้ได้ภายในเวลานั้น"

"¡Pero por favor! ¡Libera a mis padres de estas acusaciones!"
"ได้โปรด! อย่ากล่าวหาพ่อแม่ของฉันเลย!"

"No me han dicho ni una palabra de lo que me contaste."
"ฉันไม่ได้รับแจ้งอะไรเลยเกี่ยวกับสิ่งที่คุณบอกฉัน"

"Puede que no hayas leído las últimas órdenes que envié".
"คุณอาจไม่ได้อ่านคำสั่งซื้อล่าสุดที่ฉันส่งออกไป"

"Por cierto, no tienes que preocuparte por mí hoy."
"อ้อ แล้วก็ วันนี้คุณไม่ต้องห่วงฉันนะ"

"Aun así voy a tomar el tren de las ocho."
"ฉันยังคงจะขึ้นรถไฟเที่ยวแปดโมงเช้าอยู่ดี"

"Las pocas horas de descanso me han fortalecido bastante".
"การพักผ่อนเพียงไม่กี่ชั่วโมงก็ทำให้ฉันแข็งแรงขึ้นมากพอแล้ว"

"Realmente no hay necesidad de esperar, gerente."
"คุณไม่จำเป็นต้องรอเลยครับ ผู้จัดการ"

"Yo también estaré en la oficina muy pronto."
"ผมเองก็จะกลับไปทำงานที่ออฟฟิศในเร็วๆ นี้เช่นกัน"

"Y por favor, ten la amabilidad de decirme algo bueno".
"และกรุณาช่วยพูดถึงฉันในแง่ดีด้วยนะคะ"

Gregor había pronunciado su explicación con bastante precipitación.
เกรเกอร์อธิบายเรื่องนั้นอย่างรีบร้อนไปหน่อย

Apenas sabía lo que realmente estaba tratando de decir.
เขาแทบไม่รู้เลยว่าตัวเองต้องการจะพูดอะไรกันแน่

Se acercó a la caja y trató de usarla para ponerse de pie.
เขาเดินไปที่กล่องและพยายามใช้มันเพื่อพยุงตัวขึ้นยืน

Realmente tenía toda la intención de abrir la puerta.
เขามีความตั้งใจจริงที่จะเปิดประตู

Quería ser visto por el representante autorizado.
เขาต้องการพบตัวแทนผู้มีอำนาจ

Y quería resolver el problema con él personalmente.
และเขาต้องการแก้ไขปัญหานั้นด้วยตนเอง

Estaba ansioso por saber cómo reaccionarían los demás ante él.
เขาอยากรู้ว่าคนอื่นๆ จะมีปฏิกิริยาต่อเขาอย่างไร

Ya deben estar ansiosos por ver cómo está.
ตอนนี้พวกเขาก็คงอยากรู้เหมือนกันว่าเขาเป็นอย่างไรบ้าง

Había dos formas posibles en las que podían reaccionar ante él.
พวกเขาสามารถตอบสนองต่อเขาได้สองวิธีที่เป็นไปได้

Una posibilidad era que estuvieran asustados.
ความเป็นไปได้อย่างหนึ่งก็คือ พวกเขาอาจจะหวาดกลัว

Si estaban asustados entonces él no tenía ninguna responsabilidad.
ถ้าพวกเขากลัว เขาก็ไม่มีความรับผิดชอบใดๆ

Y entonces no tendría que preocuparse por la situación.
แล้วเขาก็จะไม่ต้องกังวลกับสถานการณ์นั้นอีกต่อไป

Pero también había otra posibilidad en la que pensar.
แต่ก็ยังมีอีกความเป็นไปได้หนึ่งที่ควรพิจารณา

Quizás aceptarían con calma su forma de ser.
บางทีพวกเขาอาจจะยอมรับในสิ่งที่เขาเป็นอย่างใจเย็นก็ได้

Entonces Gregor tampoco tendría motivos para enojarse.

ถ้าอย่างนั้นเกรเกอร์ก็คงไม่มีเหตุผลที่จะโกรธเช่นกัน

Todavía habría tiempo suficiente para coger el tren.
ยังมีเวลาเหลือพอที่จะขึ้นรถไฟได้

Sin embargo, mantenerse en pie no fue una tarea fácil.
อย่างไรก็ตาม การยืนตัวตรงไม่ใช่เรื่องง่ายเลย

En sus primeros intentos se resbaló de la caja.
ในการลองครั้งแรก ๆ เขาพลาดท่าลื่นตกจากกล่อง

La caja era demasiado lisa para que él pudiera apoyarse contra ella.
กล่องนั้นเรียบเกินไปจนเขาไม่สามารถยืนพิงได้

Y finalmente se dio un último empujón para ponerse de pie.
และในที่สุดเขาก็พยายามอย่างสุดกำลังเพื่อลุกขึ้นยืน

Ya no le prestó más atención al dolor en su abdomen.
เขาไม่สนใจอาการปวดท้องอีกต่อไปแล้ว

No importaba cuánto dolor sintiera, él lo superaría.
ไม่ว่าจะเจ็บปวดแค่ไหน เขาก็จะผ่านมันไปได้

Se dejó caer contra el respaldo de una silla cercana.
เขาทิ้งตัวพิงพนักเก้าอี้ที่อยู่ใกล้ๆ

Y se agarró a los bordes con sus pequeñas piernas.
และเขาก็ใช้ขาเล็กๆ ของเขาเกาะขอบเอาไว้

En ese momento ya tenía más control de sí mismo.
ณ จุดนี้ เขาสามารถควบคุมตัวเองได้มากขึ้น

Y su caída fue más silenciosa que la anterior.
และการล่มสลายของเขาก็เงียบกว่าครั้งก่อนมาก

Porque tenía que escuchar lo que decía el gerente.
เพราะเขาต้องฟังสิ่งที่ผู้จัดการพูด

¿Entendieron algo de eso?, preguntó a los padres.
"พวกคุณเข้าใจอะไรบ้างไหม?" เขาถามพ่อแม่

"No se burlaría de nosotros, ¿verdad?"
"เขาคงไม่มาหลอกเราหรอกใช่ไหม?"

—¡Por Dios! —gritó la madre, ya llorando.
"เพื่อเห็นแก่พระเจ้า!" แม่ร้องออกมาทั้งน้ำตา

"Puede que esté gravemente enfermo y lo estamos atormentando".
"เขาอาจป่วยหนักและเรากำลังทรมานเขาอยู่"

"¡Grete! ¡Grete!", le gritó a la hija.
"เกรเต! เกรเต!" เธอตะโกนบอกลูกสาว

"¿Mamá?" llamó la hermana desde el otro lado.
"แม่คะ?" พี่สาวร้องเรียกจากอีกฝั่งหนึ่ง

Luego se comunicaron a través de la habitación de Gregor.
จากนั้นพวกเขาจึงสื่อสารกันผ่านห้องของเกรเกอร์

Gregor está muy enfermo y necesita medicamentos.
"เกรเกอร์ป่วยหนักและจำเป็นต้องกินยา"

"Tendrás que ir al médico inmediatamente."
"คุณต้องไปพบแพทย์ทันที"

¿Escuchaste cómo habló Gregor hace un momento?
"คุณได้ยินที่เกรเกอร์พูดเมื่อกี้นี้ไหม?"

"Esa era la voz de un animal", dijo el gerente.
"นั่นเป็นเสียงของสัตว์" ผู้จัดการกล่าว

Sus palabras eran silenciosas comparadas con los gritos de la madre.
คำพูดของเขานั้นเบามากเมื่อเทียบกับเสียงกรีดร้องของแม่

—¡Anna! ¡Anna! —llamó el padre desde la antesala.
"แอนนา! แอนนา!" พ่อตะโกนเรียกผ่านห้องโถง

Y aplaudió para llamar su atención.
แล้วเขาก็ปรบมือเพื่อดึงความสนใจของพวกเขา

"¡Llama a un cerrajero inmediatamente!" le ordenó a la criada.
"ไปตามช่างทำกุญแจมาเดี๋ยวนี้!" เขาออกคำสั่งกับแม่บ้าน

Las muchachas, con sus faldas, corrían por la antesala.
เด็กสาวในชุดกระโปรงวิ่งผ่านห้องโถงด้านหน้า

Y sus faldas crujieron mientras corrían frente a su habitación.

และเสียงกระโปรงของพวกเธอก็พลิ้วไหวขณะวิ่งผ่านห้องของเขา

"¿Cómo se vistió la hermana tan rápido?" pensó.
"น้องสาวแต่งตัวเสร็จเร็วขนาดนี้ได้ยังไงกันนะ?" เขาคิดในใจ

La puerta se abrió de golpe, pero no se cerró de golpe.
ประตูถูกงัดเปิดออก แต่ไม่ได้ปิดกระแทกอย่างแรง

Esto es común en los hogares donde ocurre una gran desgracia.
เหตุการณ์เช่นนี้มักเกิดขึ้นในบ้านที่ประสบกับโชคร้ายครั้งใหญ่

Pero todo esto había hecho que Gregor se volviera mucho más tranquilo.
แต่ทั้งหมดนี้กลับทำให้เกรเกอร์สงบลงมาก

Cuando escuchó sus propias palabras le parecieron claras.
เมื่อเขาได้ยินคำพูดของตัวเอง เขาก็รู้สึกว่ามันชัดเจนดี

De hecho, sintió que sus palabras habían sido más claras.
อันที่จริงเขารู้สึกว่าคำพูดของเขานั้นชัดเจนกว่าเดิมเสียอีก

Pero los demás ya no entendían lo que decía.
แต่คนอื่นๆ ไม่เข้าใจสิ่งที่เขาพูดอีกต่อไปแล้ว

Quizás ya se había acostumbrado a sus oídos.
บางทีตอนนี้เขาอาจจะเริ่มชินกับหูของตัวเองแล้วก็ได้

Pero al menos ahora entendían mejor su situación.
แต่อย่างน้อยตอนนี้พวกเขาก็เข้าใจสถานการณ์ของเขาดีขึ้นแล้ว

Se dieron cuenta de que realmente había algo mal con él.
พวกเขาตระหนักได้ว่ามีบางอย่างผิดปกติกับเขาจริงๆ

Y ahora estaban haciendo todo lo que podían para ayudarlo.
และตอนนี้พวกเขากำลังทำทุกวิถีทางเพื่อช่วยเหลือเขา

Esto le dio a Gregor una sensación de confianza que le faltaba.
สิ่งนี้ทำให้เกรเกอร์รู้สึกมั่นใจมากขึ้น ซึ่งเป็นสิ่งที่เขาขาดหายไป

Y se sintió nuevamente mucho más seguro en la familia.
และเขารู้สึกปลอดภัยในครอบครัวมากขึ้นอีกครั้ง

Se sintió incluido nuevamente en el círculo humano.
เขารู้สึกว่าตัวเองได้กลับเข้ามาเป็นส่วนหนึ่งของกลุ่มมนุษย์อีกครั้ง

Ahora tenía que esperar que el cerrajero pudiera abrir la puerta.
ตอนนี้เขาต้องหวังว่าช่างทำกุญแจจะเปิดประตูได้

Y esperaba que el médico pudiera realizar tales tareas.
และเขาหวังว่าแพทย์จะสามารถปฏิบัติงานเหล่านั้นได้

Pronto tendría que hablar más.
เขาจะต้องพูดมากขึ้นอีกในไม่ช้า

Su voz tendría que ser lo más clara posible.
เขาต้องพูดด้วยเสียงที่ชัดเจนที่สุดเท่าที่จะเป็นไปได้

Para prepararse para la reunión se aclaró la garganta.
เขาจึงกระแอมเพื่อเตรียมตัวสำหรับการประชุม

Sin embargo, hizo todo lo posible para toser muy silenciosamente.
อย่างไรก็ตาม เขาพยายามอย่างเต็มที่ที่จะไอเบาๆ เท่านั้น

El ruido podría haber sonado diferente a una tos humana.
เสียงนั้นอาจฟังดูแตกต่างจากเสียงไอของมนุษย์

Sabía que ya no podía diferenciar esas cosas.
เขารู้ว่าเขาไม่สามารถแยกแยะสิ่งเหล่านั้นได้อีกต่อไปแล้ว

En la habitación contigua reinaba un silencio absoluto.
ในห้องถัดไปนั้นเงียบสนิทแล้ว

Los padres probablemente estaban sentados a la mesa.
พ่อแม่คงนั่งอยู่ที่โต๊ะเดียวกัน

Quizás estaban susurrando con el gerente.
พวกเขาอาจกำลังกระซิบกับผู้จัดการอยู่ก็ได้

Quizás todos estaban apoyados en la puerta y escuchando.
บางทีทุกคนอาจจะยืนพิงประตูและแอบฟังอยู่ก็ได้

Gregor empujó lentamente la silla hacia la puerta.
เกรเกอร์ค่อยๆ ผลักเก้าอี้ไปทางประตู

Empujó la puerta y se mantuvo en pie.

เขาดันประตูและทรงตัวให้ยืนตรง

Se enteró de que las almohadillas de sus pies tenían un poco de pegamento.
เขาได้เรียนรู้ว่าบริเวณฝ่าเท้าของเขามีสารยึดเกาะอยู่เล็กน้อย

Y descansó allí un momento del esfuerzo.
และเขาพักผ่อนสักครู่ตรงนั้นเพื่อคลายความเหนื่อยล้า

Después de descansar lo suficiente, comenzó con la siguiente tarea.
หลังจากพักผ่อนจนเพียงพอแล้ว

เขาก็เริ่มลงมือทำภารกิจต่อไป

Empezó a girar la llave en la cerradura con la boca.
เขาเริ่มหมุนกุญแจในล็อกด้วยปากของเขา

Desafortunadamente, parecía que no tenía dientes reales.
น่าเสียดายที่ดูเหมือนว่าเขาจะไม่มีฟันเลยสักซี่

¿Pero qué otra forma tenía de conseguir las llaves?
แต่เขามีวิธีอื่นใดที่จะคว้ากุญแจมาได้อีกบ้าง?

Afortunadamente para él, sus mandíbulas eran, por supuesto, muy fuertes.
โชคดีที่ขากรรไกรของเขานั้นแข็งแรงมาก

Con la ayuda de sus mandíbulas realmente consiguió mover la llave.
ด้วยความช่วยเหลือของขากรรไกร

เขาจึงสามารถขยับกุญแจได้สำเร็จ

No tenía ninguna duda de que él también se estaba haciendo daño.
เขาไม่ลังเลเลยว่าตัวเองก็กำลังทำร้ายตัวเองด้วยเช่นกัน

Porque de su boca salía un líquido marrón.
เพราะมีของเหลวสีน้ำตาลไหลออกมาจากปากของเขา

El líquido marrón fluyó sobre la llave y por la puerta.
ของเหลวสีน้ำตาลไหลลงบนกุญแจและไหลลงมาตามประตู

Pero a Gregorio no le importaba hacerse daño a sí mismo.
แต่เกรเกอร์ไม่สนใจว่าเขากำลังทำร้ายตัวเอง

"¿Puedes oír eso?" dijo el gerente en la habitación de al lado.
"คุณได้ยินเสียงนั้นไหม?" ผู้จัดการพูดจากห้องข้างๆ

"Está girando la llave", había notado el gerente.
"เขากำลังบิดกุญแจ" ผู้จัดการสังเกตเห็น

Estas palabras fueron un gran estímulo para Gregor.
คำพูดเหล่านั้นเป็นกำลังใจอย่างมากสำหรับเกรเกอร์

Pero el padre y la madre también deberían haber gritado:
แต่พ่อและแม่ก็ควรจะตะโกนออกมาด้วยเช่นกัน:

«¡Bien, Gregor!», deberían haberle gritado.
"เยี่ยมมาก เกรกอร์" พวกเขาน่าจะตะโกนบอกเขาไปอย่างนั้น

"Sigue adelante, sigue girando esa llave, puedes lograrlo".
"สู้ต่อไป หมุนกุญแจต่อไป คุณทำได้"

Pero Gregor tuvo que imaginarse su emoción.
แต่แทนที่จะเป็นเช่นนั้น

เกรเกอร์กลับต้องจินตนาการถึงความตื่นเต้นของพวกเขาแทน

Apretó las mandíbulas con toda la fuerza que tenía.
เขาขบฟันแน่นด้วยแรงทั้งหมดที่มี

Y continuó girando la llave en la cerradura.
และเขาก็ยังคงหมุนกุญแจในล็อกต่อไป

Dolorosamente su cuerpo se retorció en un círculo.
ร่างกายของเขาบิดตัวเป็นวงกลมอย่างเจ็บปวด

Ahora se mantenía erguido únicamente con la boca.
ตอนนี้เขาพยุงตัวเองให้ยืนอยู่ได้ด้วยปากเพียงอย่างเดียว

Para seguir girando la llave presionó contra la puerta.
เขาพยายามบิดกุญแจต่อไปโดยกดกุญแจแนบกับประตู

Finalmente el chasquido de la cerradura despertó de nuevo a
Gregor.
ในที่สุดเสียงล็อกประตูก็ปลุกเกรเกอร์ให้ตื่นขึ้นอีกครั้ง

"Así que no necesité al cerrajero", suspiró aliviado.
"งั้นผมก็ไม่ต้องเรียกช่างทำกุญแจแล้วสินะ"
เขาถอนหายใจด้วยความโล่งอก

Ahora sólo faltaba abrir la puerta que había desbloqueado.

ตอนนี้เขาแค่ต้องเปิดประตูที่เขาไม่ได้ล็อกไว้เท่านั้นเอง

Y con la cabeza en el pomo abrió la puerta.
แล้วเขาก็เอาหัวพิงลูกบิดประตูเพื่อเปิดประตูออก

Estaba detrás de la puerta que daba a su habitación.
เขาอยู่หลังประตูซึ่งเปิดเข้าไปในห้องของเขา

Así que la puerta ya estaba abierta antes de que pudiera ser visto.
ดังนั้นประตูจึงเปิดอยู่แล้วก่อนที่เขาจะปรากฏตัว

A continuación tuvo que maniobrar para rodear la puerta.
จากนั้นเขาต้องหาทางอ้อมประตูนั้นไป

Este difícil movimiento también requirió mucho esfuerzo.
การเคลื่อนไหวที่ยากลำบากนี้ต้องใช้ความพยายามอย่างมากเช่นกัน

No quería caer torpemente en la habitación contigua.
เขาไม่อยากพลัดตกไปห้องข้างๆ อย่างไม่ระมัดระวัง

Así que no tuvo tiempo de prestar atención a nada más.
ดังนั้นเขาจึงไม่มีเวลาไปสนใจสิ่งอื่นใดเลย

Pero entonces oyó al jefe de oficina exclamar en voz alta: "¡Oh!".
แต่แล้วเขาก็ได้ยินเสมียนใหญ่ร้องออกมาดังๆ ว่า "โอ้!"

Sonaba como si el viento corriera a través de la casa.
ฟังดูเหมือนลมกำลังพัดแรงผ่านบ้าน

Resultó que él era el que estaba más cerca de la puerta.
เขาบังเอิญเป็นคนที่อยู่ใกล้ประตูที่สุด

Y al verlo, se llevó la mano a la boca.
และเมื่อเห็นเขา เขาก็เอามือปิดปาก

Se movió lentamente hacia atrás, alejándose de Gregor.
เขาค่อยๆ ถอยหลังออกห่างจากเกรกอร์

Pero era como si una fuerza invisible actuara sobre él.
แต่มันเหมือนมีพลังลึกลับบางอย่างกำลังกระทำต่อเขาอยู่

Lo primero que hizo la madre fue mirar al padre.
สิ่งแรกที่แม่ทำคือมองไปที่พ่อ

A pesar de la presencia del gerente, su cabello estaba despeinado.
แม้จะมีผู้จัดการอยู่ด้วย แต่ผมของเธอก็ยังยุ่งเหยิง

Desplegó los brazos y dio dos pasos hacia adelante.
เธอคลายแขนออก แล้วก้าวไปข้างหน้าสองก้าว

Pero entonces se desplomó en medio de su falda.
แต่แล้วเธอก็ทรุดตัวลงกลางกระโปรงของเธอ

Su vestido se extendió a su alrededor en el suelo.
กระโปรงของเธอกระจายไปทั่วพื้น

Y su cabeza desapareció sobre sus propios pechos.
แล้วศีรษะของเธอก็หายลงไปแนบกับหน้าอกของตัวเอง

El padre apretó el puño con expresión hostil.
พ่อกำหมัดแน่นด้วยสีหน้าไม่พอใจ

Parecía querer que Gregor fuera empujado de nuevo a su habitación.
ดูเหมือนเขาอยากให้เกรเกอร์ถูกผลักกลับเข้าไปในห้องของเขา

Luego miró con incertidumbre alrededor de la sala de estar.
จากนั้นเขาก็มองไปรอบๆ ห้องนั่งเล่นด้วยสีหน้าไม่แน่ใจ

Y finalmente se cubrió los ojos entre las manos.
และในที่สุดเขาก็เอามือปิดตาตัวเอง

Y lloró amargamente hasta que su poderoso pecho se estremeció.
และเขาร้องไห้อย่างขมขื่นจนอกอันแข็งแรงของเขาสั่นสะเทือน

Gregor en realidad no entró en su habitación.
จริงๆ แล้วเกรเกอร์ไม่ได้เข้าไปในห้องของพวกเขาเลย

En lugar de eso, se apoyó contra el marco de la puerta.
แต่เขากลับเอนตัวพิงกรอบประตูแทน

Para los que estaban desde fuera solo era visible la mitad de su cuerpo.
จากภายนอกมองเห็นร่างกายของเขาเพียงครึ่งเดียวเท่านั้น

Y encima de su cuerpo estaba su cabeza, inclinada hacia un lado.
และบนสุดของร่างกายเขาคือศีรษะที่เอียงไปด้านข้าง

Para entonces la luz se había vuelto mucho más brillante que antes.
ตอนนี้แสงสว่างขึ้นกว่าเดิมมากแล้ว

Ahora se podía ver claramente el otro lado de la calle.
ตอนนี้สามารถมองเห็นอีกฝั่งของถนนได้อย่างชัดเจนแล้ว

Apareció una sección del interminable y gris hospital.
ส่วนหนึ่งของโรงพยาบาลสีเทาอันกว้างใหญ่ปรากฏขึ้น

La lluvia de la mañana aún no había parado del todo de caer.
ฝนที่ตกในตอนเช้ายังคงตกอยู่บ้าง

Pero ahora las gotas de lluvia eran más grandes y estaban más separadas.
แต่คราวนี้เม็ดฝนมีขนาดใหญ่ขึ้นและตกห่างกันมากขึ้น

Los platos del desayuno estaban en abundancia en la mesa.
อาหารเช้าถูกจัดวางอยู่บนโต๊ะอย่างมากมาย

El padre pensaba que el desayuno era la comida más importante.
พ่อคิดว่าอาหารเช้าเป็นมื้อที่สำคัญที่สุด

El desayuno era una comida que se prolongaba durante horas.
อาหารเช้าเป็นมื้อที่เขาใช้เวลานานหลายชั่วโมงในการรับประทาน

Y en esas horas leía los distintos periódicos.
และในช่วงเวลานั้น เขาได้อ่านหนังสือพิมพ์ต่างๆ

Justo en la pared opuesta colgaba una fotografía de Gregor.
บนผนังฝั่งตรงข้ามมีรูปถ่ายของเกรเกอร์แขวนอยู่

La fotografía en la pared lo mostraba como teniente.
รูปถ่ายบนผนังแสดงให้เห็นเขาในฐานะร้อยโท

Era una fotografía de su época en el ejército.
เป็นภาพถ่ายจากช่วงเวลาที่เขาประจำการอยู่ในกองทัพ

Su mano estaba sobre su espada y tenía una sonrisa despreocupada.
มือของเขาวางอยู่บนดาบ และเขามีรอยยิ้มอย่างไม่ใส่ใจ

Su postura y su uniforme exigían cierto respeto.

ท่าทางและเครื่องแบบของเขาทำให้ผู้คนต้องให้ความเคารพใน
ระดับหนึ่ง

La otra puerta que conducía a la antesala también estaba abierta.
ประตูอีกบานที่นำไปสู่ห้องโถงก็เปิดอยู่เช่นกัน

Y la puerta del apartamento todavía estaba abierta también.
และประตูทางเข้าอพาร์ตเมนต์ก็ยังเปิดอยู่ด้วย

Se podía ver hasta el patio delantero del apartamento.
สามารถมองเห็นลานหน้าอพาร์ตเมนต์ได้อย่างชัดเจน

Y luego las escaleras conducían a la calle de abajo.
จากนั้นบันไดก็ทอดลงไปยังถนนด้านล่าง

Gregor fue el único que mantuvo la compostura.
เกรเกอร์เป็นคนเดียวที่ยังคงควบคุมอารมณ์ได้ดี

Él vio esto, por lo que la conversación era su responsabilidad.
เขาเห็นเช่นนั้น
ดังนั้นการสนทนาจึงเป็นความรับผิดชอบของเขา

"Bueno, ahora me voy a vestir para ir a trabajar", dijo.
"เอาล่ะ ผมจะไปแต่งตัวไปทำงานแล้ว" เขากล่าว

"Después de haber empaquetado las muestras textiles, me iré."
"หลังจากที่ฉันแพ็คตัวอย่างผ้าเสร็จแล้ว ฉันจะออกไป"

"¿Aún tiene intención de dispararme, señor Prokurist?"
"คุณยังตั้งใจจะไล่ผมออกอยู่อีกหรือครับ คุณโปรคูริสต์?"

"Como puedes ver, no soy tan terco como pensabas."
"อย่างที่คุณเห็น ฉันไม่ได้ดื้อรั้นอย่างที่คุณคิดหรอก"

"Y puedes ver que después de todo me gusta trabajar".
"และคุณก็คงเห็นแล้วว่าสุดท้ายแล้วฉันก็ชอบทำงานจริงๆ"

"Puedo admitir que viajar por trabajo no es fácil".
"ฉันยอมรับว่าการเดินทางเพื่อทำงานไม่ใช่เรื่องง่าย"

"Pero también puedo aceptar que es parte de mi trabajo".
"แต่ฉันก็ยอมรับได้เช่นกันว่ามันเป็นส่วนหนึ่งของงานของฉัน"

"Gerente, ¿adónde va? ¿De vuelta a la oficina?"
"ผู้จัดการ คุณจะไปไหนคะ กลับไปที่ออฟฟิศเหรอคะ?"

"¿Informarás verazmente de todo lo que has visto?"
"คุณจะรายงานทุกสิ่งที่คุณเห็นตามความจริงหรือไม่?"

"A veces sucede que uno no puede ir a trabajar."
"บางครั้งก็อาจเกิดขึ้นได้ว่าเราไม่สามารถไปทำงานได้"

"Este es el momento adecuado para recordar los logros
pasados".
"นี่คือช่วงเวลาที่เหมาะสมที่จะหวนรำลึกถึงความสำเร็จในอดีต"

"Después de eliminar la dificultad, uno trabaja aún mejor."
"เมื่อขจัดอุปสรรคออกไปแล้ว การทำงานก็จะดียิ่งขึ้น"

"Mi diligencia y concentración aumentarán".
"ความขยันหมั่นเพียรและสมาธิของฉันจะเพิ่มสูงขึ้น"

"Sabes muy bien que estoy en deuda con el jefe."
"คุณก็รู้ดีอยู่แล้วว่าผมเป็นหนี้บุญคุณเจ้านาย"

"Pero también estoy preocupada por mis padres y mi
hermana".
"แต่ฉันก็เป็นห่วงพ่อแม่และน้องสาวของฉันด้วย"

"Estoy en una situación difícil, pero encontraré la manera de
salir de ella".
"ตอนนี้ผมอยู่ในสถานการณ์ที่ลำบาก
แต่ผมจะหาทางผ่านมันไปให้ได้"

"No hagas esto más difícil de lo que ya es."
"อย่าทำให้เรื่องนี้ยากกว่าที่เป็นอยู่เลย"

"Como compañeros de trabajo también tenemos que
ayudarnos unos a otros".
"ในฐานะเพื่อนร่วมงาน เราก็ต้องช่วยเหลือซึ่งกันและกันด้วย"

"Sé que a los trabajadores de oficina no les gustan los
viajeros".
"ฉันรู้ว่าพนักงานออฟฟิศไม่ชอบนักเดินทาง"

"¿Crees que ganamos una fortuna y llevamos una buena
vida?"

"คุณคิดว่าเราหาเงินได้มากมายและใช้ชีวิตอย่างสุขสบายงั้นหรือ"

"No tienen ningún motivo real para considerar sus prejuicios".
"พวกเขาไม่มีเหตุผลที่แท้จริงที่จะต้องพิจารณาอคติของตนเอง"

"Pero usted, oficial autorizado, tiene un papel diferente."
"แต่คุณซึ่งเป็นเจ้าหน้าที่ผู้มีอำนาจ มีบทบาทที่แตกต่างออกไป"

"Tienes una mejor visión general que el resto del personal".
"คุณมีความเข้าใจภาพรวมได้ดีกว่าพนักงานคนอื่นๆ"

"De hecho, creo que probablemente tengas la mejor visión general".
"ที่จริงแล้ว ผมคิดว่าคุณอาจจะมีภาพรวมที่ดีที่สุด"

"Tienes una visión mejor que el propio jefe".
"คุณมีภาพรวมที่ดีกว่าเจ้านายเสียอีก"

"Admito que el jefe hace el trabajo empresarial".
"ผมยอมรับว่าเจ้านายลงมือทำงานด้านการเป็นผู้ประกอบการเอง"

"Pero es fácil que sus juicios sean erróneos."
"แต่การตัดสินของเขาอาจถูกบิดเบือนได้ง่าย"

"Y estos pequeños errores de juicio pueden ser en nuestro detrimento".
"และการตัดสินใจผิดพลาดเล็กๆ น้อยๆ เหล่านี้อาจส่งผลเสียต่อเราได้"

"Ya sabes lo fácil que es hablar del viajero."
"คุณก็รู้ว่าการพูดถึงนักเดินทางนั้นง่ายแค่ไหน"

"Él no está allí para defender su reputación de los chismes".
"เขาไม่ได้อยู่ที่นั่นเพื่อปกป้องชื่อเสียงของตัวเองจากข่าวลือ"

"Esas acusaciones pueden fácilmente ser meras coincidencias".
"ข้อกล่าวหาเหล่านี้อาจเป็นเพียงเรื่องบังเอิญก็ได้"

"Muchas quejas ni siquiera tienen su base en ninguna verdad."
"ข้อร้องเรียนหลายอย่างไม่ได้มีพื้นฐานมาจากความจริงเลยด้วยซ้ำ"

"Está fuera de la oficina casi todo el año."
"เขาไม่อยู่ที่สำนักงานเกือบตลอดทั้งปี"

¿Qué posibilidades tiene de defender su propia reputación?
"เขามีโอกาสแค่ไหนที่จะปกป้องชื่อเสียงของตัวเองได้?"

"Ni siquiera se entera de las acusaciones".
"เขาไม่ได้แม้แต่จะได้รู้เกี่ยวกับข้อกล่าวหาเหล่านั้นเลย"

"Se entera de lo que se ha dicho cuando ya es demasiado tarde."
"เขามารู้ว่ามีการพูดอะไรไปบ้างก็ต่อเมื่อสายเกินไปแล้ว"

A estas alturas ya está exhausto por el viaje del día.
"ถึงตอนนั้นเขาก็เหนื่อยล้าจากการเดินทางตลอดทั้งวันแล้ว"

"De todos modos, tendrá que experimentar las terribles consecuencias".
"อย่างไรเขาก็ต้องเผชิญกับผลที่ตามมาอันเลวร้ายอยู่ดี"

"Aunque no tiene forma de entender el problema."
"ถึงแม้ว่าเขาจะไม่มีทางเข้าใจปัญหาได้เลยก็ตาม"

"Oh, gerente, no se vaya sin decirme una palabra".
"โอ้ ผู้จัดการ อย่าเพิ่งไปโดยไม่บอกอะไรฉันก่อนนะ"

"Al menos dime que estás de acuerdo conmigo en parte."
"อย่างน้อยก็บอกฉันหน่อยว่าคุณเห็นด้วยกับฉันบางส่วน"

Pero el manager se había alejado de Gregor mucho antes.
แต่ผู้จัดการได้หันหลังให้กับเกรเกอร์ไปนานแล้ว

Su hombro se contrajo cuando volvió a mirar a Gregor.
ไหล่ของเขาขยับเล็กน้อยเมื่อเขามองกลับไปที่เกรเกอร์

Y no se quedó quieto ni un solo momento durante su discurso.
และเขาก็ไม่ได้ยืนนิ่งเลยแม้แต่ครั้งเดียวระหว่างการกล่าวสุนทรพจน์

Él había mirado a Gregor con los labios fruncidos.
เขามองกลับไปที่เกรเกอร์ด้วยริมฝีปากที่เม้มแน่น

Se había ido retirando gradualmente hacia la puerta.
เขากำลังค่อยๆ ถอยห่างออกไปทางประตู

Pero tampoco podía apartar la mirada de Gregor.
แต่เขาก็ไม่อาจละสายตาจากเกรเกอร์ได้เช่นกัน

Sintió como si hubiera una prohibición secreta de salir de la habitación.
เขารู้สึกเหมือนมีข้อห้ามลับๆ เกี่ยวกับการออกจากห้องนั้น

Pero a estas alturas ya estaba en el vestíbulo de entrada.
แต่ถึงตอนนี้เขาก็อยู่ที่โถงทางเข้าแล้ว

Y ahora hizo un movimiento repentino hacia la salida.
และตอนนี้เขาก็ขยับตัวออกไปทางประตูทางออกอย่างกะทันหัน

Extendió su mano derecha hacia las escaleras.
เขายื่นมือขวาออกไปทางบันได

Quizás una fuerza sobrenatural estaba esperando para salvarlo.
บางทีอาจมีพลังเหนือธรรมชาติรอช่วยเขาอยู่ก็ได้

Gregor sabía que no podía permitir que se fuera así.
เกรเกอร์รู้ว่าเขาไม่อาจปล่อยให้เขาจากไปแบบนี้ได้

El gerente no debe regresar con el mismo humor en el que estaba.
ผู้จัดการไม่ควรกลับมาในอารมณ์แบบที่เขาเป็นอยู่

La seguridad del trabajo de Gregor estaba en grave peligro.
ความมั่นคงในหน้าที่การงานของเกรเกอร์ตกอยู่ในความเสี่ยงอย่างมาก

Los padres no podían comprender plenamente todo esto.
พ่อแม่ไม่สามารถเข้าใจเรื่องทั้งหมดนี้ได้อย่างถ่องแท้

Con los años se habían acostumbrado a su seguridad laboral.
ตลอดหลายปีที่ผ่านมา

พวกเขาเริ่มคุ้นเคยกับความมั่นคงในหน้าที่การงานของเขาแล้ว

Y se convencieron de que tenía el trabajo de por vida.

และพวกเขาก็เริ่มมั่นใจว่าเขาจะได้งานนี้ไปตลอดชีวิต

En lugar de eso, se habían ocupado de otras preocupaciones.
แต่พวกเขากลับไปยุ่งอยู่กับเรื่องอื่นๆ ที่น่ากังวลมากกว่า

Pero estas preocupaciones les hicieron perder toda previsión.
แต่ความกังวลเหล่านี้ทำให้พวกเขาขาดวิสัยทัศน์ที่กว้างไกล

Gregor, sin embargo, no había perdido la previsión paterna.
อย่างไรก็ตาม

เกรเกอร์ยังคงมีวิสัยทัศน์เช่นเดียวกับพ่อแม่ของเขา

Alguien tenía que detener al representante autorizado.
ต้องมีคนมาห้ามตัวแทนที่ได้รับอนุญาตคนนั้นไว้

Iba a tener que calmarlo y convencerlo.
เขาต้องปลอบโยนและโน้มน้าวเขา

¡El futuro de Gregor y su familia dependía de ello!
อนาคตของเกรเกอร์และครอบครัวขึ้นอยู่กับเรื่องนี้!

Ojalá la inteligente hermana hubiera estado allí para ayudar.
ถ้าพี่สาวผู้ฉลาดหลักแหลมคนนั้นอยู่ช่วยด้วยก็คงจะดี

Ella ya había llorado cuando Gregor todavía estaba en su habitación.
เธอร้องไห้ไปแล้วตั้งแต่ตอนที่เกรเกอร์ยังอยู่ในห้องของเขา

En ese momento él simplemente yacía tranquilamente boca arriba.
ณ เวลานั้น เขาเพียงแค่นอนนิ่งๆ อยู่บนหลัง

Ella ya sabía entonces la importancia de la situación.
ตอนนั้นเธอรู้ถึงความสำคัญของสถานการณ์นั้นอยู่แล้ว

El gerente tenía una debilidad bien conocida por las mujeres.
ผู้จัดการคนนั้นขึ้นชื่อเรื่องมีใจอ่อนให้กับผู้หญิง

Ella fácilmente podría haberlo persuadido para que se quedara más tiempo.
เธอสามารถโน้มน้าวให้เขาอยู่ต่อได้ง่ายๆ

Ella habría cerrado la puerta y lo habría guiado adentro.
เธอคงจะปิดประตูและพาเขากลับเข้าไปข้างใน

Pero desafortunadamente la hermana había ido a buscar un médico.

แต่โชคร้ายที่พี่สาวไปตามหมอมาเสียก่อน

Así que Gregor no tuvo más remedio que hacerlo él mismo.

ดังนั้นเกรเกอร์จึงไม่มีทางเลือกอื่นนอกจากต้องทำด้วยตัวเอง

No había considerado cuáles eran realmente sus habilidades.

เขาไม่ได้พิจารณาเลยว่าความสามารถที่แท้จริงของเขาคืออะไร

Y se había olvidado de desconfiar de su capacidad de hablar.

และเขาลืมไปว่าไม่ควรไม่มั่นใจในความสามารถในการพูดของตนเอง

Pero aún así, abandonó la seguridad de su habitación.

แต่ถึงกระนั้น เขาก็ออกจากห้องที่ปลอดภัยของเขาไป

Y se abrió paso a través de la abertura de la habitación.

แล้วเขาก็ผลักตัวเองลอดผ่านช่องเปิดของห้องเข้าไป

El gerente ya estaba bajando las escaleras.

ผู้จัดการกำลังเดินลงบันไดมาแล้ว

Pero él se agarraba a la barandilla con ambas manos.

แต่เขากำลังจับราวบันไดไว้แน่นด้วยมือทั้งสองข้าง

Gregor se cayó mientras intentaba atravesar la puerta.

เกรเกอร์ล้มลงขณะที่เขากำลังผลักตัวเองผ่านประตูเข้าไป

Dejó escapar un pequeño grito mientras trataba de agarrar algo para apoyarse.

เขาเปล่งเสียงร้องเบาๆ ขณะที่คว้าหาที่ยึดเพื่อพยุงตัว

Pero en lugar de pánico, sintió un bienestar físico.

แต่แทนที่จะตื่นตระหนก เขากลับรู้สึกสบายดีทางร่างกาย

Por primera vez esa mañana algo se sintió bien.

เป็นครั้งแรกในเช้าวันนั้นที่ฉันรู้สึกว่าทุกอย่างถูกต้องแล้ว

Todas sus piernas ahora tenían tierra sólida debajo de ellas.

ตอนนี้ขาของเขาทุกข้างได้เหยียบลงบนพื้นอย่างมั่นคงแล้ว

Se sorprendió de lo bien que podía controlar sus piernas.

เขาประหลาดใจที่ตัวเองสามารถควบคุมขาได้ดีขนาดนั้น

Se alegró de notar que sus piernas le obedecían completamente.
เขารู้สึกดีใจที่สังเกตเห็นว่าขาของเขาเชื่อฟังเขาอย่างสมบูรณ์

De hecho, sus piernas lo llevaban a donde quería.
อันที่จริงแล้ว ขาของเขาสามารถพาเขาไปได้ทุกที่ที่เขาต้องการ

Pronto todas sus penas estaban destinadas a llegar a su fin.
ในไม่ช้าความทุกข์ระทมทั้งหมดของเขาก็จะต้องสิ้นสุดลง

Pero en ese mismo momento su propia madre saltó.
แต่ในขณะเดียวกันนั้นเอง แม่ของเขาก็ลุกขึ้นยืน

Sus brazos estaban extendidos y sus dedos separados.
แขนของเธอเหยียดออก และนิ้วมือของเธอก็แยกออกจากกัน

Y ella gritó: "¡Socorro! ¡Por el amor de Dios, que alguien ayude!"
และเธอก็ร้องออกมาว่า "ช่วยด้วย! ใครก็ได้ช่วยฉันที!"

Ella inclinó la cabeza; quería ver mejor a Gregor.
เธอเอียงศีรษะ เธออยากมองเกรเกอร์ให้ชัดขึ้น

Pero en contraposición a la primera acción, ella corrió hacia atrás.
แต่ตรงกันข้ามกับการกระทำครั้งแรก เธอวิ่งกลับไป

Se había olvidado que la mesa estaba puesta detrás de ella.
เธอลืมไปว่าโต๊ะถูกจัดเตรียมไว้ด้านหลังเธอแล้ว

Todos los elementos para el desayuno todavía estaban en la mesa.
อาหารเช้าทุกอย่างยังวางอยู่บนโต๊ะ

Se sentó apresuradamente en la mesa, como distraída.
เธอรีบนั่งลงบนโต๊ะราวกับกำลังใจลอย

Y ella no pareció darse cuenta del café derramado.
และดูเหมือนเธอจะไม่ทันสังเกตเห็นกาแฟที่หก

El café que ahora estaba empapando la alfombra.
กาแฟที่ตอนนี้ซึมลงไปในพรมแล้ว

—Mamá, madre —dijo Gregor suavemente, mirándola.
"แม่ครับ แม่ครับ" เกรเกอร์พูดเบาๆ พลางเงยหน้ามองเธอ

Por el momento el manager no era importante para él.

ในขณะนี้ ผู้จัดการยังไม่สำคัญสำหรับเขา

Pero también estaba el café goteando sobre la alfombra.
แต่ยังมีคราบกาแฟหยดลงบนพรมด้วย

Gregor no pudo resistirse a chasquear las mandíbulas al tomar el café.
เกรเกอร์อดใจไม่ไหวที่จะกัดฟันแน่นเมื่อเห็นกาแฟ

La madre comenzó a llorar nuevamente por su comportamiento.
แม่เริ่มร้องให้อีกครั้งเพราะพฤติกรรมของเขา

Ella saltó de la mesa para distanciarse de él.
เธอจึงกระโดดลงจากโต๊ะเพื่อถอยห่างจากเขา

Y ella corrió a los brazos del padre, buscando seguridad.
และเธอก็วิ่งเข้าไปกอดพ่อเพื่อขอความปลอดภัย

Pero Gregor ya no tenía tiempo que perder con sus padres.
แต่ตอนนี้เกรเกอร์ไม่มีเวลาเหลือให้พ่อแม่แล้ว

El oficial autorizado ya estaba en las escaleras.
เจ้าหน้าที่ผู้มีอำนาจอยู่บนบันไดแล้ว

Apoyó la barbilla en la barandilla para mirar dentro de la casa.
เขายื่นคางไปแตะราวระเบียงเพื่อมองเข้าไปในบ้าน

Al parecer quería echar un último vistazo al espectáculo.
ดูเหมือนว่าเขาอยากจะชมปรากฏการณ์นี้เป็นครั้งสุดท้าย

Y Gregor hizo un último esfuerzo para llegar hasta el gerente.
และเกรเกอร์ได้พยายามครั้งสุดท้ายเพื่อติดต่อผู้จัดการ

Corrió hacia la puerta tan seguro como pudo.
เขารีบวิ่งไปที่ประตูอย่างปลอดภัยที่สุดเท่าที่จะทำได้

Pero el jefe de oficina debía de sospechar algo.
แต่เสมียนใหญ่คงสงสัยอะไรบางอย่างอยู่บ้างแล้ว

Porque saltó varios escalones y desapareció.
เพราะเขาโดดลงบันไดหลายขั้นแล้วหายตัวไป

—¡Huh! —gritó Gregor, resonando en la escalera.

"ฮี!" เกรเกอร์ตะโกนเสียงดังก้องไปทั่วบันได

La fuga del gerente también pareció confundir a su padre.
การหลบหนีของผู้จัดการดูเหมือนจะทำให้พ่อของเขาสับสนเช่น
กัน

Hasta entonces había conseguido mantener la compostura.
ก่อนหน้านั้นเขาสามารถควบคุมอารมณ์ได้อย่างค่อนข้างดี

**Pero desgraciadamente él también perdió la compostura que
había tenido.**
แต่น่าเสียดายที่เขาก็สูญเสียความสงบเยือกเย็นที่เคยมีไปเช่นกั
น

**Lo que debería haber hecho es ayudar a Gregor en su
persecución.**
สิ่งที่เขาควรทำคือช่วยเกรเกอร์ในการตามหาเขา

Pero con una mano agarró el bastón del gerente.
แต่เขาคว้าไม้เท้าของผู้จัดการไว้ในมือข้างหนึ่ง

Y en la otra mano sostenía ahora un periódico.
ส่วนมืออีกข้างหนึ่ง เขากำลังถือหนังสือพิมพ์อยู่

Y ahora estorbó directamente a Gregor en su persecución.
และตอนนี้เขาก็ได้ขัดขวางเกรเกอร์ในการไล่ล่าโดยตรงแล้ว

Se había colocado entre Gregor y la calle.
เขาได้ยืนอยู่ระหว่างเกรเกอร์กับถนน

Golpeó el suelo con los pies y agitó el palo y el periódico.
เขากระทืบเท้าและโบกไม้กับหนังสือพิมพ์ไปมา

**Y él estaba forzando activamente a Gregor a regresar a su
habitación.**
และเขาก็กำลังบังคับให้เกรเกอร์กลับเข้าไปในห้องของเขาอย่าง
แข็งขัน

**Ninguna de las peticiones que Gregor intentó hacer sirvió de
algo.**
คำขอร้องต่างๆ ที่เกรเกอร์พยายามทำนั้น ไม่ได้ผลเลยสักอย่าง

Porque ninguna de las peticiones que hizo fue entendida.
เพราะไม่มีใครเข้าใจคำขอใดๆ ของเขาเลย

Giró la cabeza hacia un ángulo más profundo y humilde.
เขาก้มศีรษะลงด้วยท่าทางที่อ่อนน้อมถ่อมตนยิ่งขึ้น

Pero su padre respondió golpeando el suelo con más fuerza.
แต่พ่อของเขากลับตอบโต้ด้วยการกระทืบเท้าแรงยิ่งกว่าเดิม

La madre abrió una ventana, a pesar del clima frío.
แม้ว่าอากาศจะเย็น แต่คุณแม่ก็เปิดหน้าต่างออก

Y apretó su cara entre sus manos en el frío.
และเธอก็ซบหน้าลงกับมือเพราะความหนาวเย็น

El viento ahora podría pasar por todo el apartamento.
ตอนนี้ลมสามารถพัดผ่านอพาร์ตเมนต์ได้ทั้งหลังแล้ว

Una fuerte corriente de aire soplaba desde la escalera hacia el callejón.
ลมแรงพัดมาจากบันไดลงสู่ตรอก

Las cortinas se agitaban a causa del fuerte viento.
ผ้าม่านปลิวไสวไปตามแรงลม

Y el periódico sobre la mesa crujió con el viento.
และหนังสือพิมพ์บนโต๊ะก็ส่งเสียงกรอบแกรบตามลม

Incluso algunas hojas fueron arrastradas hasta el interior de la casa desde el exterior.
แม้แต่ใบไม้บางส่วนก็ยังปลิวเข้ามาในบ้านจากข้างนอก

El padre pateaba y empujaba sin descanso.
พ่อกระทืบเท้าและผลักอย่างไม่ลดละ

Y silbaba y hacía ruidos como lo haría un hombre salvaje.
และเขาก็ส่งเสียงขู่ฟ่อและส่งเสียงเหมือนคนบ้า

Pero Gregor aún no había practicado el caminar hacia atrás.
แต่เกรเกอร์ยังไม่เคยฝึกเดินถอยหลังมาก่อน

Incluso Gregor admitiría que este movimiento era mucho más lento.
แม้แต่เกรเกอร์เองก็คงยอมรับว่าการเคลื่อนไหวนี้ช้ากว่ามาก

Pero lo único que quería era la oportunidad de cambiar las cosas.
สิ่งที่เขาต้องการก็คือโอกาสที่จะหันหลังกลับ

Entonces se habría ido directamente a su habitación.

จากนั้นเขาคงจะตรงไปที่ห้องของเขาทันที

Pero tenía demasiado miedo de impacientar a su padre.
แต่เขากลัวเกินไปว่าจะทำให้พ่อหมดความอดทน

Y allí estaba la amenaza de un golpe con el palo.
และยังมีการขู่ว่าจะใช้ไม้ตีอีกด้วย

Un golpe así en la parte posterior de la cabeza podría ser fatal.
การถูกกระแทกที่ด้านหลังศีรษะแบบนั้นอาจถึงแก่ชีวิตได้

Pero al final Gregor no tuvo otra opción.
แต่สุดท้ายแล้ว เกรเกอร์ก็ไม่มีทางเลือกอื่น

Se dio cuenta de que ni siquiera podía caminar hacia atrás en línea recta.
เขารู้ตัวว่าแม้แต่จะเดินถอยหลังให้ตรงก็ยังทำไม่ได้

Empezó a girar tan rápido como pudo.
เขาเริ่มหันหลังกลับอย่างรวดเร็วที่สุดเท่าที่จะทำได้

Pero en realidad este movimiento giratorio era igualmente lento.
แต่ในความเป็นจริง การหมุนนี้ก็ช้าพอๆ กัน

Y le siguieron las miradas ansiosas del padre.
และเขาก็ถูกมองตามไปด้วยความกังวลใจจากพ่อของเขา

Quizás el padre notó las buenas intenciones de Gregor.
บางทีพ่ออาจสังเกตเห็นเจตนาดีของเกรเกอร์ก็ได้

Porque no le impidió darse la vuelta.
เพราะเขาไม่ได้รบกวนการหันหลังของเขา

Incluso utilizó la punta de su bastón para guiar la rotación.
เขายังใช้ปลายไม้เท้าช่วยควบคุมทิศทางการหมุนอีกด้วย

¡Pero Gregor aún deseaba que su padre no le hubiera silbado!
แต่เกรเกอร์ก็ยังรู้สึกเสียใจที่พ่อพูดจาขู่ฟ่อใส่เขา!

El silbido sólo aumentó la confusión del momento.
เสียงฟู่ฟ่านั้นยิ่งเพิ่มความสับสนให้กับสถานการณ์ในขณะนั้น

Y luego cometió un error y giró en la dirección equivocada.

แล้วเขาก็พลาดพลั้งและหันไปผิดทาง

Al final logró encarar el camino correcto.
ในที่สุดเขาก็หันหน้าไปทางที่ถูกต้องได้สำเร็จ

Y estaba satisfecho con el progreso que había logrado.
และเขาก็พอใจกับความก้าวหน้าที่เขาทำได้

Pero entonces el siguiente problema se hizo aún más evidente.
แต่แล้วปัญหาต่อไปก็ยิ่งชัดเจนขึ้น

Su cuerpo era demasiado ancho para pasar fácilmente por la puerta.
ร่างกายของเขากว้างเกินไป
จึงไม่สามารถลอดผ่านประตูได้โดยง่าย

En su estado actual el padre no se dio cuenta de esto.
ในสภาพเช่นนั้น พ่อจึงไม่ทันสังเกตเห็นเรื่องนี้

Así que no se le ocurrió abrir más la puerta.
ดังนั้นเขาจึงไม่ได้คิดที่จะเปิดประตูให้กว้างขึ้นอีก

Entonces habría habido suficiente espacio para Gregor.
ถ้าอย่างนั้นก็จะมีพื้นที่เพียงพอสำหรับเกรเกอร์

Su única prioridad era conseguir que Gregor entrara a su habitación.
สิ่งเดียวที่เขาสนใจคือการพาเกรเกอร์เข้าไปในห้องของเขา

Habría tenido que ponerse de pie para poder pasar por la puerta.
เขาต้องลุกขึ้นยืนถึงจะลอดผ่านประตูได้

Pero el padre no hubiera permitido tal maniobra.
แต่พ่อคงไม่ยอมให้ทำเช่นนั้นแน่

De hecho, le estaba siseando aún más salvajemente que antes.
ที่จริงแล้ว เขาขู่ฟ่อใส่เขาอย่างดุดันยิ่งกว่าเดิมเสียอีก

Sonaba como si más de un hombre le estuviera silbando.
ฟังดูเหมือนมีมากกว่าหนึ่งคนที่กำลังกระซิบใส่เขา

Sus demandas parecían tener una nueva urgencia detrás.

ข้อเรียกร้องของเขาดูเหมือนจะมีความเร่งด่วนมากขึ้นกว่าเดิม

Realmente ya no había más tiempo para perder el tiempo.
ตอนนี้ไม่มีเวลาให้เสียเปล่าอีกแล้วจริงๆ

Pasara lo que pasara, Gregor tenía que atravesar la puerta.
ไม่ว่าจะเกิดอะไรขึ้น เกรเกอร์ก็ต้องผ่านประตูนั้นไปให้ได้

Se abrió paso sin ningún respeto por sí mismo.
เขาฝ่าฟันอุปสรรคโดยไม่คำนึงถึงตัวเองเลยแม้แต่น้อย

Un lado de su cuerpo fue empujado hacia arriba por el movimiento.
ร่างกายด้านหนึ่งของเขาถูกแรงสั่นสะเทือนดันขึ้นด้านบน

Y él yacía torpe y torcido en el umbral de la puerta.
และเขานอนอยู่ในท่าที่อึดอัดและบิดเบี้ยวระหว่างประตู

Uno de sus flancos quedó en carne viva rozando la madera.
สีข้างของเขาข้างหนึ่งถลอกเพราะเสียดสีกับไม้

Y había dejado feas manchas en la puerta pintada de blanco.
และเขาทิ้งคราบสกปรกไว้บนประตูที่ทาสีขาว

Las piernas de uno de sus costados colgaban temblando en el aire.
ขาข้างหนึ่งของเขาห้อยลงมาในอากาศอย่างสั่นเทา

Sus otras piernas estaban presionadas dolorosamente contra el suelo.
ขาอีกข้างของเขากดลงกับพื้นอย่างเจ็บปวด

Pronto se quedaría atrapado completamente entre las puertas.
อีกไม่นานเขาก็จะติดอยู่ระหว่างประตูอย่างสมบูรณ์

Y entonces no habría podido moverse en absoluto.
แล้วเขาก็จะไม่สามารถขยับตัวได้เลย

Pero el padre le dio un fuerte empujón realmente liberador.
แต่พ่อของเขากลับให้แรงผลักดันที่แข็งแกร่งและเป็นอิสระแก่เขาอย่างแท้จริง

Y cayó, sangrando profusamente, hasta el fondo de su habitación.

แล้วเขาก็ล้มลง เลือดไหลอาบไปทั่วห้อง

El padre cerró la puerta tras de sí con su bastón.
พ่อใช้ไม้เท้ากระแทกประตูอย่างแรง

Y finalmente hubo algo de paz y tranquilidad nuevamente.
แล้วในที่สุดความสงบก็กลับคืนมาอีกครั้ง

Gregor no se despertó hasta mucho más tarde ese mismo día.
เกรเกอร์ไม่ได้ตื่นจนกระทั่งช่วงบ่ายแก่ๆ

Había anochecido; había dormido profundamente e inconscientemente.
พลบค่ำมาเยือนแล้ว เขาหลับสนิทและไม่รู้ตัว

Se habría despertado incluso sin que nadie lo hubiera molestado.
เขาคงตื่นขึ้นมาเองแม้ว่าจะไม่มีใครรบกวนก็ตาม

Porque se sentía suficientemente descansado y bien dormido.
เพราะเขารู้สึกว่าได้พักผ่อนอย่างเพียงพอและนอนหลับอย่างเต็มที่แล้ว

Pero le pareció oír unos pasos fugaces afuera.
แต่เขาคิดว่าได้ยินเสียงฝีเท้าแวบหนึ่งอยู่ข้างนอก

Y alguien podría haber cerrado cuidadosamente la puerta principal.
และอาจมีใครบางคนปิดประตูหน้าบ้านอย่างระมัดระวัง

La luz del tranvía eléctrico se reflejaba pálidamente en el techo.
แสงไฟจากรถรางไฟฟ้าส่องกระทบเพดานอย่างจางๆ

La parte superior del mueble también recibió un poco de luz.
ด้านบนของเฟอร์นิเจอร์ก็ได้รับแสงเล็กน้อยเช่นกัน

Pero allá abajo, a la altura de Gregor, estaba oscuro.
แต่ที่พื้นดินในระดับเดียวกับเกรเกอร์นั้นมืดสนิท

Sus piernas lo empujaron lentamente hacia la puerta nuevamente.
ขาของเขาค่อยๆ ผลักดันเขาไปทางประตูอีกครั้ง

Tenía mucha curiosidad por ver qué había sucedido allí.
เขาอยากรู้มากว่าเกิดอะไรขึ้นที่นั่น

Pero su control de sus sensores aún no estaba desarrollado.
แต่การควบคุมหนวดของเขายังไม่พัฒนาเต็มที่

Aunque empezó a apreciar estos nuevos sensores.
ถึงแม้ว่าเขาจะเริ่มชื่นชอบเซ็นเซอร์ใหม่เหล่านี้แล้วก็ตาม

Una cicatriz larga y desagradable parecía recorrer su costado izquierdo.
ดูเหมือนจะมีแผลเป็นยาวและไม่น่าดูพาดลงมาทางด้านซ้ายของเขา

La cicatriz parecía como si apretara ese lado de su cuerpo.
รอยแผลเป็นนั้นทำให้รู้สึกเหมือนมันรัดแน่นบริเวณด้านนั้นของร่างกายเขา

Y entonces tuvo que cojear literalmente sobre sus dos filas de piernas.
ดังนั้นเขาจึงต้องเดินกะเผลกด้วยขาสองแถวที่เหลืออยู่

Esa mañana una de sus piernas resultó gravemente herida.
ขาข้างหนึ่งของเขาได้รับบาดเจ็บสาหัสในเช้าวันนั้น

Realmente fue un milagro que no se hubiera roto más piernas.
จริงๆ

แล้วเป็นเรื่องน่าอัศจรรย์ที่เขาไม่ทำให้ขาคนอื่นหักไปมากกว่านี้

Y así arrastró sin vida su pierna herida.
แล้วเขาก็ลากขาที่บาดเจ็บไปข้างหลังอย่างหมดแรง

Cuando llegó a la puerta se dio cuenta de algo profundo.
เมื่อเขามาถึงประตู เขาก็ตระหนักถึงบางสิ่งบางอย่างที่ลึกซึ้ง

Fue el olor de algo lo que lo atrajo hasta allí.
กลิ่นบางอย่างดึงดูดเขามาที่นี่

A Gregor le habían dejado algo comestible en su habitación.
มีของกินบางอย่างถูกวางไว้ให้เกรเกอร์ในห้องของเขา

Trozos de pan blanco flotando en un cuenco de leche dulce.
เศษขนมปังขาวลอยอยู่ในชามนมหวาน

Apenas podía contener la alegría que había dentro de él.
เขาแทบจะเก็บซ่อนความปิติยินดีที่อยู่ภายในใจไว้ไม่อยู่

Ahora tenía incluso más hambre que por la mañana.
ตอนนี้เขาหิวมากกว่าตอนเช้าเสียอีก

Inmediatamente sumergió su cabeza en el cuenco de leche.
เขาจึงรีบก้มศีรษะลงไปในชามนมทันที

La leche le salía casi por toda la cabeza, hasta los ojos.
น้ำนมไหลออกมาเกือบเต็มหัว จนถึงระดับตาของเขา

Pero pronto echó la cabeza hacia atrás, amargamente
decepcionado.
แต่ไม่นานเขาก็เงยหน้ากลับมาด้วยความผิดหวังอย่างขมขื่น

Comer era difícil debido a su delicado lado izquierdo.
การรับประทานอาหารเป็นเรื่องยากสำหรับเขา
เนื่องจากด้านซ้ายของเขามีความบอบบาง

Y sólo podía comer jadeando con todo su cuerpo.
และเขาสามารถกินอาหารได้ก็ต่อเมื่อหอบหายใจอย่างสุดกำลัง
เท่านั้น

Pero esa no fue la verdadera razón de su decepción.
แต่นั่นไม่ใช่เหตุผลที่แท้จริงที่ทำให้เขาผิดหวัง

La leche siempre había sido uno de sus platos favoritos.
นมเป็นหนึ่งในอาหารโปรดของเขามาโดยตลอด

No tenía ninguna duda de que su hermana recordaba esto.
เขาแน่ใจว่าน้องสาวของเขาจำเรื่องนี้ได้

Y esa fue la razón por la que le había dado leche.
และนั่นคือเหตุผลที่เธอให้เขาดื่มนม

No podía explicar por qué ahora no le gustaba la leche.
เขาไม่สามารถอธิบายได้ว่าทำไมตอนนี้เขาถึงไม่ชอบนม

Y se apartó del cuenco casi con reticencia.
แล้วเขาก็หันหน้าหนีจากชามนั้นด้วยท่าทีลังเลใจ

Decepcionado, se arrastró de nuevo hasta el centro de la
habitación.
ด้วยความผิดหวัง เขาจึงคลานกลับไปกลางห้อง

Desde allí pudo ver a través de la rendija de la puerta.
ตรงนี้เขาสามารถมองลอดผ่านรอยแตกของประตูได้

Pudo ver que el fuego en la sala de estar estaba encendido.
เขามองเห็นว่าไฟในห้องนั่งเล่นยังลุกอยู่

Generalmente a esta hora el padre leía el periódico.
โดยปกติแล้วในช่วงเวลานี้คุณพ่อจะอ่านหนังสือพิมพ์

Él siempre solía leerle a la madre en voz alta.
เขามักจะอ่านหนังสือให้แม่ฟังด้วยเสียงดังเสมอ

A veces la hermana también escuchaba al padre.
บางครั้งน้องสาวก็แอบฟังพ่อพูดคุยด้วยเช่นกัน

Ella siempre le había contado a Gregor sobre esta lectura en voz alta.
เธอเล่าเรื่องการอ่านออกเสียงนี้ให้เกรเกอร์ฟังเสมอ

Pero hoy no se oía ningún sonido en la habitación.
แต่วันนี้ไม่มีเสียงใดเล็ดลอดออกมาจากห้องนั้นเลย

Quizás este hábito ya había caído en desuso.
บางทีนิสัยนี้อาจเลิกทำไปแล้วก็ได้

Un profundo silencio se había apoderado de todo el apartamento.
ความเงียบสงบปกคลุมไปทั่วทั้งอพาร์ตเมนต์

Aunque sabía que el apartamento ciertamente no estaba vacío.
ถึงแม้เขาจะรู้ว่าอพาร์ตเมนต์นั้นไม่ได้ว่างเปล่าอย่างแน่นอน

«¡Qué vida tan tranquila lleva la familia!», pensó Gregor.
"ครอบครัวนี้ใช้ชีวิตอย่างสงบสุขเหลือเกิน" เกรเกอร์คิดในใจ

Y miró hacia la oscuridad con gran orgullo.
และเขามองเข้าไปในความมืดด้วยความภาคภูมิใจอย่างยิ่ง

Estaba orgulloso de la vida que había podido darles.
เขารู้สึกภาคภูมิใจในชีวิตที่เขาได้มอบให้แก่พวกเขา

Estaba orgulloso del hermoso apartamento en el que vivían.
เขารู้สึกภูมิใจในอพาร์ตเมนต์ที่สวยงามที่พวกเขาอาศัยอยู่

¿Pero toda esta paz estaba a punto de tener un final terrible?
แต่ความสงบสุขทั้งหมดนี้กำลังจะจบลงอย่างน่าสยดสยองหรือไม่?

¿Les iban a quitar su prosperidad?
ความเจริญรุ่งเรืองของพวกเขาจะถูกพรากไปจากพวกเขาหรือเปล่า?

¿Su satisfacción ahora era incierta en el futuro?
ความสุขของพวกเขาในอนาคตอาจไม่แน่นอนอีกต่อไปแล้วใช่หรือไม่?

Pero él no quería perderse en tales pensamientos.
แต่เขาไม่อยากปล่อยให้ตัวเองจมอยู่กับความคิดเหล่านั้น

Para mantenerse ocupado se arrastraba arriba y abajo por las paredes.
เพื่อไม่ให้ว่างงาน เขาจึงคลานขึ้นลงกำแพง

Durante la larga velada una puerta estaba entreabierta.
ในช่วงเย็นอันยาวนานนั้น มีประตูบานหนึ่งเปิดแง้มอยู่เล็กน้อย

Y en otro momento la otra puerta se abrió un poquito.
และในอีกช่วงเวลาหนึ่ง ประตูอีกบานก็เปิดออกเล็กน้อย

Pero en ambas ocasiones las puertas se cerraron rápidamente de nuevo.
แต่ทั้งสองครั้ง ประตูก็ถูกปิดลงอย่างรวดเร็วอีกครั้ง

Estaba claro que alguien de fuera tenía el deseo de entrar.
เห็นได้ชัดว่ามีคนจากภายนอกต้องการเข้ามา

Pero también tenían demasiadas preocupaciones acerca de venir.
แต่พวกเขาก็มีความกังวลมากเกินไปเกี่ยวกับการเดินทางเข้ามาเช่นกัน

Gregor ahora se detuvo directamente en la puerta de la sala de estar.
ตอนนี้เกรเกอร์หยุดอยู่ตรงหน้าประตูห้องนั่งเล่นพอดี

Estaba decidido a tentar de algún modo al indeciso visitante.
เขาตั้งใจแน่วแน่ว่าจะต้องหาทางโน้มน้าวใจผู้มาเยือนที่ลังเลใจนั้นให้ได้

Y también quería saber quién había sido el visitante.
และเขายังต้องการทราบด้วยว่าผู้มาเยือนเป็นใคร

Pero aquella noche la puerta no se abrió una tercera vez.
แต่ในเย็นวันนั้น ประตูก็ไม่ได้ถูกเปิดออกเป็นครั้งที่สาม

Y Gregorio esperaba en vano junto a la puerta.
และเกรเกอร์ก็เสียเวลาไปกับการรออยู่หน้าประตูอย่างเปล่าประโยชน์

Más temprano ese día todos querían entrar a la habitación.
ก่อนหน้านั้นในวันเดียวกัน

พวกเขาทุกคนต่างอยากเข้ามาในห้องนี้

Ahora que las puertas estaban desbloqueadas sería más fácil para ellos.
ตอนนี้ประตูไม่ได้ล็อกแล้ว พวกเขาจึงทำอะไรได้ง่ายขึ้น

Pero ellos prefirieron quedarse al otro lado de la habitación.
แต่พวกเขาเลือกที่จะอยู่ฝั่งตรงข้ามของห้อง

Gregor se dio cuenta de que las llaves ya no estaban en sus cerraduras.
เกรเกอร์สังเกตเห็นว่ากุญแจไม่อยู่ในล็อกแล้ว

Alguien debe haber movido las llaves a la cerradura exterior.
ต้องมีคนย้ายกุญแจไปไว้ที่ล็อกด้านนอกแน่ๆ

Sólo tarde por la noche se apagó la luz de la sala de estar.
ไฟในห้องนั่งเล่นจะปิดลงก็ต่อเมื่อดึกมากแล้วเท่านั้น

La familia debe haber permanecido despierta todo el tiempo.
ครอบครัวนั้นคงนอนไม่หลับตลอดเวลาแน่ๆ

Y Gregor podía oírlos claramente alejándose de puntillas.
และเกรเกอร์ก็ได้ยินเสียงพวกเขาย่องหนีไปอย่างชัดเจน

Ahora nadie vendría a ver a Gregor hasta la mañana.
ตอนนี้จะไม่มีใครมาหาเกรเกอร์จนกว่าจะถึงเช้า

Así que tuvo mucho tiempo para sí mismo, para pensar sin interrupciones.
ดังนั้นเขาจึงมีเวลาอยู่กับตัวเองนานพอที่จะคิดไตร่ตรองโดยไม่มีใครรบกวน

¿Cuál sería la mejor manera de reorganizar su vida ahora?
วิธีที่ดีที่สุดในการจัดระเบียบชีวิตของเขาใหม่ในตอนนี้คืออะไร?

Pero las altas paredes de la habitación vacía lo asustaban.
แต่กำแพงสูงของห้องว่างเปล่านั้นทำให้เขากลัว

No le quedó más remedio que tumbarse en el suelo.
เขาไม่มีทางเลือกอื่นนอกจากต้องนอนราบลงกับพื้น

Y nunca encontró la causa de su miedo en ese espacio.
และเขาก็ไม่เคยค้นพบสาเหตุของความกลัวของเขาในสถานที่แห่งนั้นเลย

Era la misma habitación en la que había vivido durante cinco años.
มันเป็นห้องเดียวกับที่เขาอาศัยอยู่มาห้าปีแล้ว

Medio inconscientemente hizo un movimiento hacia el sofá.
เขาขยับตัวไปทางโซฟาอย่างไม่รู้ตัว

Y sin ninguna vergüenza se escondió debajo del sofá.
และเขาก็ซ่อนตัวอยู่ใต้โซฟาโดยไม่รู้สึกละอายใจเลยแม้แต่น้อย

Allí abajo se sintió inmediatamente de nuevo muy a gusto.
เมื่อลงไปถึงที่นั่น เขาก็รู้สึกสบายตัวขึ้นมาทันที

A pesar de que tenía la espalda un poco presionada.
แม้ว่าหลังของเขาจะถูกกดทับเล็กน้อยก็ตาม

Ya no podía levantar la cabeza debajo del sofá.
เขาไม่สามารถเงยหน้าขึ้นมาจากใต้โซฟาได้อีกต่อไปแล้ว

Pero incluso esto lo prefería a estar en cualquier espacio abierto.
แต่ถึงกระนั้นเขาก็ยังชอบแบบนี้มากกว่าการอยู่ในที่โล่งใดๆ

Sin embargo, lamentó que su cuerpo fuera tan ancho.
อย่างไรก็ตาม เขารู้สึกเสียใจที่รูปร่างของตัวเองค่อนข้างใหญ่โต

El sofá no podía cubrir completamente todo su cuerpo.
โซฟานั้นไม่สามารถคลุมร่างกายของเขาได้ทั้งหมด

Se quedó debajo del sofá toda la noche.
เขาซ่อนตัวอยู่ใต้โซฟาตลอดทั้งคืน

La noche la pasó medio dormido, perturbado por el hambre.
คืนนั้นเขาใช้เวลาครึ่งหลับครึ่งตื่น

เพราะความหิวรบกวนอยู่ตลอด

Y el tiempo que estaba despierto lo pasaba preocupado o esperanzado.
และในช่วงเวลาที่เขาตื่นอยู่ เขามักจะกังวลใจ
หรือไม่ก็มีความหวัง

Pero todas sus vagas esperanzas llevaron a la misma conclusión.
แต่ความหวังริบหรี่ทั้งหมดของเขากลับนำไปสู่ข้อสรุปเดียวกัน

No tuvo más remedio que permanecer en silencio por el momento.
เขาไม่มีทางเลือกอื่นนอกจากต้องเงียบไปก่อนในขณะนี้

Tuvo que mostrar paciencia y consideración hacia la familia.
เขาต้องแสดงความอดทนและความเอาใจใส่ต่อครอบครัวนั้น

Era la única manera de hacer soportable el inconveniente.
นั่นเป็นวิธีเดียวที่จะทำให้ความไม่สะดวกนั้นพอทนได้

Los inconvenientes que ahora estaba causando a la familia.
ความไม่สะดวกที่เขากำลังสร้างให้กับครอบครัวในขณะนี้

No tuvo que esperar mucho para demostrar su compasión.
เขาไม่ต้องรอนานเพื่อพิสูจน์ความเมตตาของเขา

Temprano por la mañana la hermana miró dentro de su habitación.
เช้าตรู่ น้องสาวมองเข้าไปในห้องของเขา

Aunque en realidad era tan de noche como de mañana.
ถึงแม้ว่าในความเป็นจริงแล้วมันจะเป็นทั้งกลางคืนและกลางวันในเวลาเดียวกันก็ตาม

Ella estaba completamente vestida y parecía mostrar entusiasmo.
เธอแต่งกายครบชุด และดูเหมือนจะตื่นเต้น

La fuerza de su nueva decisión podría ser puesta a prueba.
ความแข็งแกร่งของการตัดสินใจครั้งใหม่ของเขาอาจถูกทดสอบ

Ella no lo encontró inmediatamente con su primera mirada.
เธอไม่ได้พบเขาในทันทีจากการมองแวบแรก

Tenía que estar en algún lugar, no podía haber volado.
เขาต้องอยู่ที่ไหนสักแห่ง เขาคงบินหนีไปไม่ได้หรอก

Pero entonces sus ojos hicieron un segundo recorrido por la habitación.
แต่แล้วสายตาของเธอก็เหลือบมองไปทั่วห้องอีกครั้ง

Y esta vez vio su torso debajo del sofá.
และคราวนี้เธอเห็นลำตัวของเขาอยู่ใต้โซฟา

Estaba tan asustada que perdió todo el control de sí misma.
เธอตกใจมากจนควบคุมตัวเองไม่ได้เลย

Y su primera reacción fue cerrar la puerta de golpe.
และปฏิกิริยาแรกของเธอก็คือการปิดประตูเสียงดังอีกครั้ง

Pero también pareció arrepentirse inmediatamente de su comportamiento.
แต่ดูเหมือนเธอจะรู้สึกเสียใจกับการกระทำของตัวเองในทันที

Tan pronto como cerró la puerta de golpe, la abrió de nuevo.
ทันทีที่เธอปิดประตูเสียงดัง เธอก็เปิดมันอีกครั้ง

Y esta vez entró de puntillas en la habitación con cuidado.
และคราวนี้เธอย่องเข้าไปในห้องอย่างแผ่วเบา

Se movía como si estuviera visitando a una persona gravemente enferma.
เธอทำท่าทางราวกับกำลังไปเยี่ยมผู้ป่วยหนัก

O tal vez estaba visitando a un completo desconocido.
หรือเธออาจไปเยี่ยมคนแปลกหน้าก็ได้

Gregor empujó su cabeza casi hasta el borde del sofá.
เกรเกอร์เอนศีรษะไปเกือบถึงขอบโซฟา

Y desde debajo de la caja fuerte la observaba en la habitación.
และจากใต้ตู้เซฟ เขามองดูเธออยู่ในห้อง

¿Se daría cuenta de que había dejado la leche?
เธอจะสังเกตเห็นไหมว่าเขาเอานมออกไป?

No había dejado la leche por falta de hambre.
เขาไม่ได้ทิ้งนมเพราะไม่หิว

¿En lugar de eso le traería comida diferente?

เธอจะนำอาหารอย่างอื่นมาให้เขาแทนหรือเปล่า?

Quizás un plato que se ajustara mejor a sus preferencias.
บางทีอาจเป็นอาหารที่ตรงกับความชอบของเขามากกว่า

Pero ella misma habría tenido que notar su apetito.
แต่เธอคงต้องสังเกตความอยากอาหารของเขาด้วยตัวเองเสียก่อน

Preferiría morir de hambre antes que hacerle saber eso.
เขายอมอดตายดีกว่าที่จะให้เธอรู้เรื่องนี้

En realidad le habría gustado mucho decírselo.
ที่จริงแล้วเขาอยากจะบอกเธอมากทีเดียว

Estuvo realmente tentado de disparar desde debajo del sofá.
เขารู้สึกอยากจะโผล่ตัวออกมาจากใต้โซฟาจริงๆ

Quería arrojarse a los pies de su hermana.
เขาอยากจะทรุดตัวลงแทบเท้าพี่สาวของเขา

Y quiso pedirle algo bueno para comer.
และเขาอยากจะขอให้เธอหาอะไรอร่อยๆ มาทาน

Pero entonces la hermana miró hacia el cuenco de leche.
แต่แล้วน้องสาวก็หันไปมองชามนม

Inmediatamente se dio cuenta de que el cuenco todavía estaba lleno.
เธอสังเกตเห็นทันทีว่าชามยังคงเต็มอยู่

Le sorprendió bastante que Gregor no hubiera comido nada.
เธอค่อนข้างแปลกใจที่เกรเกอร์ไม่ได้กินอะไรเลย

Sólo se había derramado un poco de leche en el suelo.
มีนมหกบนพื้นเพียงเล็กน้อยเท่านั้น

Inmediatamente cogió el cuenco y lo sacó.
เธอรีบหยิบชามขึ้นมาแล้วถือออกไปทันที

Él vio que ella no recogió el cuenco con sus propias manos.
เขาเห็นว่าเธอไม่ได้หยิบชามด้วยมือเปล่า

En lugar de eso, recogió el cuenco con uno de los trapos.
แต่เธอกลับใช้ผ้าขี้ริ้วผืนหนึ่งหยิบชามขึ้นมา

Pero Gregor se olvidó muy rápidamente de este pequeño detalle.
แต่เกรเกอร์ก็ลืมรายละเอียดเล็กน้อยนี้ไปอย่างรวดเร็ว

Ahora estaba mucho más entusiasmado por otra cosa.
ตอนนี้เขารู้สึกตื่นเต้นกับเรื่องอื่นมากกว่าแล้ว

¿Qué podría traer como reemplazo de la leche?
เธอจะนำอะไรมาแทนนมได้บ้าง?

Tenía varios pensamientos sobre lo que ella podría traer.
เขามีความคิดหลายอย่างเกี่ยวกับสิ่งที่เธออาจจะนำมาด้วย

Pero la bondad de su hermana superó sus expectativas.
แต่ความใจดีของน้องสาวนั้นเกินความคาดหมายของเขาไปมาก

Se dio cuenta de que tenía que probar cuáles eran sus nuevos gustos.
เธอรู้ตัวว่าต้องลองดูว่ารสนิยมใหม่ของเขาเป็นอย่างไร

Así que trajo toda una selección de alimentos diferentes.
เธอจึงนำอาหารหลากหลายชนิดมาด้วย

Verduras medio podridas, huesos de la cena.
ผักที่เน่าเสียครึ่งหนึ่ง และกระดูกจากอาหารเย็น

Salsa solidificada de la otra comida que habían comido.
ซอสที่แข็งตัวแล้วจากอาหารมื้ออื่นที่พวกเขากินไป

Unas pasas, unas almendras, pan seco, pan con mantequilla.
ลูกเกดเล็กน้อย อัลมอนด์ ขนมปังแห้ง ขนมปังทาเนย

Un poco de pan untado con mantequilla y también con sal.
ขนมปังที่ทาเนยและโรยเกลือไว้แล้ว

Queso que Gregor había declarado incomestible hacía dos días.
ชีสที่เกรเกอร์ประกาศว่ากินไม่ได้เมื่อสองวันก่อน

Toda esta selección de comida fue colocada en un periódico.
อาหารทั้งหมดนี้ถูกจัดวางบนหนังสือพิมพ์

Y también colocó un recipiente con agua al lado de sus comidas.

และเธอยังวางชามน้ำไว้ข้างๆ อาหารของเขาด้วย

Ella sabía que Gregor no habría comido delante de ella.
เธอรู้ว่าเกรเกอร์คงไม่ยอมกินข้าวต่อหน้าเธอแน่

Entonces, por respeto hacia él, salió nuevamente de la habitación.
ด้วยความเคารพต่อเขา เธอจึงออกจากห้องไปอีกครั้ง

Y hasta giró la llave en la cerradura al salir.
และเธอยังไขกุญแจล็อคประตูตอนเดินออกไปอีกด้วย

Pero ella giró la llave muy silenciosamente y con mucho cuidado.
แต่เธอบิดกุญแจอย่างเงียบๆ และระมัดระวัง

De esta manera sólo Gregor sabría que la puerta estaba cerrada.
ด้วยวิธีนี้ มีเพียงเกรเกอร์เท่านั้นที่จะรู้ว่าประตูถูกล็อกอยู่

Ahora podía ponerse tan cómodo como quisiera.
ตอนนี้เขาสามารถทำตัวให้สบายได้ตามใจชอบแล้ว

Las piernas de Gregor zumbaban cuando llegó la hora de comer.
ขาของเกรเกอร์ขยับถี่ๆ เมื่อถึงเวลาทานอาหาร

Lo que vale la pena destacar es que ya no sentía ninguna molestia.
สิ่งที่ควรทราบคือ เขาไม่รู้สึกไม่สบายตัวอีกต่อไปแล้ว

Sus heridas deben haber sanado ya por completo.
บาดแผลของเขาคงหายสนิทแล้ว

Porque ya no sentía sus discapacidades anteriores.
เพราะเขาไม่รู้สึกถึงความพิการที่เคยมีอีกต่อไปแล้ว

Su nueva capacidad de curar lo sorprendió y lo asombró.
ความสามารถใหม่ในการรักษาของเขาทำให้เขาประหลาดใจและะทึ่งมาก

Hace más de un mes se cortó el dedo con un cuchillo.
เมื่อกว่าหนึ่งเดือนที่แล้ว เขาโดนมีดบาดนิ้ว

Hasta hace dos días esa herida todavía le dolía.

จนกระทั่งเมื่อสองวันก่อน
แผลนั้นก็ยังคงทำให้เขารู้สึกเจ็บปวดอยู่

"¿Soy mucho menos sensible ahora?" pensó para sí mismo.
"ตอนนี้ฉันรู้สึกไวต่อความรู้สึกน้อยลงมากแล้วใช่ไหม?"
เขาคิดในใจ

Para entonces ya estaba chupando con avidez el queso.
ตอนนี้เขากำลังดูดชีสอย่างตะกละตะกลามแล้ว

Se sintió atraído por el queso más que por el resto de la
comida.
เขาสนใจชีสมากกว่าอาหารชนิดอื่น

Comió rápidamente un trozo de queso tras otro.
เขารีบกินชีสชิ้นแล้วชิ้นเล่าอย่างรวดเร็ว

Sus ojos se llenaron de lágrimas de satisfacción al probarlo.
น้ำตาของเขาเอ่อล้นด้วยความพึงพอใจเมื่อได้ลิ้มรสชาติมัน

Después del queso comió las verduras y la salsa.
หลังจากทานชีสเสร็จ เขาก็ทานผักและซอสต่อ

Sin embargo, la comida fresca no le sabía bien.
แต่เขาไม่ชอบรสชาติอาหารสดเหล่านั้น

De hecho, ni siquiera podía soportar el olor de la comida
fresca.
อันที่จริงแล้ว เขาทนกลิ่นอาหารสดไม่ได้ด้วยซ้ำ

Incluso arrastró el resto de la comida lejos de la comida
fresca.
เขายังลากอาหารอื่นๆ ออกไปจากอาหารสดอีกด้วย

Y muy rápidamente terminó la comida más comestible.
และเขาก็กินอาหารที่กินได้ทั้งหมดอย่างรวดเร็ว

Toda aquella deliciosa comida tuvo sobre él un efecto
soporífero.
อาหารอร่อยทุกอย่างทำให้เขาง่วงนอน

Y él permaneció acostado perezosamente en el lugar donde
había comido.
แล้วเขาก็นอนลงอย่างเกียจคร้าน ณ ที่ที่เขากินอาหาร

Finalmente su hermana regresó para ver cómo estaba nuevamente.
ในที่สุดน้องสาวของเขาก็กลับมาเยี่ยมเขาอีกครั้ง

Tuvo la previsión de girar la llave muy lentamente.
เธอมีไหวพริบจึงค่อยๆ หมุนกุญแจอย่างช้าๆ

Esto le dio a Gregor una advertencia de que debía retirarse.
เหตุการณ์นี้เป็นสัญญาณเตือนให้เกรเกอร์รู้ว่าเขาควรจะถอนตัวออกไป

Aturdido y sobresaltado, se apresuró a volver debajo del sofá.
เขาตกใจและงุนงง จึงรีบมุดกลับเข้าไปใต้โซฟา

Pero quedarse debajo del sofá no fue tan fácil esta vez.
แต่การซ่อนตัวอยู่ใต้โซฟาครั้งนี้ไม่ง่ายอย่างที่คิด

Su cuerpo se había vuelto un poco redondeado por tanta comida.
ร่างกายของเขาเริ่มกลมขึ้นเล็กน้อยเพราะกินอาหารเยอะมาก

Y tuvo que controlarse para no quedarse sin nada otra vez.
และเขาต้องควบคุมตัวเองไม่ให้วิ่งออกไปอีก

Aunque la hermana no permaneció mucho tiempo en la habitación.
แม้ว่าน้องสาวจะไม่ได้อยู่ในห้องนานนักก็ตาม

Le costaba respirar en ese estrecho espacio.
เขาหายใจลำบากมากในพื้นที่แคบๆ นั้น

Pero él siguió adelante a pesar de los pequeños ataques de asfixia.
แต่เขาก็ฝ่าฟันอาการหายใจไม่ออกเล็กน้อยเหล่านั้นไปได้

Con ojos desorbitados observaba las actividades de la hermana.
เขามองดูการกระทำของน้องสาวด้วยดวงตาที่เบิกกว้าง

La hermana desprevenida vertió todo en un balde.
น้องสาวผู้ไม่รู้เรื่องอะไรเลยเททุกอย่างลงในถัง

Ella no sólo se deshizo de la comida que Gregor no había comido.

เธอไม่เพียงแต่กำจัดอาหารที่เกรเกอร์กินไม่หมดเท่านั้น

Pero también se deshizo de la comida que él no había tocado.
แต่เธอก็ทิ้งอาหารที่เขาไม่ได้แตะต้องด้วยเช่นกัน

Al parecer esa comida ya no era comestible para nadie.
ปรากฏว่าอาหารนั้นไม่สามารถรับประทานได้อีกต่อไปแล้วสำหรับทุกคน

Luego cerró el cubo de comida con una tapa de madera.
จากนั้นเธอก็ปิดถังอาหารด้วยฝาไม้

Y con la comida, el balde y el trapeador, se fue.
แล้วเธอก็จากไปพร้อมกับอาหาร ถัง และไม้ถูพื้น

Gregor no habría podido esperar mucho más tiempo.
เกรเกอร์คงทนรอไม่ไหวอีกต่อไปแล้ว

Tan pronto como ella se fue, él se escapó de debajo del sofá.
ทันทีที่เธอจากไป เขาก็หนีออกมาจากใต้โซฟา

Y se estiró y resopló aliviado.
แล้วเขาก็เหยียดตัวออกและถอนหายใจด้วยความโล่งอก

Así recibía Gregorio comida de vez en cuando.
นี่คือวิธีที่เกรเกอร์ได้รับอาหารนับแต่นั้นมา

Su hermana le dio de comer una vez temprano en la mañana.
น้องสาวของเขาเคยให้เขาทานอาหารครั้งหนึ่งในตอนเช้าตรู่

A esta hora los padres y la criada todavía dormían.
เวลานั้น พ่อแม่และแม่บ้านยังคงนอนหลับอยู่

Y recibió una segunda comida después de que todos almorzaron.
และเขาได้รับอาหารมื้อที่สองหลังจากทุกคนรับประทานอาหารกลางวันเสร็จแล้ว

Porque en ese momento los padres también durmieron un rato.
เพราะตอนนั้นพ่อแม่ก็งีบหลับไปสักพักเหมือนกัน

Y la doncella fue enviada por su hermana a hacer algún recado.

และพี่สาวก็ส่งสาวใช้ไปทำธุระบางอย่าง

Ciertamente no tenían intención de dejar morir de hambre a Gregor.
พวกเขาไม่มีเจตนาที่จะปล่อยให้เกรเกอร์อดอาหารอย่างแน่นอน

Pero tampoco hubieran querido verlo comer.
แต่พวกเขาก็คงไม่อยากดูเขากินข้าวเหมือนกัน

Lo que mencionó la hermana fue suficiente información.
ข้อมูลที่พี่สาวให้มานั้นเพียงพอแล้ว

Quizás era su manera de ahorrarles dolor a los padres.
บางทีนี่อาจเป็นวิธีที่เธอใช้เพื่อไม่ให้พ่อแม่ต้องเสียใจ

Ya habían sufrido bastante por sus acciones.
พวกเขาได้รับความเดือดร้อนจากการกระทำของเขามากพอแล้ว

El primer día se iba convirtiendo poco a poco en un recuerdo lejano.
วันแรกค่อยๆ กลายเป็นความทรงจำที่ห่างไกลออกไป

Gregor no tenía forma de saber lo que pasó ese día.
เกรเกอร์ไม่มีทางรู้ได้เลยว่าเกิดอะไรขึ้นในวันนั้น

¿Cómo fue guiado el cerrajero fuera del apartamento?
ช่างทำกุญแจถูกพาออกจากอพาร์ตเมนต์ได้อย่างไร?

¿Con qué excusas quedó finalmente satisfecho el médico?
สุดท้ายแล้ว แพทย์จึงพอใจกับข้ออ้างใด?

No había encontrado ningún modo de hacerse entender.
เขาหาทางที่จะทำให้คนอื่นเข้าใจเขาไม่ได้เลย

Ni siquiera logró comunicarse con su hermana.
เขาไม่สามารถติดต่อสื่อสารกับน้องสาวของเขาได้เลย

Y entonces pensaron que no podía entenderlos.
ดังนั้นพวกเขาจึงคิดว่าเขาคงไม่เข้าใจพวกเขา

Y por eso no se hizo ningún esfuerzo para hablar con él.
ดังนั้นจึงไม่มีความพยายามที่จะพูดคุยกับเขา

Su hermana entraba en su habitación todas las mañanas y a
la hora del almuerzo.
น้องสาวของเขาเข้ามาในห้องของเขาในทุกเช้าและตอนเที่ยง

Pero él tuvo que contentarse con escuchar sus suspiros.
แต่เขาต้องพอใจกับการได้ยินเพียงเสียงถอนหายใจของเธอเท่า
นั้น

Más tarde se acostumbró un poco más a la forma de Gregor.
ต่อมาเธอก็เริ่มคุ้นเคยกับรูปร่างของเกรเกอร์มากขึ้นเล็กน้อย

Y se sintió un poco más libre para hacer más comentarios.
และเธอก็รู้สึกมีอิสระมากขึ้นที่จะแสดงความคิดเห็นเพิ่มเติม

(Aunque nunca se acostumbraría del todo a él.)
(ถึงแม้ว่าเธอจะไม่มีวันชินกับเขาได้อย่างสมบูรณ์ก็ตาม)

Y entonces Gregor se sintió nuevamente hablado un poco
más.
แล้วเกรเกอร์ก็รู้สึกว่ามีคนมาพูดคุยด้วยอีกเล็กน้อย

Y captó lo que percibió como comentarios amistosos.
และเขาได้ยินสิ่งที่เขาคิดว่าเป็นคำพูดที่เป็นมิตร

"Disfrutó su comida hoy" o "comió todo".
"วันนี้เขาทานอาหารอย่างเอร็ดอร่อย" หรือ

"เขาทานหมดเกลี้ยง"

Pero eso fue sólo cuando hubo comido toda su comida.
แต่หลังจากนั้นเขาก็กินอาหารทั้งหมดหมดแล้ว

Pero últimamente esto se está volviendo cada vez menos
frecuente.
แต่ช่วงหลังมานี้ เหตุการณ์เช่นนี้เกิดขึ้นน้อยลงเรื่อยๆ

"Apenas tocaba la comida", decía ella con más frecuencia
ahora.
"เขาแทบไม่แตะอาหารเลย" เธอพูดบ่อยขึ้นในตอนนี้

Y había un toque de tristeza en su voz cada vez.
และทุกครั้งก็มีร่องรอยของความเศร้าในน้ำเสียงของเธอ

Gregor no pudo escuchar ninguna otra noticia más
directamente.

เกรเกอร์ไม่สามารถรับรู้ข่าวสารอื่นใดได้โดยตรงจากที่นี่

Pero escuchó muchas noticias de las habitaciones contiguas.
แต่เขาได้ยินข่าวสารมากมายจากห้องข้างเคียง

Al oír voces corrió hacia la puerta correspondiente.
เมื่อได้ยินเสียงพูดคุย เขาก็วิ่งไปที่ประตูห้องนั้น

Y apretó todo su cuerpo contra la puerta para escuchar.
แล้วเขาก็เอาตัวแนบกับประตูเพื่อฟัง

Todas las conversaciones le concernían de una manera u otra.
ทุกบทสนทนาล้วนเกี่ยวข้องกับเขาไม่ทางใดก็ทางหนึ่ง

Incluso cuando el tema parecía ser sobre otra cosa.
แม้ว่าหัวข้อสนทนาดูเหมือนจะเกี่ยวกับเรื่องอื่นก็ตาม

Esta observación fue especialmente cierta en los primeros tiempos.
ข้อสังเกตนี้เป็นจริงอย่างยิ่งในช่วงแรกๆ

Durante cada comida repetían la misma discusión.
พวกเขามักจะพูดคุยเรื่องเดิมซ้ำๆ ในทุกมื้ออาหาร

Todavía no estaban seguros de cómo comportarse a su alrededor.
พวกเขายังไม่แน่ใจว่าจะปฏิบัติตัวอย่างไรเมื่ออยู่ใกล้เขา

Pero el mismo tema también se discutió entre comidas.
แต่หัวข้อเดียวกันนี้ก็ถูกนำมาพูดคุยกันระหว่างมื้ออาหารด้วยเช่นกัน

Porque siempre había dos miembros de la familia en casa.
เพราะที่บ้านมักจะมีสมาชิกในครอบครัวอยู่กันสองคนเสมอ

Nadie quería quedarse solo en la casa.
ไม่มีใครอยากอยู่บ้านคนเดียว

Pero dejar el piso vacío tampoco era una opción.
แต่การปล่อยให้ห้องว่างเปล่าก็เป็นไปไม่ได้เช่นกัน

La criada era la única que no estaba atada al apartamento.
แม่บ้านเป็นคนเดียวที่ไม่ต้องอยู่ประจำที่อพาร์ตเมนต์

Ella ya había pedido irse el primer día.

เธอขอลาออกตั้งแต่วันแรกแล้ว

Ella se puso de rodillas y pidió que la despidieran.
เธอก้มลงคุกเข่าและอ้อนวอนขอให้ปล่อยตัวเธอไป

La familia no sabía cuánto sabía realmente la criada.
ครอบครัวไม่ทราบว่าแม่บ้านรู้เรื่องมากแค่ไหนกันแน่

En ese momento ella no había visto más que nadie.
ณ ขณะนั้น เธอเพิ่งได้เห็นอะไรมาบ้างจากคนอื่นๆ

Lo sucedido todavía era un misterio para la familia.
สิ่งที่เกิดขึ้นยังคงเป็นปริศนาสำหรับครอบครัว

Pero un cuarto de hora después se despidió.
แต่หลังจากนั้นสิบห้านาที เธอก็กล่าวคำอำลา

Y agradeció a la familia con lágrimas en los ojos.
และเธอกล่าวขอบคุณครอบครัวด้วยน้ำตาคลอเบ้า

Pero en realidad les agradeció por haberla liberado.
แต่จริงๆ แล้วเธอขอบคุณพวกเขาที่ปล่อยตัวเธอออกมา

Parecían haberle mostrado la mayor bondad.
ดูเหมือนว่าพวกเขาจะแสดงความเมตตาต่อเธออย่างที่สุด

Incluso hizo un juramento sin que se lo pidieran.
เธอถึงกับสาบานตนโดยที่ไม่มีใครขอให้ทำเช่นนั้นด้วยซ้ำ

Dijo que no le contaría a nadie lo que había sucedido.
เธอบอกว่าจะไม่บอกใครเกี่ยวกับสิ่งที่เกิดขึ้น

Ahora la hermana tenía que cocinar junto con su madre.
ตอนนี้พี่สาวต้องทำอาหารร่วมกับแม่แล้ว

Pero esto realmente no era un gran inconveniente.
แต่จริงๆ แล้วมันก็ไม่ได้สร้างความไม่สะดวกอะไรมากมายนัก

Porque de todas formas los dos no comían casi nada.
เพราะจริงๆ แล้วทั้งสองคนแทบไม่ได้กินอะไรเลย

Gregor escuchó una y otra vez la misma conversación.
เกรเกอร์ได้ยินบทสนทนาเดิมซ้ำแล้วซ้ำเล่า

Una persona le decía a otra que tenía que comer más.
คนหนึ่งกำลังบอกอีกคนว่าพวกเขาต้องกินให้มากขึ้น

Pero esa persona no recibió ninguna respuesta de la persona.

แต่บุคคลนั้นไม่ได้รับคำตอบใดๆ จากอีกฝ่าย

"Gracias, tengo suficiente", o algo similar.
"ขอบคุณค่ะ ฉันมีพอแล้ว" หรือข้อความทำนองเดียวกัน

Quizás ya no bebían nada tampoco.
บางทีพวกเขาอาจเลิกดื่มอะไรเลยก็ได้

La hermana a menudo le preguntaba a su padre si quería cerveza.
น้องสาวมักถามพ่อว่าอยากดื่มเบียร์ไหม

Y ella misma se ofreció calurosamente a ir a buscar la cerveza.
และเธอก็เสนอตัวอย่างเต็มใจที่จะไปเอาเบียร์มาให้เอง

El padre siempre permanecía en silencio ante su petición.
พ่อมักจะนิ่งเงียบเสมอเมื่อลูกสาวขอร้อง

Así que la hermana tuvo que encontrar una manera de eliminar cualquier duda.
ดังนั้นพี่สาวจึงต้องหาทางขจัดข้อสงสัยทั้งหมด

Y ella dijo que enviaría a la criada a buscar algo de cerveza.
แล้วเธอก็บอกว่าจะให้คนรับใช้ไปเอาเบียร์มาให้

Pero entonces el padre finalmente dijo un gran y rotundo "no".
แต่ในที่สุดพ่อก็เอ่ยออกมาอย่างหนักแน่นว่า "ไม่"

Luego ya no se volvió a mencionar el tema de tomar una cerveza.
จากนั้นหัวข้อที่เขาดื่มเบียร์ก็ไม่ได้ถูกพูดถึงอีกต่อไป

Ya había explicado anteriormente la situación financiera.
เขาได้อธิบายสถานการณ์ทางการเงินไปแล้วก่อนหน้านี้

De hecho, mencionó las finanzas el primer día.
ที่จริงแล้ว เขาพูดถึงเรื่องการเงินตั้งแต่วันแรกเลย

Les hizo saber perfectamente cuáles eran las perspectivas.
เขาแจ้งให้พวกเขาทราบอย่างชัดเจนถึงโอกาสที่เป็นไปได้

Su propio negocio se había derrumbado hacía unos cinco años.
ธุรกิจของเขาเองล้มเหลวเมื่อประมาณห้าปีก่อน

De vez en cuando se levantaba para abandonar la mesa.
เขาจะลุกขึ้นจากโต๊ะเป็นระยะๆ

Y se dirigió a la caja registradora de su antiguo negocio.
แล้วเขาก็เดินไปที่เครื่องคิดเงินของธุรกิจเก่าของเขา

Había salvado la caja registradora por sentimentalismo.
เขาเก็บเครื่องคิดเงินไว้เพราะความผูกพันทางใจ

Gregor lo oyó abrir una cerradura pesada y complicada.
เกรเกอร์ได้ยินเสียงเขาปลดล็อกกุญแจที่หนักและซับซ้อนอันห
นึ่ง

Y sacó recibos y libros de la caja.
แล้วเขาก็หยิบใบเสร็จและสมุดบัญชีออกมาจากกล่องเก็บเงิน

Después de tomar los objetos volvió a cerrar la caja fuerte.
หลังจากหยิบสิ่งของเหล่านั้นแล้ว เขาก็ล็อกตู้เซฟอีกครั้ง

Gregor no había tenido buenas noticias desde su
encarcelamiento.
นับตั้งแต่ถูกจำคุก เกรเกอร์ก็ไม่ได้รับข่าวดีใดๆ เลย

Pensó que el negocio había llevado a la quiebra a su padre.
เขาคิดว่าธุรกิจนั้นทำให้พ่อของเขาหมดตัว

El padre seguramente le había dado esa impresión a Gregor.
พ่อของเขาคงทำให้เกรเกอร์รู้สึกแบบนั้นอย่างแน่นอน

Y Gregor nunca le preguntó más sobre las finanzas.
และเกรเกอร์ก็ไม่เคยถามเขาเกี่ยวกับเรื่องการเงินอีกเลย

Gregor quería hacer todo lo posible para ayudar a la familia.
เกรเกอร์ต้องการทำทุกอย่างเท่าที่จะทำได้เพื่อช่วยเหลือครอบค
รัวนั้น

Quería ayudarlos a olvidar la desgracia empresarial.
เขาต้องการช่วยให้พวกเขาลืมเรื่องโชคร้ายทางธุรกิจไป

La quiebra que provocó la desesperanza más completa.
การล้มละลายที่นำมาซึ่งความสิ้นหวังอย่างสิ้นเชิง

Así que empezó a trabajar con una pasión muy especial.
เขาจึงเริ่มทำงานด้วยความมุ่งมั่นและแรงบันดาลใจที่พิเศษสุด

Se había convertido en un vendedor ambulante casi de la noche a la mañana.
เขากลายเป็นพนักงานขายเดินทางแทบจะในชั่วข้ามคืน

Antes de eso, sólo había trabajado como empleado con un salario bajo.
ก่อนหน้านั้นเขาทำงานเป็นเพียงเสมียนที่ได้รับค่าจ้างต่ำ

Ahora tenía oportunidades de ingresos completamente diferentes.
ตอนนี้เขามีโอกาสในการหารายได้ที่แตกต่างไปจากเดิมอย่างสิ้นเชิงแล้ว

Las ventas exitosas podrían convertirse inmediatamente en efectivo.
ยอดขายที่สำเร็จสามารถแปลงเป็นเงินสดได้ทันที

El dinero en efectivo, por supuesto, se paga con sus comisiones.
แน่นอนว่าเงินสดดังกล่าวถูกหักออกจากค่าคอมมิชชั่นของเขา

Ahora Gregor podía poner dinero en la mesa familiar.
ตอนนี้เกรเกอร์สามารถหาเงินมาเลี้ยงครอบครัวได้แล้ว

Y estaban asombrados y contentos con sus ganancias.
และพวกเขาก็ต่างประหลาดใจและดีใจกับรายได้ของเขา

Pero esos tiempos hermosos no se repetirán nuevamente.
แต่ช่วงเวลาที่สวยงามเหล่านั้นจะไม่เกิดขึ้นซ้ำอีกแล้ว

Apenas se habían acostumbrado a esos buenos tiempos.
พวกเขาเพิ่งจะเริ่มคุ้นเคยกับช่วงเวลาที่ดีเหล่านี้ได้ไม่นาน

Cada día de pago la familia aceptaba el dinero con gratitud.
ทุกครั้งที่เงินเดือนออก ครอบครัวนี้ก็รับเงินด้วยความขอบคุณ

Y Gregor estaba igualmente feliz de entregar el dinero.
และเกรเกอร์ก็ยินดีที่จะมอบเงินให้เช่นกัน

Pero el cálido afecto que recibía a cambio fue muriendo lentamente.
แต่ความรักความห่วงใยที่ได้รับตอบแทนนั้นค่อยๆ จางหายไป

Sólo su hermana permaneció tan cerca de Gregor como antes.

มีเพียงน้องสาวของเขาเท่านั้นที่ยังคงสนิทสนมกับเกรเกอร์เหมื
อนเดิม

Ella, a diferencia de Gregor, tenía un profundo aprecio por la música.
เธอแตกต่างจากเกรเกอร์ตรงที่เธอชื่นชอบดนตรีอย่างลึกซึ้ง

Y ella sabía tocar el violín de una manera muy conmovedora.
และเธอก็เล่นไวโอลินได้อย่างไพเราะจับใจ

Gregor planeó en secreto enviarla a la escuela de música.
เกรเกอร์วางแผนลับๆ ที่จะส่งเธอไปเรียนโรงเรียนดนตรี

Aún no había decidido cómo pagaría los gastos.
เขายังไม่ได้ตัดสินใจว่าจะจ่ายค่าใช้จ่ายเหล่านั้นอย่างไร

Pero de una forma u otra cubriría los costos.
แต่ไม่ว่าด้วยวิธีใดวิธีหนึ่ง
เขาก็จะหาทางชดเชยค่าใช้จ่ายนั้นให้ได้

De vez en cuando Gregor y su familia hacían pequeños viajes.
บางครั้งเกรเกอร์และครอบครัวก็ออกเดินทางท่องเที่ยวระยะสั้
นๆ

Gregor y su hermana abordaron este tema con frecuencia.
เกรเกอร์และน้องสาวมักหยิบยกเรื่องนี้ขึ้นมาพูดคุยกันบ่อยๆ

Pero sólo se mencionó como una idea maravillosa.
แต่มีคนกล่าวถึงมันเพียงแค่ในฐานะที่เป็นความคิดที่ยอดเยี่ยม
เท่านั้น

Realmente no creían que el sueño pudiera realizarse.
พวกเขาไม่เชื่อจริงๆ ว่าความฝันนั้นจะเป็นจริงได้

Y a los padres no les gustaban esas ambiciones fantasiosas.
และพ่อแม่ก็ไม่ชอบความทะเยอทะยานที่เกินจริงเช่นนั้น

Incluso cuando el tema se planteó de manera muy inocente.
แม้ว่าหัวข้อดังกล่าวจะถูกหยิบยกขึ้นมาโดยไม่มีเจตนาไม่ดีก็ตา
ม

Pero Gregor seguía pensando en la escuela de música.

แต่เกรเกอร์ก็ยังคงคิดถึงโรงเรียนดนตรีต่อไป

Y tenía pensado anunciar el regalo en Nochebuena.
และเขาวางแผนที่จะประกาศของขวัญชิ้นนี้ในคืนก่อนวันคริสต์
มาส

Por supuesto, en su estado actual sería imposible.
แน่นอนว่าในสภาพปัจจุบันของเขา มันเป็นไปไม่ได้

Pero ese tipo de pensamientos pasaban por su cabeza.
แต่ความคิดแบบนั้นก็วนเวียนอยู่ในหัวเขา

Y tenía estos pensamientos mientras escuchaba a la familia.
เขาครุ่นคิดเช่นนั้นขณะที่ฟังเรื่องราวของครอบครัวนั้น

A veces se cansaba demasiado para seguir escuchándolos.
บางครั้งเขาก็เหนื่อยเกินกว่าจะฟังพวกเขาต่อไปได้

Su cabeza cayó contra la puerta por el cansancio.
เขาเอนศีรษะพิงประตูเพราะความเหนื่อยล้า

Pero inmediatamente volvió a apoyar la cabeza contra la puerta.
แต่เขาก็รีบเอาหัวพิงประตูอีกครั้งทันที

Porque incluso el ruido más leve se podía oír afuera.
เพราะแม้แต่เสียงเล็กน้อยก็สามารถได้ยินจากภายนอกได้

Y cualquier ruido que hacía hacía que la familia se quedara en silencio.
และเสียงใดๆ
ที่เขาเปล่งออกมาก็จะทำให้คนในครอบครัวเงียบลงทันที

"¿Qué está haciendo ahora?" preguntó el padre a la familia.
“ตอนนี้เขากำลังทำอะไรอยู่?” พ่อถามคนในครอบครัว

Y fue a la puerta para comprobar qué era aquel ruido.
แล้วเขาก็เดินไปที่ประตูเพื่อดูว่าเสียงนั้นมาจากอะไร

Y luego la conversación interrumpida se reanudó gradualmente.
จากนั้นบทสนทนาที่ถูกขัดจังหวะก็ค่อยๆ ดำเนินต่อไป

Pero lo que dijo el padre sorprendió positivamente a todos.

แต่สิ่งที่พ่อพูดนั้นกลับสร้างความประหลาดใจในทางที่ดีให้กับทุกคน

Gregor ahora conoció la verdadera situación de las finanzas.
ตอนนี้เกรเกอร์ได้รู้สถานะทางการเงินที่แท้จริงแล้ว

A pesar de todas las desgracias, hubo algo de buena suerte.
ถึงแม้จะมีเรื่องโชคร้ายเกิดขึ้นมากมาย
แต่ก็ยังมีเรื่องโชคดีอยู่บ้าง

Aún quedaba allí una muy pequeña fortuna de los viejos tiempos.
เงินทองจำนวนเล็กน้อยจากสมัยก่อนยังคงอยู่ที่นั่น

El padre explicó las cosas, pero tuvo que repetirlas.
พ่ออธิบายเรื่องต่างๆ แต่ต้องพูดซ้ำอีกครั้ง

Porque hacía tiempo que no se ocupaba de estas cosas.
เพราะเขาไม่ได้เกี่ยวข้องกับเรื่องเหล่านี้มาสักพักแล้ว

Y porque la madre no entendía tales cosas.
และเนื่องจากแม่ไม่เข้าใจเรื่องเหล่านั้น

Los tipos de interés del banco habían subido un poco.
อัตราดอกเบี้ยของธนาคารปรับขึ้นเล็กน้อย

El dinero intacto había aumentado más de lo esperado.
เงินที่ยังไม่ได้แตะต้องนั้นเพิ่มขึ้นมากกว่าที่คาดไว้

Además Gregor siempre les había dado sus ahorros.
นอกจากนี้ เกรเกอร์ยังมอบเงินออมของเขาให้พวกเขาเสมอ

Sólo había conservado unos pocos florines para sí.
เขาเก็บเงินไว้ใช้เองเพียงไม่กี่กิลเดอร์เท่านั้น

Y su dinero aún no se había agotado por completo.
และเงินของเขาก็ยังไม่ได้ใช้หมดเสียทีเดียว

En conjunto, este dinero se había acumulado hasta formar un pequeño capital.
เงินจำนวนนี้รวมกันแล้วกลายเป็นเงินทุนจำนวนเล็กน้อย

Gregor, detrás de su puerta, asintió con entusiasmo ante la noticia.

เกรเกอร์ที่อยู่หลังประตูพยักหน้าอย่างกระตือรือร้นเมื่อได้ยินข่า
วนี้

Le agradó esta inesperada cautela y frugalidad.
เขาพอใจกับความระมัดระวังและความประหยัดที่คาดไม่ถึงนี้

Los fondos sobrantes podrían haberse utilizado para pagar la deuda.
เงินส่วนเกินนั้นสามารถนำไปใช้ชำระหนี้ได้

Entonces ya no le deberían nada al patrón.
ถ้าอย่างนั้นพวกเขาก็จะไม่ต้องเป็นหนี้เจ้านายอีกต่อไปแล้ว

Y Gregor podría haber cambiado de trabajo mucho antes.
และเกรเกอร์ก็สามารถย้ายไปทำงานใหม่ได้เร็วกว่านี้มาก

Pero ahora la manera como el padre lo dispuso estaba mucho mejor.
แต่ตอนนี้วิธีที่พ่อจัดการนั้นดีกว่ามากแล้ว

El dinero no era suficiente para vivir de los intereses.
เงินที่ได้มานั้นไม่เพียงพอต่อการดำรงชีวิตจากดอกเบี้ย

Y había que reservar algo de dinero para emergencias.
และต้องกันเงินส่วนหนึ่งไว้สำหรับกรณีฉุกเฉินด้วย

Sólo habría sido suficiente dinero para uno o dos años.
เงินจำนวนนั้นคงพอใช้ได้แค่ปีหรือสองปีเท่านั้น

Esto significaba que alguien tenía que ganar dinero para que pudieran vivir.
นั่นหมายความว่าต้องมีคนหาเงินมาเลี้ยงชีพพวกเขา

El padre no estaba enfermo y era bastante fuerte.
พ่อไม่ได้มีสุขภาพไม่ดี และเขาก็แข็งแรงพอที่จะทำอะไรได้

Pero llevaba más de cinco años sin trabajo.
แต่เขาว่างงานมานานกว่าห้าปีแล้ว

Y, debido a su edad, le quedaba poca confianza en sí mismo.
และเนื่องจากอายุของเขา

เขาจึงแทบไม่มีความมั่นใจในตัวเองเหลืออยู่เลย

También había engordado mucho en los últimos tiempos.
นอกจากนี้เขายังมีน้ำหนักตัวเพิ่มขึ้นมากในช่วงหลังมานี้

Su vida siempre había sido ardua y sin éxito.
ชีวิตของเขาเต็มไปด้วยความยากลำบากและไม่ประสบความสำเร็จมาโดยตลอด

Y éstas habían sido las primeras vacaciones que había tenido.
และนี่เป็นวันหยุดครั้งแรกในชีวิตของเขา

Y sin estar ocupado se había vuelto bastante torpe.
และเมื่อไม่มีอะไรให้ทำ เขาก็กลายเป็นคนซุ่มซ่ามไปเสียแล้ว

¿Sería mejor si la anciana madre ganara el dinero?
จะเป็นการดีกว่าไหมถ้าแม่แก่คนนั้นหาเงินเอง?

La anciana madre que sufría de asma.
คุณยายคนนั้นป่วยเป็นโรคหอบหืดมานานแล้ว

La anciana madre que luchaba por subir las escaleras.
คุณยายผู้สูงอายุที่เดินขึ้นบันไดอย่างทุลักทุเล

La anciana madre que pasaba el tiempo tumbada en el sofá.
คุณยายที่ใช้เวลาส่วนใหญ่ไปกับการนอนอยู่บนโซฟา

La anciana madre que prefería quedarse junto a la ventana.
คุณยายผู้ชราที่ชอบนั่งริมหน้าต่าง

Para poder recuperar el aliento cuando lo necesitara.
เพื่อให้เธอได้พักหายใจเมื่อต้องการ

¿Sería mejor si la hermana joven ganara el dinero?
จะดีกว่าไหมถ้าพี่สาวเป็นคนหาเงินเอง?

La hermana, que a sus diecisiete años era todavía apenas una niña.
น้องสาวคนนั้นซึ่งอายุสิบเจ็ดปี ยังถือว่าเป็นเพียงเด็กอยู่เลย

La hermana que sólo tuvo unos pocos placeres modestos.
น้องสาวผู้ซึ่งมีความสุขเพียงเล็กน้อยเท่านั้น

La hermana a quien le gustaba principalmente tocar el violín.
น้องสาวผู้ซึ่งชื่นชอบการเล่นไวโอลินเป็นหลัก

Ella sabía que su anterior forma de vida era muy envidiable;
เธอรู้ว่าวิถีชีวิตก่อนหน้านี้ของเธอนั้นน่าอิจฉามาก

Vestirse bien, levantarse tarde, ayudar en la casa.
แต่งตัวดี ตื่นสาย ช่วยงานบ้าน

La conversación a menudo giraba en torno a la necesidad de ganar dinero.
บทสนทนามักจะวกไปถึงเรื่องความจำเป็นในการหารายได้

Gregor siempre era el primero en soltar la puerta.
เกรเกอร์มักจะเป็นคนแรกที่ปล่อยมือจากประตูเสมอ

La conversación lo puso caliente de vergüenza y dolor.
การสนทนานั้นทำให้เขารู้สึกอับอายและเสียใจอย่างมาก

Entonces se dejó caer en el refrescante sofá de cuero.
เขาจึงทิ้งตัวลงบนโซฟาหนังที่กำลังเย็นลง

Y a menudo pasaba el resto de la noche en el sofá.
และเขามักจะใช้เวลาช่วงที่เหลือของคืนอยู่บนโซฟา

Nunca durmió realmente en el sofá, ni tampoco por la noche.
เขาไม่เคยนอนหลับบนโซฟาเลย
ไม่ว่าจะตอนกลางคืนหรือตอนไหนก็ตาม

A menudo, simplemente se quedaba rascando el cuero durante horas y horas.
บ่อยครั้งที่เขาเอาแต่เกาหนังอยู่นานหลายชั่วโมง

Otras veces empujaba el sillón hacia la ventana.
บางครั้งเขาก็เลื่อนเก้าอี้เท้าแขนไปที่หน้าต่าง

Esto solo requirió un gran esfuerzo de su parte.
เพียงแค่นี้ก็ต้องอาศัยความพยายามอย่างมากจากเขาแล้ว

El sillón le ayudó a subirse al alféizar de la ventana.
เก้าอี้เท้าแขนช่วยให้เขาสามารถคลานขึ้นไปบนขอบหน้าต่างได้

Y desde allí pudo apoyarse en la ventana.
และจากตรงนั้นเขาก็สามารถเอนตัวพิงหน้าต่างได้

Solía sentir una gran sensación de libertad al hacer esto.
เขาเคยรู้สึกอิสระอย่างมากเมื่อได้ทำเช่นนี้

Quizás estaba buscando algún viejo sentimiento liberador.
บางทีเขาอาจกำลังมองหาความรู้สึกปลดปล่อยแบบเก่าๆ
อยู่ก็ได้

Pero su visión no era tan nítida como solía ser.
แต่สายตาของเขาไม่คมชัดเหมือนแต่ก่อนแล้ว

Las cosas a cierta distancia se veían borrosas e indistintas.
สิ่งต่างๆ ที่อยู่ไกลออกไปเล็กน้อยนั้นดูพร่ามัวและไม่ชัดเจน

Ya no podía ver el hospital al otro lado de la calle.
เขาไม่สามารถมองเห็นโรงพยาบาลฝั่งตรงข้ามถนนได้อีกต่อไป
แล้ว

Antes había maldecido la vista, ahora quería verla.
ก่อนหน้านี้เขาเคยสาปแช่งทิวทัศน์นั้น
แต่ตอนนี้เขากลับอยากเห็นมันเสียเอง

Sabía que vivía en la tranquila y urbana Charlottenstrasse.
เขารู้ดีว่าตัวเองอาศัยอยู่ในย่านชาร์ลอตเทนสตรัสเซอันเงียบสง
บในเมือง

Pero podría haber pensado que estaba mirando el desierto.
แต่เขาอาจคิดว่ากำลังมองออกไปในทะเลทรายก็ได้

Un páramo donde el cielo gris y la tierra gris se fusionaban.
ดินแดนรกร้างที่ท้องฟ้าสีเทาและผืนดินสีเทาผสานกัน

**La atenta hermana notó dos veces que la silla se había
movido.**
พี่สาวผู้ช่างสังเกตสังเกตเห็นว่าเก้าอี้ขยับถึงสองครั้ง

Después de ordenar, empujó la silla hacia la ventana.
หลังจากจัดเก็บเรียบร้อยแล้ว เธอก็เลื่อนเก้าอี้กลับไปที่หน้าต่าง

Y a partir de ahora incluso dejó la ventana abierta.
และนับจากนี้ไป เธอยังเปิดบานหน้าต่างทิ้งไว้ด้วย

**Gregor realmente hubiera deseado poder hablar con su
hermana.**
เกรเกอร์ปรารถนาอย่างแท้จริงว่าเขาน่าจะได้พูดคุยกับน้องสาว
ของเขา

Quería agradecerle por todo lo que hizo por él.
เขาต้องการขอบคุณเธอสำหรับทุกสิ่งที่เธอทำให้เขา

Entonces habría tolerado más fácilmente sus servicios.

ถ้าเป็นเช่นนั้น

เขาคงจะยอมรับการบริการของพวกเขาได้ง่ายขึ้น

Pero tal como estaban las cosas, él sufrió por su ayuda.
แต่ในความเป็นจริงแล้ว

เขากลับต้องทนทุกข์ทรมานเพราะเธอช่วยเหลือเขา

La hermana, por supuesto, intentó disimular la vergüenza.
แน่นอนว่าน้องสาวพยายามปกปิดความอับอายนั้น

Y ella hizo todo lo posible para fingir que no se sentía agobiada.
และเธอก็พยายามอย่างเต็มที่ที่จะแสร้งทำเป็นว่าไม่รู้สึกว่าเป็น

ภาระ

Por supuesto, esto es algo que tenía que practicar primero.
แน่นอนว่าเธอต้องฝึกฝนเรื่องนี้มาก่อน

Y cuanto más tiempo pasaba, mejor lo hacía.
และยิ่งเวลาผ่านไป เธอก็ยิ่งทำได้ดีขึ้นเรื่อยๆ

Pero a Gregor también se le dio más tiempo para ver su pretensión.
แต่เกรเกอร์ก็ได้รับเวลามากขึ้นในการมองออกว่าเธอเสแสร้ง

Incluso su entrada a su habitación fue una prueba para él.
แม้แต่การที่เธอเข้ามาในห้องของเขาก็เป็นเรื่องยากลำบากสำห

รับเขาแล้ว

Tan pronto como entró, corrió directamente a la ventana.
ทันทีที่เธอเข้ามา เธอก็วิ่งตรงไปที่หน้าต่าง

Ni siquiera se tomó el tiempo de cerrar la puerta.
เธอไม่ได้แม้แต่จะปิดประตูด้วยซ้ำ

Normalmente ella evitaba que todos vieran la habitación de Gregor.
โดยปกติแล้วเธอจะไม่เปิดเผยห้องของเกรเกอร์ให้ใครเห็น

Y abrió la ventana de golpe con manos apresuradas.
แล้วเธอก็กระชากหน้าต่างเปิดออกด้วยมือที่รีบร้อน

Luego volvió a respirar como si se estuviera asfixiando.
จากนั้นเธอก็หายใจได้อีกครั้งราวกับว่ากำลังหายใจไม่ออก

El aire que entraba era frío y ella respiraba profundamente.
อากาศที่พัดเข้ามานั้นเย็น เธอจึงหายใจเข้าลึกๆ

Pero aún así se quedó junto a la ventana por un rato.
แต่ถึงกระนั้นเธอก็ยังคงยืนอยู่ริมหน้าต่างสักพักหนึ่ง

Con esta rutina asustaba a Gregor dos veces al día.
เธอทำให้เกรเกอร์ตกใจกลัววันละสองครั้งด้วยกิจวัตรนี้

Mientras ella estaba en la habitación él temblaba debajo del sofá.
ขณะที่เธออยู่ในห้องนั้น เขาตัวสั่นอยู่ใต้โซฟา

Él sabía que a ella le habría gustado ahorrarle esa terrible experiencia.
เขารู้ว่าเธอคงอยากให้เขาพ้นจากความยากลำบากนั้น

Pero ella no podía estar en la habitación con la ventana cerrada.
แต่เธอไม่สามารถอยู่ในห้องที่มีหน้าต่างปิดอยู่ได้

Hubo una ocasión en que ella llegó un poco antes.
มีอยู่ครั้งหนึ่งที่เธอมาถึงเร็วกว่าปกติเล็กน้อย

Probablemente alrededor de un mes después de la transformación de Gregor.
น่าจะประมาณหนึ่งเดือนหลังจากที่เกรเกอร์แปลงร่าง

Ella se había acostumbrado un poco a su nueva apariencia.
เธอเริ่มคุ้นชินกับรูปลักษณ์ใหม่ของเขาบ้างแล้ว

Así que ya no tenía por qué estar particularmente sorprendida.
ดังนั้นเธอจึงไม่มีเหตุผลที่จะต้องตกใจอะไรอีกต่อไปแล้ว

Ella lo encontró todavía mirando por la ventana, inmóvil.
เธอพบว่าเขายังคงจ้องมองออกไปนอกหน้าต่างอย่างนิ่งเฉย

Estaba en el lugar más horrible en el que podría haber estado.
เขาอยู่ในสถานที่ที่เลวร้ายที่สุดเท่าที่จะเป็นไปได้

No le habría sorprendido si ella no hubiera entrado.
เขาคงไม่แปลกใจหากเธอไม่เข้ามา

Donde le impidió abrir la ventana.

เขาขัดขวางไม่ให้เธอเปิดหน้าต่าง

Ella salió rápidamente de la habitación y cerró la puerta.
เธอรีบออกจากห้องไปอีกครั้งแล้วปิดประตู

Un extraño podría haber llegado a todo tipo de conclusiones.
คนแปลกหน้าอาจสรุปไปได้สารพัดอย่าง

Quizás sólo estaba esperando la oportunidad de morderla.
บางทีเขาอาจแค่รอโอกาสที่จะกัดเธออยู่ก็ได้

Gregor, por supuesto, se escondió inmediatamente debajo del sofá.
แน่นอนว่าเกรเกอร์รีบไปซ่อนตัวอยู่ใต้โซฟาในทันที

Pero tuvo que esperar hasta el mediodía para que su hermana regresara.
แต่เขาต้องรอจนถึงเที่ยงกว่าน้องสาวจะกลับมา

Y ella parecía mucho más inquieta que de costumbre.
และเธอดูจะกระสับกระส่ายมากกว่าปกติมาก

Se dio cuenta de que verlo todavía era insoportable.
เขารู้ตัวว่าภาพที่เห็นยังคงเป็นสิ่งที่ทนไม่ได้อยู่ดี

Verlo seguiría siendo insoportable para ella.
ภาพของเขาจะยังคงเป็นสิ่งที่เธอทนเห็นไม่ได้ต่อไป

Probablemente no podría soportar ver ninguna parte de él.
เธอคงทนเห็นส่วนใดส่วนหนึ่งของเขาไม่ได้เลย

Siempre sobresalía una pequeña parte de debajo del sofá.
ส่วนเล็กๆ นั้นมักจะยื่นออกมาจากใต้โซฟาเสมอ

Un día llevó una sábana sobre su espalda hasta el sofá.
วันหนึ่งเขาแบกผ้าปูที่นอนไปที่โซฟา

Quería evitar que ella viera cualquier parte de él.
เขาต้องการปกป้องเธอจากการได้เห็นส่วนใดส่วนหนึ่งของเขาเลย

Él dispuso la sábana de tal manera que todo él quedara oculto.
เขาจัดผ้าปูที่นอนให้มิดชิดจนมิดทั้งตัว

Incluso si se agachara no podría verlo.

ต่อให้เธอก้มลง เธอก็จะไม่สามารถมองเห็นเขาได้

Todo el esfuerzo le llevó a Gregor más de tres horas.
เกรเกอร์ใช้เวลามากกว่าสามชั่วโมงในการดำเนินการทั้งหมดนี้

Quizás pensó que la sábana era innecesaria.
เธออาจคิดว่าผ้าปูที่นอนนั้นไม่จำเป็น

Ella habría sabido que él no quería la sábana.
เธอคงรู้ว่าเขาไม่ต้องการผ้าปูที่นอน

Lo hacía para su comodidad, no para la suya propia.
เขาทำไปเพื่อความสบายใจของเธอ ไม่ใช่เพื่อตัวเอง

Y podría haber quitado la sábana si hubiera querido.
และเธอก็สามารถดึงผ้าปูที่นอนออกได้หากเธอต้องการ

Pero dejó la sábana donde Gregor la había puesto.
แต่เธอไม่ได้เอาผ้าปูที่นอนไปวางไว้ที่เดิมที่เกรเกอร์วางไว้

Y Gregor incluso creyó haber captado una mirada de agradecimiento.
และเกรเกอร์เองก็คิดว่าเขาเห็นแววตาที่แสดงความขอบคุณด้วยซ้ำ

Había levantado suavemente la sábana con la cabeza.
เขายกผ้าปูที่นอนขึ้นเบาๆ ด้วยศีรษะ

Quería ver si a su hermana le gustaba el arreglo.
เขาอยากรู้ว่าน้องสาวของเขาชอบข้อตกลงนี้หรือไม่

Las dos primeras semanas fueron las más difíciles para los padres.
สองสัปดาห์แรกเป็นช่วงเวลาที่ยากลำบากที่สุดสำหรับผู้ปกครอง

No pudieron animarse a entrar y verlo.
พวกเขาไม่กล้าเข้าไปพบเขา

Escuchó muchas de sus conversaciones en ese momento.
เขาได้ยินบทสนทนาของพวกเขาหลายครั้งในช่วงเวลานั้น

Reconocieron plenamente todo lo que hacía la hermana.
พวกเขาเข้าใจและยอมรับทุกสิ่งที่พี่สาวทำอย่างเต็มที่

Aunque solían estar molestos con ella a menudo.
ถึงแม้ว่าก่อนหน้านี้พวกเขาจะเคยรำคาญเธออยู่บ่อยๆ ก็ตาม

Porque ella parecía ser una chica un tanto inútil.
เพราะดูเหมือนว่าเธอจะเป็นเด็กผู้หญิงที่ค่อนข้างไร้ประโยชน์

Ahora eran ellos quienes esperaban al otro lado de la
habitación.
คราวนี้เป็นพวกเขาที่รออยู่ฝั่งตรงข้ามของห้อง

Y fue ella quien entró en la habitación a hacer todo.
และเป็นเธอเองที่เข้าไปในห้องเพื่อทำทุกอย่าง

Tan pronto como salió quisieron saberlo todo.
ทันทีที่เธอออกมา พวกเขาก็อยากรู้ทุกอย่าง

Tenía que decirles exactamente cómo era la habitación.
เธอต้องอธิบายให้พวกเขาฟังอย่างละเอียดว่าห้องนั้นมีลักษณะ
อย่างไร

¿Qué comió Gregor? ¿Cómo se comportó esta vez?
"เกรเกอร์กินอะไรไป? คราวนี้เขาทำตัวยังไง?"

"¿Quizás se notó una ligera mejoría?"
"มีการปรับปรุงเล็กน้อยที่สังเกตเห็นได้หรือไม่?"

La madre, por cierto, fue en realidad más valiente.
ที่จริงแล้ว คุณแม่มีความกล้าหาญมากกว่าเสียอีก

Y por supuesto, era su propio hijo el que estaba dentro de la
habitación.
และแน่นอนว่าคนที่อยู่ในห้องนั้นก็คือลูกชายของเธอเอง

En realidad quería visitar a Gregor relativamente pronto.
จริงๆ แล้วเธออยากไปเยี่ยมเกรเกอร์ในเร็วๆ นี้

Pero al principio el padre y la hermana la frenaron.
แต่ในตอนแรกพ่อและพี่สาวได้ห้ามปรามเธอไว้

Le dieron argumentos muy racionales para que no fuera.
พวกเขาให้เหตุผลที่ฟังขึ้นอย่างมากเพื่อไม่ให้เธอไป

Gregor escuchó con mucha atención sus razonamientos.
เกรเกอร์ตั้งใจฟังเหตุผลของพวกเขาอย่างมาก

Y él aceptó el razonamiento tanto como su madre.

และเขายอมรับเหตุผลนั้นเช่นเดียวกับแม่ของเขา

Pero más tarde hubo que retenerla por la fuerza.
แต่ต่อมาเธอต้องใช้กำลังดึงตัวไว้

"¡Déjame entrar con Gregor, es mi desdichado hijo!"
"ให้ฉันเข้าไปหาเกรกอร์ เขาเป็นลูกชายที่น่าสงสารของฉัน!"

-¿No entiendes que tengo que ir a verlo?
"คุณไม่เข้าใจเหรอว่าฉันต้องไปพบเขา?"

Gregor también se dejó convencer por los argumentos de su madre.
เกรเกอร์ก็คล้อยตามเหตุผลของแม่เขาด้วยเช่นกัน

Quizás tenía razón: sería bueno que entrara.
บางทีเธออาจจะพูดถูก การที่เธอเข้ามาคงจะดีไม่น้อย

Venir a verlo todos los días sería demasiado.
การมาพบเขาทุกวันคงจะมากเกินไป

Pero verlo una vez a la semana podría ser suficiente.
แต่การได้เจอเขาประมาณสัปดาห์ละครั้งอาจจะเพียงพอแล้ว

Ella podría entender las cosas mucho mejor que la hermana.
เธออาจเข้าใจเรื่องต่างๆ ได้ดีกว่าน้องสาวของเธอเสียอีก

A pesar de todo su coraje, ella todavía era sólo una niña.
ถึงแม้เธอจะมีความกล้าหาญมากเพียงใด
เธอก็ยังเป็นเพียงเด็กคนหนึ่งเท่านั้น

Quizás la imprudencia infantil la impulsó a aceptar esa tarea.
บางทีความบุ่มบ่ามแบบเด็กๆ อาจทำให้เธอรับงานนี้มาทำก็ได้

Pero el deseo de Gregor de ver a su madre pronto se hizo realidad.
แต่ความปรารถนาของเกรเกอร์ที่จะได้พบแม่ของเขาก็เป็นจริงใน
ไม่ช้า

Durante el día Gregor se mantenía alejado de la ventana.
ในเวลากลางวัน เกรเกอร์จะอยู่ห่างจากหน้าต่าง

Lo hizo por consideración a sus padres.
เขาทำเช่นนั้นเพราะห่วงใยพ่อแม่ของเขา

No tenía mucho espacio para arrastrarse por el suelo.
เขาไม่มีพื้นที่ให้คลานบนพื้นมากนัก

Le resultaba difícil permanecer quieto durante la noche.
เขาพบว่าการนอนนิ่งๆ ในเวลากลางคืนเป็นเรื่องยาก

Comer ya no le producía el más mínimo placer.
การกินอาหารไม่ได้ทำให้เขามีความสุขอีกต่อไปแล้ว

Por supuesto que tenía que encontrar alguna manera de distraerse.
แน่นอนว่าเขาต้องหาวิธีเบี่ยงเบนความสนใจตัวเอง

Para entretenerse se arrastraba por las paredes.
เพื่อความบันเทิง เขาจึงคลานขึ้นลงไปตามกำแพง

Y también se arrastró por el techo, boca abajo.
และเขายังคลานไปตามเพดานในท่ากลับหัวอีกด้วย

Estaba especialmente feliz cuando colgaba del techo.
เขามีความสุขเป็นพิเศษเมื่อได้ห้อยตัวอยู่บนเพดาน

Fue completamente diferente a estar tendido en el suelo.
มันแตกต่างอย่างสิ้นเชิงกับการนอนบนพื้น

Le resultó mucho más fácil respirar en esta posición.
เขาพบว่าหายใจได้สะดวกขึ้นมากในท่านี้

Una ligera pero agradable vibración recorrió su cuerpo.
ร่างกายของเขารู้สึกถึงแรงสั่นสะเทือนเล็กน้อยแต่ก็รู้สึกดี

A veces incluso se relajaba demasiado en su felicidad.
บางครั้งเขาก็ปล่อยตัวปล่อยใจไปกับความสุขมากเกินไปเสียด้วยซ้ำ

A veces se distraía y se soltaba del techo.
บางครั้งเขาก็เสียสมาธิและปล่อยมือจากเพดาน

Y para su propia sorpresa, aterrizó de nuevo en el suelo.
และที่น่าประหลาดใจยิ่งกว่านั้นคือ เขาลงจอดบนพื้นได้สำเร็จ

Pero tenía mucho mejor control de su cuerpo que antes.
แต่เขาสามารถควบคุมร่างกายได้ดีกว่าเดิมมาก

Para que ahora no se haga daño con caídas tan fuertes.

ดังนั้นเขาจึงไม่ได้รับบาดเจ็บจากการตกจากที่สูงแบบนั้นอีกแล้
ว

La hermana notó inmediatamente el nuevo placer de Gregor.
น้องสาวสังเกตเห็นความสุขใหม่ของเกรเกอร์ได้ทันที

Y había restos de adhesivo donde se había arrastrado.
และมีร่องรอยของกาวอยู่ตรงบริเวณที่เขาคลานไป

Aquí nuevamente la hermana pensó en el bienestar de Gregor.
ณ ที่นี้ พี่สาวนึกถึงความเป็นอยู่ของเกรเกอร์อีกครั้ง

Quizás apreciaría más espacio para gatear.
บางทีเขาอาจจะชอบที่มีพื้นที่ให้คลานไปมามากกว่านี้ก็ได้

Y la idea se instaló firmemente en su cabeza.
และความคิดนั้นก็ฝังแน่นอยู่ในหัวของเธอ

Algunos de los muebles de gran tamaño impedían su libre movimiento.
เฟอร์นิเจอร์ขนาดใหญ่บางชิ้นขัดขวางการเคลื่อนไหวของเขา

Ya no trabajaba así que no necesitaba el escritorio.
เขาไม่ได้ทำงานแล้ว
ดังนั้นเขาจึงไม่จำเป็นต้องใช้โต๊ะทำงานอีกต่อไป

Y la caja ocupaba más espacio del necesario. *
และกล่องนั้นก็กินพื้นที่มากกว่าที่จำเป็นด้วย ***

La hermana no era capaz de mover estas cosas sola.
น้องสาวไม่สามารถเคลื่อนย้ายสิ่งของเหล่านี้ได้ด้วยตัวเอง

Por supuesto que no se atrevió a pedirle ayuda al padre.
แน่นอนว่าเธอไม่กล้าขอความช่วยเหลือจากพ่อ

La criada seguramente tampoco la habría ayudado.
แม้แต่คนรับใช้ก็คงไม่ช่วยเธอเช่นกัน

La nueva criada era de hecho un año más joven que ella.
ความจริงแล้วแม่บ้านคนใหม่มีอายุน้อยกว่าเธอหนึ่งปี

Ella había asumido valientemente el papel de ex sirvienta.
เธอรับบทบาทของอดีตคนรับใช้ด้วยความกล้าหาญ

Pero había un privilegio que ella insistía en tener.

แต่มีสิทธิพิเศษอย่างหนึ่งที่เธอยืนกรานว่าจะต้องได้รับ

Ella quería mantener la cocina cerrada en todo momento.
เธอต้องการล็อกห้องครัวไว้ตลอดเวลา

Así que la hermana no tuvo más remedio que preguntarle a su madre.
ดังนั้นพี่สาวจึงไม่มีทางเลือกอื่นนอกจากต้องไปขออนุญาตแม่

Con gritos de emocionada alegría la madre acudió a ayudar.
แม่รีบวิ่งเข้ามาช่วยพร้อมกับส่งเสียงร้องด้วยความดีใจอย่างตื่นเต้น

Pero ella se quedó en silencio en la puerta de la habitación de Gregor.
แต่เธอกลับเงียบไปเมื่อถึงประตูห้องของเกรเกอร์

La hermana comprobó que todo en la habitación estuviera bien.
พี่สาวตรวจสอบดูว่าทุกอย่างในห้องเรียบร้อยดีหรือไม่

Gregor había tirado apresuradamente la sábana aún más fuerte.
เกรเกอร์รีบดึงผ้าปูที่นอนให้แน่นขึ้นไปอีก

Aunque la sábana todavía parecía colocada al azar.
ถึงแม้ว่าผ้าปูที่นอนจะยังดูจัดวางอย่างไม่เป็นระเบียบก็ตาม

Y sólo entonces dejó que su madre entrara en la habitación.
จากนั้นเธอก็ยอมให้แม่เข้ามาในห้อง

Gregor también se abstuvo de espiar desde debajo de la sábana.
เกรเกอร์เองก็ไม่ได้แอบมองจากใต้ผ้าห่มด้วยเช่นกัน

Decidió no volver a ver a su madre esta vez.
เขาตัดสินใจที่จะไม่ไปเยี่ยมแม่ในครั้งนี้

Gregor estaba muy contento de que ella hubiera entrado.
เกรเกอร์ดีใจมากที่เธอมาหาเขา

"Pasa, no puedes verlo", dijo la hermana.
"เข้ามาสิ คุณมองไม่เห็นเขาหรอก" น้องสาวกล่าว

Gregor supuso que ella llevaba a su madre de la mano.

เกรเกอร์สันนิษฐานว่าเธอจูงมือแม่ของเธอมา

Entonces escuchó a las dos mujeres débiles moviendo los muebles.

จากนั้นเขาได้ยินเสียงหญิงอ่อนแรงสองคนกำลังเคลื่อนย้ายเฟอร์นิเจอร์

La hermana parecía reclamar la mayor parte del trabajo para ella misma.

ดูเหมือนว่าน้องสาวจะอ้างว่าตัวเองเป็นคนรับผิดชอบงานส่วนใหญ่

Su madre temía que se esforzara demasiado.

แม่ของเธอเกรงว่าเธอจะออกแรงมากเกินไป

Pero la hermana no hizo caso a estas advertencias.

แต่พี่สาวไม่สนใจคำเตือนเหล่านั้นเลย

Pero incluso después de quince minutos el progreso era muy lento.

แต่แม้จะผ่านไปสิบห้านาทีแล้ว ความคืบหน้าก็ยังช้ามาก

No habían conseguido mover los muebles muy lejos.

พวกเขาเคลื่อนย้ายเฟอร์นิเจอร์ไปได้ไม่ไกลนัก

Poco a poco empezaron a sentir una sensación de derrota.

พวกเขาเริ่มรู้สึกถึงความพ่ายแพ้ทีละน้อย

La madre fue la primera en admitir la inutilidad.

แม่เป็นคนแรกที่ยอมรับว่ามันไร้ประโยชน์

"Quizás sería mejor dejar la caja aquí."

"บางทีการวางกล่องไว้ตรงนี้อาจจะดีกว่า"

"La caja es demasiado pesada para que podamos moverla mucho más lejos".

"กล่องนี้หนักเกินไป เราจึงเคลื่อนย้ายมันต่อไปไม่ไหว"

"Y no terminaremos antes de que llegue tu padre."

"และเราจะยังไม่เสร็จจนกว่าพ่อของคุณจะมาถึง"

Dejar la caja aquí le bloquearía aún más el camino.

"การวางกล่องไว้ตรงนี้จะยิ่งกีดขวางทางเขามากขึ้นไปอีก"

"¿Y podemos estar seguros de que le estamos haciendo un favor?"
"แล้วเรามั่นใจได้หรือเปล่าว่าเรากำลังทำสิ่งที่ดีให้เขา?"

Comenzaron a pensar que bien podría ser cierto lo opuesto.
พวกเขาเริ่มคิดว่าสิ่งที่ตรงกันข้ามอาจเป็นความจริงก็ได้

La visión de la pared vacía pesó mucho en su corazón.
ภาพกำแพงที่ว่างเปล่านั้นทำให้เธอรู้สึกหนักใจ

¿Quién diría que Gregor no se sentiría así también?
ใครจะไปรู้ว่าเกรเกอร์อาจจะไม่รู้สึกแบบนี้บ้างล่ะ?

"Ya está acostumbrado a los muebles de su habitación."
"เขาคุ้นเคยกับเฟอร์นิเจอร์ในห้องของเขาแล้ว"

"Podría sentirse aún más abandonado en una habitación vacía".
"เขาอาจรู้สึกโดดเดี่ยวมากขึ้นไปอีกหากอยู่ในห้องที่ว่างเปล่า"

Para entonces su voz se había reducido casi a un susurro.
ตอนนี้เสียงของเธอเบาลงจนแทบจะเป็นเสียงกระซิบแล้ว

En realidad no sabía el paradero exacto de Gregor.
เธอไม่ทราบแน่ชัดว่าเกรเกอร์อยู่ที่ไหน

Ella no quería ni siquiera que él escuchara el sonido de su voz.
เธอไม่อยากให้เขาได้ยินแม้แต่เสียงของเธอด้วยซ้ำ

Aunque ella estaba segura de que él no la entendía.
ถึงแม้เธอจะมั่นใจว่าเขาไม่เข้าใจเธอ

"¿No parecería como si lo hubiéramos abandonado por completo?"
"แบบนี้จะดูเหมือนว่าเราหมดหวังกับเขาไปแล้วหรือเปล่า?"

"¿No sentirá que lo estamos dejando solo?"
"เขาจะไม่รู้สึกว่าเรากำลังทิ้งให้เขาเผชิญกับเรื่องนี้เพียงลำพังเหรอ?"

"Deberíamos dejar la habitación exactamente como estaba".
"เราควรจัดห้องให้เรียบร้อยเหมือนเดิมทุกประการ"

"Al final Gregor volverá con nosotros como antes."

"ในที่สุดเกรเกอร์ก็จะกลับมาหาเราเหมือนเดิม"

"Entonces encontrará que todo sigue en su lugar."

"แล้วเขาจะพบว่าทุกอย่างยังคงอยู่ในที่เดิม"

"Y olvidará mucho más fácilmente el período interino".

"และเขาจะลืมช่วงเวลาระหว่างนั้นได้ง่ายขึ้นมาก"

Cuando Gregor escuchó estas palabras se dio cuenta de algo.

เมื่อเกรเกอร์ได้ยินคำพูดเหล่านั้น เขาก็เข้าใจอะไรบางอย่าง

Su mente se había vuelto confusa durante los últimos dos meses.

จิตใจของเขาเริ่มสับสนในช่วงสองเดือนที่ผ่านมา

La falta de interacción humana no había sido buena para él.

การขาดปฏิสัมพันธ์กับผู้คนส่งผลเสียต่อเขา

Realmente necesitaba la vida monótona en medio de su familia.

เขาต้องการชีวิตที่เรียบง่ายท่ามกลางครอบครัวอย่างแท้จริง

¿Por qué si no habría hecho una exigencia tan absurda?

มิเช่นนั้นแล้วเขาจะเรียกร้องอะไรที่ไร้สาระเช่นนั้นไปทำไม?

¿Qué sentido tenía vaciar su habitación?

การเอาของออกจากห้องของเขาไปมันสมเหตุสมผลตรงไหนกัน?

La cómoda habitación amueblada con muebles heredados.

ห้องพักแสนสบาย

ตกแต่งด้วยเฟอร์นิเจอร์ที่ตกทอดมาจากรุ่นก่อน

¿Por qué querría convertir ese calor conocido en una cueva?

ทำไมเขาถึงอยากเปลี่ยนสถานที่อบอุ่นที่คุ้นเคยนี้ให้กลายเป็นถ้ำ?

Una cueva donde poder arrastrarse en todas direcciones en paz.

ถ้ำที่เขาสามารถคลานไปทุกทิศทุกทางได้อย่างสงบสุข

Pero una cueva en la que olvidó rápidamente su pasado humano.

แต่เป็นถ้ำที่ทำให้เขาลืมอดีตในฐานะมนุษย์ไปอย่างรวดเร็ว

Tuvo que preguntarse si ya estaba cerca de olvidar.
เขาอดสงสัยไม่ได้ว่าตัวเองใกล้จะลืมเรื่องนี้ไปแล้วหรือยัง

La voz de su madre lo había sacudido y lo había hecho recordar.
เสียงของแม่ทำให้เขานึกขึ้นได้

La voz que no había oído durante tanto tiempo.
เสียงที่เขาไม่ได้ยินมานานแสนนานแล้ว

No había que quitar nada, todo tenía que quedar.
ห้ามนำสิ่งใดออกไป ทุกอย่างต้องคงอยู่เหมือนเดิม

Los muebles influyeron positivamente en su condición.
เฟอร์นิเจอร์ชิ้นนั้นส่งผลดีต่ออาการของเขาอย่างเห็นได้ชัด

Y no podría vivir sin este ancla en el pasado.
และเขาไม่อาจรับมือได้หากปราศจากหลักยึดเหนี่ยวกับอดีตนี้

Los muebles impedían que se arrastrara sin sentido.
เฟอร์นิเจอร์เหล่านั้นช่วยป้องกันไม่ให้เขาคลานไปมาอย่างไร้จุด
หมาย

Pero eso no fue una pérdida, sino más bien una gran ventaja.
แต่นั่นไม่ใช่ความสูญเสีย ตรงกันข้าม
มันเป็นข้อได้เปรียบอย่างมาก

Lamentablemente la hermana tenía una opinión muy diferente.
แต่น่าเสียดายที่น้องสาวมีความคิดเห็นที่แตกต่างออกไปอย่าง
สิ้นเชิง

Ella se había convertido en una especie de portavoz de Gregor.
เธอกลายเป็นเหมือนโฆษกของเกรเกอร์ไปโดยปริยาย

Por supuesto que su opinión no era del todo injustificada.
แน่นอนว่าความคิดเห็นของเธอนั้นไม่ได้ไร้เหตุผลเสียทีเดียว

Pero aquí la opinión de su madre tuvo que ser contradicha.
แต่ความคิดเห็นของแม่เธอนั้นต้องถูกโต้แย้งในจุดนี้

Ahora no era solo la caja la que había que retirar.
ไม่ใช่แค่กล่องเท่านั้นที่ต้องถูกนำออกไปในตอนนี้

Ni su escritorio ni el armario podían permanecer allí.
โต๊ะทำงานและตู้เสื้อผ้าของเขาไม่อาจคงอยู่เช่นนั้นได้อีกต่อไป

Lo único imprescindible era el sofá.
สิ่งเดียวที่ขาดไม่ได้เลยก็คือโซฟา

Ella no decidió esto sólo por desafío infantil.
เธอไม่ได้ตัดสินใจแบบนี้เพียงเพราะความดื้อรั้นแบบเด็กๆ

Tampoco fue su recientemente adquirida confianza en sí misma.
มันไม่ใช่เพราะความมั่นใจในตัวเองที่เธอเพิ่งมีขึ้นมาด้วยเช่นกัน

La nueva confianza que tuvo que trabajar muy duro para ganar.
ความมั่นใจใหม่ที่เธอมีทำให้เธอทุ่มเทอย่างหนักเพื่อคว้าชัยชนะ

Aunque nadie esperaba que ella pudiera hacerlo.
ถึงแม้ว่าไม่มีใครคาดคิดว่าเธอจะทำได้ก็ตาม

Gregor realmente necesitaba mucho espacio para gatear.
เกรเกอร์ต้องการพื้นที่กว้างขวางมากในการคลานจริงๆ

Los muebles sólo limitaban el espacio del que disponía.
เฟอร์นิเจอร์เป็นเพียงสิ่งจำกัดพื้นที่ที่เขามีอยู่เท่านั้น

Ella podía ver estas cosas mejor que la madre.
เธอสามารถมองเห็นสิ่งเหล่านี้ได้ดีกว่าแม่ของเธอ

Pero quizá su espíritu romántico también jugó un papel.
แต่บางทีจิตใจที่โรแมนติกของเธอก็อาจมีส่วนเกี่ยวข้องด้วยเช่นกัน

Las niñas de esa edad suelen desarrollar cierto entusiasmo.
เด็กผู้หญิงในวัยนั้นมักจะมีความกระตือรือร้นเป็นพิเศษ

Y sienten la necesidad de salirse con la suya siempre que pueden.
และพวกเขารู้สึกว่าจำเป็นต้องได้สิ่งที่ต้องการทุกครั้งที่มีโอกาส

Quizás por eso quería sabotearlo en secreto.
บางทีนี่อาจเป็นเหตุผลที่เธอต้องการวางแผนทำลายเขาอย่างลับๆ

Es aún más aterrador cuando se arrastra por las paredes.

เขาน่ากลัวยิ่งกว่าเดิมเมื่อเขาคลานไปตามผนัง

Los padres ya no se atrevían a entrar en la habitación.
พ่อแม่ไม่กล้าเข้าไปในห้องนั้นอีกแล้ว

Ella realmente sería la única cuidadora de su hermano.
เธอจะเป็นผู้ดูแลน้องชายเพียงลำพังอย่างแท้จริง

Ella no dejó que su madre la persuadiera de lo contrario.
เธอไม่ยอมให้แม่โน้มน้าวให้เปลี่ยนใจ

La madre de Gregor ya se sentía incómoda en la habitación.
แม่ของเกรเกอร์เริ่มรู้สึกไม่สบายใจตั้งแต่อยู่ในห้องแล้ว

Pronto dejó de hablar y ayudó nuevamente a su hija.
ไม่นานเธอก็หยุดพูดและช่วยลูกสาวของเธออีกครั้ง

Con las fuerzas que les quedaban retiraron el armario.
พวกเขาใช้แรงที่เหลืออยู่ยกตู้เสื้อผ้าออกไปได้

La cómoda era algo de lo que podía prescindir.
เขาไม่จำเป็นต้องมีตู้ลิ้นชักเลย

Pero el escritorio tendría que quedarse allí por el momento.
แต่ตอนนี้โต๊ะทำงานคงต้องอยู่ที่เดิมไปก่อน

Mientras las mujeres estaban ausentes, trató de evaluar la habitación.
ขณะที่ผู้หญิงทั้งสองไม่อยู่ เขาพยายามสำรวจห้องนั้น

Y Gregor asomó la cabeza por debajo del sofá.
แล้วเกรเกอร์ก็โผล่หัวออกมาจากใต้โซฟา

Tenía que ver qué podía hacer con la situación.
เขาต้องหาทางแก้ไขสถานการณ์นี้ให้ได้

Pero fue lo más cuidadoso y considerado posible.
แต่เขาก็ระมัดระวังและคำนึงถึงผู้อื่นอย่างที่สุด

Desgraciadamente fue la madre quien regresó primero.
น่าเสียดายที่แม่กลับมาก่อน

Grete todavía estaba moviendo el armario en la habitación de al lado.
เกรเตยังคงเคลื่อนย้ายตู้เสื้อผ้าอยู่ในห้องข้างๆ

Pero la madre no estaba acostumbrada a ver a Gregor.

แต่แม่ไม่คุ้นชินกับหน้าตาของเกรกอร์

Incluso un simple vistazo a él podría haberla enfermado.
แม้เพียงแวบเดียวก็อาจทำให้เธอป่วยได้

Gregor se apresuró a retroceder hasta el otro extremo del sofá.
เกรเกอร์รีบถอยหลังไปยังอีกฝั่งหนึ่งของโซฟา

Pero no podía retroceder y equilibrar la sábana.
แต่เขาไม่สามารถขยับตัวถอยหลังและทรงตัวผ้าปูที่นอนได้

El movimiento fue suficiente para llamar la atención de la madre.
การเคลื่อนไหวเพียงเล็กน้อยก็เพียงพอที่จะดึงดูดความสนใจของแม่ได้

Ella hizo una pausa y se quedó muy quieta por un breve momento.
เธอหยุดชะงัก และยืนนิ่งอยู่ครู่หนึ่ง

Luego se dio la vuelta y salió de la habitación.
จากนั้นเธอก็หันหลังกลับและเดินออกจากห้องไป

Gregor seguía diciéndose a sí mismo que no había ocurrido nada inusual.
เกรเกอร์พยายามบอกตัวเองว่าไม่มีอะไรผิดปกติเกิดขึ้น

"Son sólo algunos muebles que se han llevado".
"มันก็แค่เฟอร์นิเจอร์บางส่วนที่ถูกขนย้ายออกไปเท่านั้นเอง"

Pero pronto tuvo que admitir que los acontecimientos le afectaron.
แต่ในไม่ช้าเขาก็ต้องยอมรับว่าเหตุการณ์เหล่านั้นส่งผลกระทบต่อเขา

Las mujeres habían estado diciendo todo lo que estaban haciendo.
ผู้หญิงเหล่านั้นเล่าทุกอย่างที่พวกเธอกำลังทำอยู่

Habían estado caminando de un lado a otro por la habitación.
พวกเขาทั้งสองเดินไปเดินมาอยู่ในห้องนั้น

El rayado de todos los muebles en el suelo.

เสียงขูดขีดของเฟอร์นิเจอร์ทุกชิ้นบนพื้น

Se sentía como si lo atacaran desde todos lados.
เขารู้สึกเหมือนถูกโจมตีจากทุกทิศทุกทาง

Apretó la cabeza y las piernas lo más fuerte que pudo.
เขาดึงศีรษะและขาเข้าหากันให้แน่นที่สุดเท่าที่จะทำได้

Con todas sus fuerzas presionó su cuerpo contra el suelo.
เขาใช้แรงทั้งหมดที่มีกดร่างกายลงกับพื้น

Sabía que no podría soportar todo esto por mucho más tiempo.
เขารู้ตัวว่าทนกับเรื่องทั้งหมดนี้ต่อไปไม่ไหวแล้ว

Vaciaron su habitación y se llevaron todo lo que amaba.
พวกเขาขนของออกจากห้องของเขาและเอาทุกสิ่งที่เขารักไป

Ya se habían llevado la caja que contenía todas sus herramientas.
พวกเขาได้นำกล่องที่บรรจุเครื่องมือทั้งหมดของเขาไปแล้ว

Ahora estaban aflojando su pesado escritorio del suelo.
ตอนนี้พวกเขากำลังช่วยกันยกโต๊ะหนักๆ ของเขาออกจากพื้น

El escritorio en el que había trabajado después de regresar del trabajo.
โต๊ะทำงานที่เขาใช้ทำงานหลังจากกลับจากที่ทำงาน

El escritorio en el que había escrito sus tareas comerciales.
โต๊ะที่เขาใช้เขียนรายงานธุรกิจ

El escritorio en el que había hecho sus deberes en la escuela secundaria.
โต๊ะที่เขาใช้ทำการบ้านสมัยเรียนมัธยมปลาย

Sí, ya había tenido este pupitre en la escuela primaria.
ใช่ เขาเคยใช้โต๊ะตัวนี้ตั้งแต่สมัยเรียนประถมแล้ว

Realmente no tuvo tiempo de confirmar sus buenas intenciones.
เขาไม่มีเวลาพอที่จะตรวจสอบเจตนาที่ดีของพวกเขาเลยจริงๆ

Aunque ya casi había olvidado que estaban allí.
ถึงแม้ว่าเขาเกือบจะลืมไปแล้วว่าพวกเขายังอยู่ที่นั่นก็ตาม

Porque trabajaban en silencio, por el cansancio.

เพราะพวกเขาทำงานกันอย่างเงียบๆ เนื่องจากความเหนื่อยล้า

Estaban demasiado cansados para anunciar sus movimientos ahora.
พวกเขาเหนื่อยเกินกว่าจะประกาศความเคลื่อนไหวของตนในตอนนี้

Lo único que oyó fueron sus pesados pasos en el suelo.
เขาได้ยินเพียงเสียงฝีเท้าหนักๆ ของพวกเขาบนพื้นเท่านั้น

Justo en ese momento estaban apoyados sobre la caja.
ในขณะนั้นเอง พวกเขากำลังพิงกล่องอยู่

Y entonces Gregor salió de debajo del sofá.
และนั่นเป็นตอนที่เกรเกอร์โผล่ออกมาจากใต้โซฟา

Cambió la dirección en la que corría cuatro veces.
เขาเปลี่ยนทิศทางการวิ่งถึงสี่ครั้ง

No podía decidir qué elemento debía salvarse primero.
เขาตัดสินใจไม่ได้ว่าควรจะช่วยรักษาอะไรไว้ก่อนดี

De repente su atención se dirigió a la pared vacía.
ทันใดนั้น ความสนใจของเขาก็ถูกดึงดูดไปยังผนังที่ว่างเปล่า

Lo único que le quedó fue la fotografía de la dama con pieles.
สิ่งเดียวที่พวกเขาทิ้งไว้ให้เขาคือรูปภาพของหญิงสาวในชุดขนสัตว์

Se arrastró hasta la imagen para presionar su cuerpo contra el de ella.
เขาคลานเข้าไปใกล้รูปภาพแล้วแนบตัวเข้ากับเธอ

Y su cuerpo cubrió completamente la vista de la imagen.
และร่างกายของเขาบดบังภาพถ่ายจนหมดสิ้น

El vaso lo sostuvo y reconfortó su vientre caliente.
แก้วช่วยพยุงเขาไว้ และช่วยบรรเทาความร้อนในท้องของเขา

Esta fotografía ya no se la pudieron quitar.
ภาพนี้ไม่อาจพรากไปจากเขาได้อีกแล้ว

Luego giró la cabeza hacia la puerta de la sala de estar.
จากนั้นเขาก็หันศีรษะไปทางประตูห้องนั่งเล่น

Iba a observar mientras las mujeres regresaban a la habitación.
เขากำลังจะเฝ้ามองดูผู้หญิงเหล่านั้นกลับเข้าไปในห้อง

Y no descansaron mucho antes de regresar nuevamente.
และพวกเขาก็ไม่ได้พักผ่อนนานนักก่อนที่จะกลับมาอีกครั้ง

El brazo de Grete rodeaba a su madre para ayudarla a caminar.
เกรเตโอบแขนแม่ไว้เพื่อช่วยพยุงเดิน

"¿Qué nos llevamos ahora?" dijo Grete y miró a su alrededor.
"เราจะเอาอะไรกินดีล่ะ?" เกรเตกล่าวพลางมองไปรอบๆ

Justo en ese momento su mirada se encontró con los ojos de Gregor.
ในขณะนั้นเอง สายตาของเธอก็สบกับดวงตาของเกรเกอร์

A pesar del shock, mantuvo la presencia de ánimo.
แม้จะตกใจ แต่เธอก็ยังคงมีสติอยู่

Probablemente sólo por la presencia de su madre.
อาจเป็นเพราะการมีอยู่ของแม่เธอนั่นเอง

Ella inclinó su rostro hacia su madre, cubriéndole la vista.
เธอก้มหน้าลงหาแม่ ปิดบังสายตาตัวเอง

Y entonces dijo, aunque temblorosa y desconsiderada:
แล้วเธอก็พูดออกมาทั้งที่ตัวสั่นและไม่ทันตั้งตัวว่า:

-Vamos, ¿no deberíamos volver a la sala de estar?
"เอาล่ะ เรากลับไปที่ห้องนั่งเล่นกันดีกว่าไหม?"

Gregor podía comprender fácilmente las intenciones de la hermana.
เกรเกอร์สามารถเข้าใจเจตนาของพี่สาวได้อย่างง่ายดาย

Su primera prioridad fue poner a su madre a salvo.
สิ่งสำคัญอันดับแรกของเธอคือการพาแม่ของเธอไปอยู่ในที่ปลอดภัย

Pero luego ella iba a perseguirlo desde la pared.
แต่แล้วเธอก็จะไล่ตามเขาลงมาจากกำแพง

«¡Pues claro que puede intentarlo!», pensó Gregor para sus adentros.

"อืม เธอก็ลองดูได้นี่!" เกรเกอร์คิดในใจ

Se sentó firmemente sobre su imagen y no renunció a ella.
เขานั่งทับรูปภาพของเขาอย่างมั่นคงและไม่ยอมปล่อย

Preferiría haberle saltado en la cara a la hermana.
เขาอยากจะกระโจนใส่หน้าพี่สาวมากกว่า

Pero las palabras de Grete preocuparon aún más a su madre.
แต่คำพูดของเกรเตกลับยิ่งทำให้แม่ของเธอเป็นกังวลมากขึ้นไป
อีก

Ella se hizo a un lado para ver lo que le ocultaban.
เธอก้าวหลบไปด้านข้างเพื่อดูว่ามีอะไรถูกซ่อนไว้จากเธอ

Y vio la mancha marrón en el papel pintado floreado.
และเธอก็เห็นคราบสีน้ำตาลบนวอลเปเปอร์ลายดอกไม้

Y ella gritó antes de darse cuenta de que era Gregor.
และเธอกรีดร้องออกมาก่อนที่จะรู้ตัวด้วยซ้ำว่านั่นคือเกรเกอร์

"Oh Dios", gritó con los brazos extendidos.
"โอ้พระเจ้า!" เธอร้องออกมาพร้อมกางแขนออก

Y ella se dejó caer en el sofá como si se hubiera rendido.
แล้วเธอก็ทรุดตัวลงบนโซฟา ราวกับว่าเธอหมดหวังแล้ว

—¡Gregor! —gritó la hermana levantando el puño.
"เกรเกอร์!" น้องสาวตะโกนใส่เขาพร้อมกำหมัดขึ้น

Y ella le dirigió una mirada larga, dura y penetrante.
และเธอก็จ้องมองเขาด้วยสายตาที่ยาวนาน หนักแน่น
และเฉียบคม

Esta era la primera vez que hablaba con él directamente.
นี่เป็นครั้งแรกที่เธอได้พูดคุยกับเขาโดยตรง

Corrió a la habitación de al lado para conseguir algunas sales
aromáticas.
เธอวิ่งเข้าไปในห้องข้างๆ เพื่อไปเอาแอมโมเนียมาดม

Tenía que devolverle la conciencia a su madre.
เธอต้องช่วยให้แม่ของเธอฟื้นคืนสติ

Gregor quería ayudar, podría salvar la imagen más tarde.
เกรเกอร์อยากช่วย เขาเลยจะบันทึกภาพไว้ทีหลัง

Pero él se había quedado firmemente pegado al cristal.
แต่เขาดันติดอยู่กับกระจกอย่างแน่นหนาเสียแล้ว

Entonces tuvo que apartarse usando mucha fuerza.
ดังนั้นเขาจึงต้องใช้แรงอย่างมากเพื่อดึงตัวเองออกไป

Él también corrió a la habitación de al lado, donde estaba la hermana.
เขาเองก็วิ่งเข้าไปในห้องข้างๆ ซึ่งเป็นห้องที่น้องสาวอยู่

En el pasado podría haberle dado algún consejo.
ในสมัยก่อนเขาน่าจะให้คำแนะนำแก่เธอได้บ้าง

Pero ahora no podía hacer nada más que quedarse de brazos cruzados y observar.
แต่ตอนนี้เขาทำได้เพียงยืนดูอยู่เฉยๆ เท่านั้น

Revolvió el cajón y abrió varias botellas.
เธอค้นลิ้นชักและเปิดขวดต่างๆ ออกมา

Y todavía la asustó cuando ella se dio la vuelta.
และเขาก็ยังทำให้เธอกลัวอยู่ดีเมื่อเธอหันหลังกลับ

Una botella cayó al suelo, se rompió y se astilló.
ขวดใบหนึ่งตกพื้น แตกกระจาย และเป็นเศษแก้ว

Una astilla de vidrio golpeó la cara de Gregor y lo hirió.
เศษแก้วกระเด็นเข้าหน้าเกรเกอร์ ทำให้เขาได้รับบาดเจ็บ

La botella contenía algún tipo de líquido cáustico.
ขวดนั้นบรรจุของเหลวที่มีฤทธิ์กัดกร่อนบางชนิด

Y ahora el líquido corrosivo quemaba la cara de Gregor.
และตอนนี้ของเหลวที่มีฤทธิ์กัดกร่อนกำลังเผาไหม้ใบหน้าของเกรเกอร์

Sin embargo, la hermana no tenía tiempo para Gregor en ese momento.
อย่างไรก็ตาม ตอนนี้พี่สาวไม่มีเวลาให้เกรเกอร์เลย

Ella recogió tantas botellas como pudo.
เธอเก็บขวดเหล่านั้นขึ้นมาให้ได้มากที่สุดเท่าที่จะทำได้

Y ella corrió de nuevo hacia su madre con la medicina.
แล้วเธอก็วิ่งกลับไปหาแม่พร้อมกับยา

Ella cerró la puerta con el pie, dejando afuera a Gregor.
เธอใช้เท้ากระแทกประตูจนเกรเกอร์ออกไปไม่ได้

Ahora estaba separado de su madre, que estaba potencialmente moribunda.
ตอนนี้เขาถูกตัดขาดจากแม่ที่อาจกำลังจะตายแล้ว

Si abriera la puerta, echaría a la hermana.
ถ้าเขาเปิดประตู เขาจะทำให้พี่สาวหนีไป

Pero por supuesto tuvo que quedarse para cuidar a la madre.
แต่แน่นอนว่าเธอต้องอยู่ดูแลแม่ของเธอ

Ya no podía hacer nada más que esperarlos.
ตอนนี้เขาทำอะไรไม่ได้แล้วนอกจากรอพวกเขา

Acosado por el autorreproche y la ansiedad, comenzó a gatear.
ด้วยความรู้สึกผิดและวิตกกังวลอย่างหนัก เขาจึงเริ่มคลาน

Se arrastró por todas partes: las paredes, los muebles, el techo.
เขาคลานไปทั่วทุกที่ ทั้งผนัง เฟอร์นิเจอร์ และเพดาน

Sintió como si toda la habitación girara a su alrededor.
เขารู้สึกราวกับว่าทั้งห้องกำลังหมุนรอบตัวเขา

Finalmente, desesperado y mareado, volvió a caer.
ในที่สุด ด้วยความสิ้นหวังและเวียนศีรษะ เขาก็ล้มลงไปอีกครั้ง

Y cayó justo encima de la gran mesa del comedor.
แล้วเขาก็ล้มลงไปบนโต๊ะอาหารขนาดใหญ่

Pasó algún tiempo tendido allí, entumecido e incapaz de moverse.
เขาใช้เวลาอยู่ตรงนั้นพักใหญ่ ในสภาพที่ชาและขยับตัวไม่ได้

Estaba exhausto por todo lo que el día le había traído.
เขาเหนื่อยล้าจากทุกสิ่งที่เกิดขึ้นตลอดทั้งวัน

Todo estaba tranquilo, pero tal vez eso era una buena señal.
รอบๆ เงียบสงบมาก แต่บางทีนั่นอาจเป็นสัญญาณที่ดีก็ได้

Entonces, rompiendo el silencio, sonó el timbre de la puerta de afuera.
แล้วเสียงกริ่งประตูบ้านก็ดังขึ้น ทำลายความเงียบสงบลง

La criada, por supuesto, se había encerrado en su cocina.
แน่นอนว่าแม่บ้านได้ล็อกตัวเองอยู่ในห้องครัวแล้ว

Así que la hermana era la única que podía abrir la puerta.
ดังนั้นพี่สาวจึงเป็นคนเดียวที่สามารถเปิดประตูได้

"¿Qué pasó?" fue lo primero que preguntó el padre.
"เกิดอะไรขึ้น?" คือคำถามแรกที่พ่อถาม

La aparición de Grete probablemente le había dicho todo.
รูปลักษณ์ของเกรเตคงบอกอะไรเขาได้ทุกอย่างแล้ว

La voz de Grete se volvió apagada y apagada mientras hablaba.
เสียงของเกรเตเริ่มแผ่วเบาและทุ้มลงขณะที่เธอพูด

Ella debió haber presionado su cara contra el pecho de su padre.
เธอคงซบหน้าลงกับอกพ่อของเธอแน่ๆ

"La madre estaba inconsciente, pero ahora se siente mejor".
"คุณแม่หมดสติ แต่ตอนนี้อาการดีขึ้นแล้ว"

—Gregor ha escapado —añadió, tal como él esperaba.
"เกรเกอร์หนีไปแล้ว" เธอกล่าวเสริม ซึ่งเขาคาดการณ์ไว้แล้ว

"Siempre te dije que algún día se escaparía."
"ฉันบอกคุณมาตลอดว่าสักวันเขาจะต้องหนีออกมาได้"

—Pero vosotras, las mujeres, no quisisteis escucharme, ¿verdad?
"แต่พวกคุณผู้หญิงไม่ยอมฟังฉันใช่ไหม?"

Gregor se dio cuenta rápidamente de cómo veía las cosas su padre.
เกรเกอร์รู้ตัวได้ในทันทีว่าพ่อของเขาจะมองเรื่องนี้อย่างไร

Había malinterpretado el mensaje demasiado breve de Grete.
เขาเข้าใจข้อความสั้น ๆ ของเกรเตผิดไป

Supuso que Gregor había cometido algún acto de violencia.
เขาคิดว่าเกรเกอร์น่าจะก่อเหตุรุนแรงอะไรสักอย่าง

Gregor tenía que encontrar una manera de apaciguar a su padre de alguna manera.
เกรเกอร์ต้องหาทางทำให้พ่อของเขาใจเย็นลงให้ได้

เกรเกอร์ต้องหาวิธีทำให้พ่อของเขาพอใจให้ได้ไม่ว่าด้วยวิธีใดก็ตาม

Porque no tuvo tiempo de explicarle las cosas.
เพราะเขาไม่มีเวลาอธิบายเรื่องต่างๆ ให้เขาฟัง

Pero de todos modos no habría podido explicar las cosas.
แต่ถึงอย่างไรเขาก็คงอธิบายเรื่องต่างๆ ไม่ได้อยู่ดี

Entonces huyó hacia la puerta y se pegó a ella.
เขาจึงวิ่งไปที่ประตูและเบียดตัวแนบชิดกับประตู

De esa manera su padre podría verlo desde la antesala.
ด้วยวิธีนี้
พ่อของเขาจึงสามารถมองเห็นเขาได้จากห้องโถงด้านหน้า

Y podría ver que tenía las mejores intenciones.
และเขาจะสามารถมองเห็นได้ว่าเขามีเจตนาที่ดีที่สุด

No había necesidad de empujarlo con una escoba.
ไม่จำเป็นต้องใช้ไม้กวาดผลักเขากลับไปเลย

Lo único que el padre habría tenido que hacer era abrir la puerta.
สิ่งที่พ่อต้องทำก็แค่เปิดประตูเท่านั้นเอง

Pero él no estaba de humor para notar tales sutilezas.
แต่เขาไม่มีอารมณ์ที่จะสังเกตรายละเอียดเล็กๆ น้อยๆ เหล่านั้น

"¡Ahí estás!" exclamó nada más entrar.
"อยู่นี่เอง!" เขาอุทานทันทีที่เข้ามา

Era como si estuviera enojado y feliz al mismo tiempo.
ดูเหมือนว่าเขาจะทั้งโกรธและมีความสุขไปพร้อมๆ กัน

Echó la cabeza hacia atrás y miró al padre.
เขาเงยหน้าขึ้นมองพ่อ

No se había imaginado que su padre estuviera allí así.
เขาไม่เคยนึกภาพมาก่อนว่าพ่อของเขาจะยืนอยู่ตรงนั้นในสภาพเช่นนี้

Pero en los últimos tiempos había encontrado una nueva distracción.
แต่ในช่วงหลังมานี้ เขาได้พบสิ่งเบี่ยงเบนความสนใจใหม่ๆ

Gatear ahora ocupaba gran parte de su día.
ตอนนี้การคลานไปมาใช้เวลาส่วนใหญ่ในแต่ละวันของเขาไปแล้
ว

Antes, él estaba al tanto de todas las novedades que ocurrían en el apartamento.
ก่อนหน้านี้ เขาคอยติดตามข่าวสารต่างๆ
ในอพาร์ตเมนต์อยู่เสมอ

Pero últimamente no había estado prestando tanta atención.
แต่ช่วงหลังมานี้เขาไม่ค่อยใส่ใจเรื่องนี้เท่าไหร่

Debería haber estado preparado para afrontar los cambios.
เขาควรเตรียมพร้อมรับมือกับการเปลี่ยนแปลงต่างๆ ไว้แล้ว

Sin embargo, ¿era este hombre que tenía delante todavía el padre?
ถึงกระนั้น ชายที่อยู่ตรงหน้าเขายังคงเป็นพ่อของเขาอยู่หรือไม่?

¿Era él el mismo hombre que solía yacer cansado en su cama?
เขาคือคนเดียวกับที่เคยนอนหมดแรงอยู่บนเตียงใช่หรือไม่?

Cuando Gregor ya se había ido de viaje de negocios.
เมื่อเกรเกอร์ได้ออกเดินทางไปทำธุระแล้ว

¿Era él el mismo hombre que lo saludaba por las noches?
เขาคือคนเดียวกับที่มาทักทายเขาในตอนเย็นใช่หรือไม่?

Cuando estaba en bata en su sillón.
ขณะที่เขาสวมชุดคลุมอาบน้ำนั่งอยู่บนเก้าอี้เท้าแขน

¿Era el mismo hombre que no pudo levantarse a darle la bienvenida?
เขาคือคนเดียวกับที่ลุกขึ้นไปต้อนรับเขาไม่ได้ใช่หรือไม่?

Entonces, permaneciendo sentado, levantó el brazo en señal de alegría.
เขาจึงนั่งอยู่กับที่และยกแขนขึ้นเพื่อแสดงความยินดี

¿Era el mismo hombre con el que salía a caminar de vez en cuando?

เขาเป็นคนเดียวกับที่เขาเคยไปเดินเล่นด้วยเป็นบางครั้งหรือเปล่า?

En raras ocasiones: algunos domingos al año o días festivos.
ในบางโอกาสที่หายาก เช่น วันอาทิตย์สองสามวันต่อปี
หรือวันหยุดนักขัตฤกษ์

¿Era el mismo hombre que caminaba envuelto en su abrigo?
เขาใช่คนเดียวกับที่เดินมาโดยสวมเสื้อโค้ทตัวยาวหรือเปล่า?

¿Avanzó lentamente, entre la madre y él?
เขาค่อยๆ ขยับตัวไปข้างหน้าอย่างช้าๆ
ระหว่างแม่กับตัวเขาใช่หรือไม่?

Y ellos ya caminaban lentamente por causa de él.
และพวกเขาก็เริ่มเดินช้าลงเพราะเขาแล้ว

Pero ahora este hombre estaba de pie, fuerte y erguido.
แต่ตอนนี้ชายคนนี้ยืนได้อย่างมั่นคงและสง่างามแล้ว

Estaba vestido con un uniforme azul con botones dorados.
เขาแต่งกายด้วยชุดเครื่องแบบสีน้ำเงินติดกระดุมสีทอง

Botones que llevan los empleados de las instituciones bancarias.
กระดุมที่พนักงานของสถาบันการเงินสวมใส่

Por encima del rígido cuello emergía su fuerte papada.
เหนือปกเสื้อแข็งๆ นั้น คางสองชั้นที่เด่นชัดของเขาโผล่ออกมา

Bajo sus pobladas cejas se asomaban sus ojos negros.
ภายใต้คิ้วดกหนาของเขา ดวงตาสีดำจ้องมองออกไป

Ahora sus ojos parecían penetrantes, frescos y alertas.
ตอนนี้ดวงตาของเขาดูเฉียบคม สดใส และตื่นตัว

El cabello blanco, anteriormente despeinado, fue peinado hacia abajo.
ผมสีขาวที่ก่อนหน้านี้ดูยุ่งเหยิงถูกหวีให้เรียบร้อย

Y su cabello ahora tenía una meticulosa raya central.
และตอนนี้ผมของเขาก็ถูกแบ่งแสกกลางอย่างพิถีพิถันแล้ว

Arrojó su sombrero, que estaba adornado con un monograma dorado.

เขาโยนหมวกของเขาซึ่งมีอักษรย่อสีทองติดอยู่ทิ้งไป

Probablemente era el monograma del banco en el que trabajaba.
น่าจะเป็นอักษรย่อของธนาคารที่เขาทำงานอยู่

Y el sombrero aterrizó en el sofá, para guardarlo más tarde.
แล้วหมวกก็ตกลงบนโซฟา เพื่อที่จะเก็บเข้าที่ในภายหลัง

Empujó hacia atrás la parte inferior de la larga chaqueta del uniforme.
เขาดึงชายเสื้อคลุมยาวของเครื่องแบบขึ้น

Y metió los pulgares en los bolsillos de sus pantalones.
แล้วเขาก็สอดนิ้วโป้งเข้าไปในกระเป๋ากางเกงของเขา

Y luego, con cara sombría, caminó hacia Gregor.
จากนั้น เขาจึงเดินตรงไปยังเกรเกอร์ด้วยสีหน้าเคร่งขรึม

Probablemente ni siquiera sabía lo que planeaba hacer.
เขาอาจจะยังไม่รู้ด้วยซ้ำว่าตัวเองวางแผนจะทำอะไร

Pero aún así levantó los pies inusualmente alto.
แต่ถึงกระนั้น เขาก็ยกเท้าขึ้นสูงผิดปกติ

Gregor estaba asombrado por el enorme tamaño de sus botas.
เกรเกอร์รู้สึกประหลาดใจกับขนาดรองเท้าบู๊ตที่ใหญ่โตมโหฬาร
ของเขา

Pero realmente no había tiempo para maravillarse con sus zapatos.
แต่จริงๆ แล้วไม่มีเวลาให้ชื่นชมรองเท้าของเขาเลย

El padre había decidido aplicar una disciplina muy estricta.
พ่อได้ตัดสินใจที่จะใช้ระเบียบวินัยที่เข้มงวดมาก

Para Gregor sólo era apropiada la mayor severidad.
มีเพียงบทลงโทษที่รุนแรงที่สุดเท่านั้นที่เหมาะสมกับเกรเกอร์

Él lo sabía desde el primer día de su transformación.
เขารู้เรื่องนี้ตั้งแต่วันแรกที่ตัวเองเริ่มเปลี่ยนแปลง

Corrió hacia su padre y se detuvo cuando él se detuvo.
เขาวิ่งไปหาพ่อ และหยุดเมื่อพ่อหยุด

Corrió hacia él nuevamente cuando se movió de nuevo.
เมื่อเขาขยับตัวอีกครั้ง เขาก็รีบวิ่งเข้าหาเขาอีกครั้ง

El padre se detuvo un momento y Gregor también.
พ่อหยุดชั่วครู่ เช่นเดียวกับเกรเกอร์

Y corrió hacia adelante nuevamente tan pronto como su padre se movió.
และเขาก็รีบวิ่งไปข้างหน้าอีกครั้งทันทีที่พ่อของเขาขยับตัว

De esta manera dieron varias vueltas alrededor de la habitación.
พวกเขาเดินวนรอบห้องหลายรอบด้วยวิธีนี้

Nadie había conseguido aún ninguna ventaja decisiva.
ยังไม่มีฝ่ายใดได้เปรียบอย่างเด็ดขาด

No se podría haber tenido la impresión de una persecución.
ไม่มีใครรู้สึกได้เลยว่ากำลังมีการไล่ล่ากันอยู่

Porque todo el acontecimiento se estaba produciendo demasiado lentamente.
เพราะเหตุการณ์ทั้งหมดเกิดขึ้นช้าเกินไป

Gregor había decidido quedarse en tierra.
เกรเกอร์ตัดสินใจแล้วว่าจะอยู่บนพื้นดินต่อไป

Podría haber corrido por las paredes y a lo largo del techo.
เขาสามารถวิ่งขึ้นไปตามผนังและไปตามเพดานได้

Pero no quería provocar al padre innecesariamente.
แต่เขาไม่อยากทำให้พ่อโกรธโดยไม่จำเป็น

Una huida así podría haber parecido especialmente perversa.
การหลบหนีแบบนั้นอาจดูเป็นการกระทำที่ชั่วร้ายเป็นพิเศษ

Gregor admitió que esta persecución no podía durar mucho más.
เกรเกอร์ยอมรับว่าการไล่ล่าครั้งนี้คงดำเนินต่อไปได้ไม่นานนัก

Cada paso debía ir acompañado de una miríada de movimientos.
แต่ละก้าวต้องประกอบไปด้วยการเคลื่อนไหวที่หลากหลาย

Ya empezaba a sentir falta de aire.
เขาเริ่มรู้สึกหายใจไม่ออกแล้ว

Incluso antes nunca había tenido unos pulmones
completamente confiables.
แม้กระทั่งก่อนหน้านี้
ปอดของเขาก็ไม่เคยอยู่ในสภาพที่เชื่อถือได้อย่างสมบูรณ์เลย

Avanzó tambaleándose, guardando sus fuerzas para la
carrera.
เขาเดินโซเซไปพลาง เก็บแรงไว้ใช้ตอนวิ่ง

Estaba tan cansado que apenas podía mantener los ojos
abiertos.
เขาเหนื่อยมากจนแทบจะลืมตาไม่ไหว

Sus pensamientos se volvieron demasiado lentos para
pensar en otras escapatorias.
ความคิดของเขาเริ่มช้าลงจนไม่สามารถคิดหาวิธีหนีอื่นได้อีกต่
อไป

Casi había olvidado que los muros estaban a su disposición.
เขาเกือบจะลืมไปแล้วว่ากำแพงเหล่านั้นยังอยู่ให้เขาใช้ได้

Pero de todos modos las paredes estaban ocultas detrás de
los muebles.
แต่ผนังก็ถูกซ่อนอยู่หลังเฟอร์นิเจอร์อยู่ดี

Y los muebles tenían demasiadas muescas y protuberancias.
และเฟอร์นิเจอร์ก็มีรอยบากและส่วนที่ยื่นออกมามากเกินไป

Y luego, justo a su lado, rodando, había una manzana.
แล้วข้างๆ เขา ก็มีแอปเปิลลูกหนึ่งกลิ้งอยู่

La manzana debió haberle sido arrojada, se dio cuenta.
เขาจึงรู้ตัวว่ามีคนปาแอปเปิลใส่เขา

Pero no tuvo tiempo de pensar antes de que llegara otra
manzana.
แต่เขาไม่มีเวลาคิดก่อนที่แอปเปิ้ลลูกใหม่จะมาถึง

Gregor se quedó paralizado por la nueva estrategia del
padre.
เกรเกอร์ถึงกับตัวแข็งทื่อด้วยความตกใจกับกลยุทธ์ใหม่ของพ่อ

Ya no podía ganar nada intentando huir.
เขาไม่สามารถได้อะไรจากการพยายามวิ่งอีกต่อไปแล้ว

El padre había decidido bombardearlo con fruta.
พ่อตัดสินใจที่จะปาผลไม้ใส่เขา

Se había llenado los bolsillos con lo que había en el frutero
de la cocina.
เขาตักผลไม้จากชามในครัวใส่กระเป๋าจนเต็ม

Sin apuntar especialmente, lanzó manzana tras manzana.
โดยไม่ได้เล็งเป้าหมายเป็นพิเศษ เขาก็โยนแอปเปิลไปเรื่อยๆ

Estas pequeñas manzanas rojas rodaban por el suelo.
แอปเปิ้ลสีแดงลูกเล็กๆ เหล่านั้นกลิ้งไปมาอยู่บนพื้น

Como si estuvieran electrificadas, las manzanas chocaron
entre sí.
ราวกับว่ามีกระแสไฟฟ้าไหลผ่าน
แอปเปิ้ลเหล่านั้นจึงชนกันไปมา

Una de las manzanas lanzadas débilmente rozó la espalda de
Gregor.
ลูกแอปเปิลลูกหนึ่งที่ถูกขว้างอย่างเบาแรงไปโดนหลังของเกรเกอร์

Afortunadamente para él, la manzana se deslizó sin sufrir
daño.
โชคดีที่แอปเปิลลูกนั้นลื่นไถลไปโดยไม่ก่อให้เกิดอันตรายใดๆ

Sin embargo, la manzana lanzada después fue más precisa.
อย่างไรก็ตาม แอปเปิลที่ถูกขว้างไปทีหลังนั้นแม่นยำกว่า

Y esta manzana se alojó profundamente en la espalda de
Gregor.
และแอปเปิ้ลลูกนั้นก็ฝังลึกเข้าไปในหลังของเกรเกอร์

Gregor quería alejarse del dolor.
เกรเกอร์อยากลากตัวเองให้หนีจากความเจ็บปวดนั้นไป

Quizás se pueda escapar de este nuevo e increíble dolor.
บางทีเราอาจจะหลีกเลี่ยงความเจ็บปวดครั้งใหม่ที่เหลือเชื่อนี้ได้

Quizás un cambio de ubicación aliviaría su agonía.
บางทีการเปลี่ยนสถานที่อาจช่วยบรรเทาความทุกข์ทรมานของเขาได้

Pero se sentía como si lo hubieran clavado al suelo.
แต่เขารู้สึกเหมือนถูกตรึงไว้กับพื้น

Se estiró, pero sólo debido a su confusión.
เขายืดตัวออก แต่เป็นเพราะความสับสนของเขานั่นเอง

Sólo con su última mirada vio que la puerta se abría.
เขาเหลือบมองเป็นครั้งสุดท้ายจึงเห็นประตูเปิดออก

La madre corrió hacia su hermana, que gritaba.
แม่รีบวิ่งออกมาขวางหน้าน้องสาวที่กำลังกรีดร้อง

La hermana la había desnudado, por lo que estaba en camisa.
พี่สาวได้ถอดเสื้อผ้าของเธอออกแล้ว
ดังนั้นเธอจึงเหลือเพียงเสื้อเชิ้ต

Había necesitado respirar en su inconsciencia.
เธอต้องการเวลาพักหายใจในขณะที่หมดสติอยู่

Todavía veía cómo la madre corría hacia el padre.
เขายังคงเห็นภาพแม่วิ่งไปหาพ่ออยู่

Sus faldas se deslizaron hasta el suelo, una tras otra.
กระโปรงของเธอร่วงลงพื้นทีละตัว

La vio acercarse al padre y tropezar con su falda.
เขาเห็นเธอเดินเข้าไปหาพ่อ แล้วสะดุดกระโปรงตัวเอง

Abrazándolo, pidió que le perdonaran la vida a Gregor.
เธอโอบกอดเขาไว้และขอร้องให้ไว้ชีวิตเกรเกอร์

En completa unión con su cuerpo, su vista falló.
เมื่อร่างกายของเขารวมเป็นหนึ่งเดียวกับตัวเขาอย่างสมบูรณ์
สายตาของเขาก็เสื่อมลง

Tercera parte
ตอนที่สาม

Gregor sufrió la grave lesión durante más de un mes.
เกรเกอร์ได้รับบาดเจ็บสาหัสและต้องพักรักษาตัวนานกว่าหนึ่งเดือน

La manzana quedó incrustada; nadie se atrevió a sacarla.
แอปเปิ้ลลูกนั้นยังคงฝังอยู่ ไม่มีใครกล้าเอาออก

La manzana permaneció en su carne como un recordatorio visible.
แอปเปิ้ลลูกนั้นยังคงปักอยู่ในเนื้อของเขา
เป็นเครื่องเตือนใจที่มองเห็นได้ชัดเจน

Pero la manzana también sirvió como recordatorio para el padre.
แต่แอปเปิลลูกนั้นยังเป็นเครื่องเตือนใจแก่ผู้เป็นพ่ออีกด้วย

Se dio cuenta de que no debía tratar a Gregor como a un enemigo.
เขาตระหนักว่าไม่ควรปฏิบัติต่อเกรเกอร์เหมือนศัตรู

Actualmente su apariencia puede ser triste y repugnante.
ในตอนนี้รูปลักษณ์ของเขาอาจดูน่าเศร้าและน่ารังเกียจ

Pero aún así, seguía siendo un miembro de su familia.
แต่ถึงกระนั้น
เขาก็ยังคงเป็นสมาชิกในครอบครัวของพวกเขาอยู่ดี

Había que aceptar la reticencia y tolerarla.
ความลังเลใจนั้นเป็นสิ่งที่ต้องกลั้นไว้และอดทนรับมือ

Debido a su herida, es posible que haya perdido su movilidad para siempre.
เนื่องจากบาดแผลที่เขาได้รับ
เขาอาจสูญเสียความสามารถในการเคลื่อนไหวไปตลอดกาล

Todavía gateaba por su habitación, pero mucho más lento.
เขายังคงคลานไปมาในห้องของเขา แต่ช้าลงกว่าเดิมมาก

Arrastrarse a cualquier altura estaba fuera de cuestión.

การคลานในที่สูงทุกระดับเป็นสิ่งที่เป็นไปไม่ได้เลย

Pero Gregor recibió algún tipo de compensación.
แต่เกรเกอร์ก็ได้รับค่าชดเชยบางส่วนอยู่ดี

Por la noche se le abrió la puerta del salón.
ในตอนเย็น ประตูห้องนั่งเล่นถูกเปิดออกให้เขา

Y consideró que estas reparaciones eran completamente adecuadas.
และเขารู้สึกว่าค่าชดเชยเหล่านี้เพียงพอแล้ว

Antes del anochecer ya había empezado a vigilar la puerta.
ก่อนค่ำเขาก็เริ่มเฝ้ามองประตูแล้ว

Él yacía en la oscuridad, invisible desde la sala de estar.
เขานอนอยู่ในความมืด มองไม่เห็นจากห้องนั่งเล่น

Pudo ver a toda la familia en la mesa iluminada.
เขามองเห็นคนในครอบครัวทั้งหมดนั่งอยู่ที่โต๊ะอาหารซึ่งมีแสงไ
ฟส่องสว่าง

Ahora se le permitió escuchar sus conversaciones.
ตอนนี้เขาได้รับอนุญาตให้ฟังบทสนทนาของพวกเขาแล้ว

Esto fue bastante diferente a su arreglo anterior.
นี่แตกต่างจากข้อตกลงก่อนหน้านี้ของพวกเขาอย่างสิ้นเชิง

Las animadas conversaciones de tiempos pasados habían terminado.
การสนทนาที่สนุกสนานในสมัยก่อนได้จบลงแล้ว

Éstas eran las conversaciones que tanto anhelaba.
นี่คือบทสนทนาที่เขาเคยโหยหามาตลอด

Cuando dormía solo en pequeñas habitaciones de hotel.
ขณะที่เขานอนคนเดียวในห้องพักโรงแรมเล็กๆ

Cuando tuvo que arrojarse entre las sábanas húmedas.
เมื่อเขาต้องมุดตัวลงไปในผ้าห่มที่ชื้นแฉะ

Pero ahora las tardes eran en su mayoría tranquilas y sin acontecimientos.
แต่ช่วงเย็นนั้นส่วนใหญ่เงียบสงบและไม่มีเหตุการณ์อะไรเกิดขึ้
นเป็นพิเศษ

El padre se quedó dormido en su sillón después de cenar.
หลังอาหารเย็น คุณพ่อเผลอหลับไปในเก้าอี้เท้าแขน

Y la madre y la hermana se animaban mutuamente a guardar silencio.
และทั้งแม่และพี่สาวต่างก็คะยั้นคะยอให้กันและกันเงียบ

La madre, inclinada hacia la luz, cosía lino.
แม่โน้มตัวลงไปเย็บผ้าลินินใกล้โคมไฟ

Ahora ella hace vestidos para una de las tiendas de moda.
เธอเคยตัดเย็บชุดให้กับร้านขายเสื้อผ้าแฟชั่นแห่งหนึ่งในปัจจุบัน

Al igual que Gregor, la hermana había conseguido un trabajo como vendedora.
เช่นเดียวกับเกรเกอร์
น้องสาวของเขาก็ทำงานเป็นพนักงานขายเช่นกัน

Ella estaba aprendiendo taquigrafía y francés por las tardes.
เธอเรียนการเขียนชวเลขและภาษาฝรั่งเศสในช่วงเย็น

Para que más adelante pudiera tal vez conseguir un mejor puesto de trabajo.
เพื่อที่เธออาจจะได้งานที่ดีกว่าในอนาคต

A veces el padre se despertaba de sus siestas nocturnas.
บางครั้งพ่อก็ตื่นจากการงีบหลับตอนเย็น

"¡Cariño, ya llevas un buen rato cosiendo hoy!"
"ที่รัก วันนี้คุณเย็บผ้ามานานมากแล้วนะ!"

Parecía haber olvidado que había estado durmiendo.
ดูเหมือนเขาจะลืมไปว่าตัวเองกำลังนอนหลับอยู่

Pero inmediatamente volvió a caer en un sueño profundo.
แต่เขาก็หลับไปอีกครั้งทันที

Y la madre y la hermana se sonrieron cansadamente.
แล้วแม่กับน้องสาวก็ยิ้มให้กันอย่างเหนื่อยล้า

El padre había desarrollado una extraña y nueva terquedad.
พ่อเริ่มมีนิสัยดื้อรั้นแบบใหม่ที่แปลกประหลาดขึ้นมา

Incluso en casa se negó a quitarse el uniforme de sirviente.

แม้แต่ที่บ้าน เขาก็ยังปฏิเสธที่จะถอดเครื่องแบบคนรับใช้

Y su bata colgaba inútilmente en la percha.
และเสื้อคลุมอาบน้ำของเขาก็แขวนอยู่บนไม้แขวนเสื้ออย่างไร้ประโยชน์

Así pues, el padre dormía, completamente vestido, en su sillón.
ดังนั้นพ่อจึงนอนหลับในเก้าอี้เท้าแขนทั้งที่ยังสวมเสื้อผ้าครบชุดอยู่

Era como si siempre estuviera dispuesto a prestar su servicio.
ราวกับว่าเขาพร้อมที่จะปฏิบัติหน้าที่อยู่เสมอ

Como si estuviera esperando la voz de su superior.
ราวกับว่าเขากำลังรอฟังเสียงของเจ้านายอยู่

Esto provocó que su uniforme perdiera su limpieza.
ส่งผลให้เครื่องแบบของเขาไม่สะอาด

Aunque el uniforme tampoco era nuevo cuando lo recibió.
ถึงแม้ว่าชุดเครื่องแบบนั้นจะไม่ใช่ของใหม่ตอนที่เขาได้รับมาก็ตาม

Y la madre hizo todo lo posible para cuidar el uniforme.
และคุณแม่ก็พยายามดูแลรักษาเครื่องแบบอย่างดีที่สุด

Gregor pasaba tardes enteras mirando este uniforme.
เกรเกอร์ใช้เวลาทั้งเย็นพิจารณาเครื่องแบบนี้

Observó cómo el anciano dormía de manera muy incómoda.
เขามองดูชายชรานอนหลับอย่างไม่สบายตัว

Pero mientras dormía también notó algo pacífico.
แต่ในขณะที่เขานอนหลับ

เขาก็สังเกตเห็นบางสิ่งที่สงบสุขเช่นกัน

Cuando el reloj dio las diez la madre intentó despertarlo.
เมื่อนาฬิกาบอกเวลาสิบโมง แม่จึงพยายามปลุกเขา

Ella habló en voz baja y lo convenció de ir a la cama.
เธอพูดด้วยเสียงเบา และชักชวนให้เขาไปนอน

Porque dormir en el sillón no era dormir de verdad.

เพราะการนอนบนเก้าอี้เท้าแขนนั้นไม่ใช่การนอนหลับที่แท้จริง

Iba a tener que empezar a trabajar a las seis en punto.
เขาจะต้องเริ่มทำงานเวลาหกโมงเช้า

Así que realmente necesitaba dormir lo mejor posible.
ดังนั้นเขาจึงจำเป็นต้องนอนหลับพักผ่อนให้เต็มที่ที่สุด

Pero una nueva forma de terquedad se apoderó de él.
แต่เขากลับถูกครอบงำด้วยความดื้อรั้นรูปแบบใหม่

Convertirse en sirviente había comenzado a tener ese efecto en él.
การกลายเป็นคนรับใช้เริ่มส่งผลกระทบต่อเขาในลักษณะนี้

Así que siempre insistía en quedarse más tiempo en la mesa.
ดังนั้นเขาจึงมักยืนกรานที่จะนั่งอยู่ที่โต๊ะนานกว่าคนอื่นเสมอ

Aunque con regularidad volvía a quedarse dormido en su silla.
ถึงแม้ว่าเขาจะเผลอหลับในเก้าอี้อยู่บ่อยๆ ก็ตาม

Y sólo con la mayor dificultad pudo ser movido.
และเขาแทบจะขยับตัวไม่ได้เลย

Tuvieron que decirle que la cama sería mejor para él.
เขาต้องได้รับคำแนะนำว่าเตียงนอนจะเหมาะกับเขามากกว่า

Madre y hermana tuvieron que insistir con pequeñas advertencias.
แม่และน้องสาวต้องคะยั้นคะยอโดยแทบไม่ต้องเตือนล่วงหน้าเลย

Durante quince minutos se limitó a menear lentamente la cabeza.
เขาส่ายหัวช้าๆ อยู่อย่างนั้นเป็นเวลาสิบห้านาที

Y mantuvo los ojos cerrados y se negó a levantarse.
เขาหลับตาและปฏิเสธที่จะลุกขึ้น

La madre tiró de su manga, suavemente, pero con firmeza.
แม่ดึงแขนเสื้อเขาเบาๆ แต่หนักแน่น

Y ella susurró palabras halagadoras en sus oídos cansados.
และเธอกระซิบคำชมเชยข้างหูที่อ่อนล้าของเขา

La hermana abandonó la tarea que tenía entre manos para ayudar a su madre.
น้องสาวละทิ้งงานที่ทำอยู่เพื่อมาช่วยแม่

Pero ninguno de sus esfuerzos funcionó con el padre.
แต่ความพยายามของพวกเขาทั้งหมดก็ไม่ได้ผลกับพ่อเลย

Se hundió aún más en su silla, preparado para dormir.
เขานั่งจมลงไปในเก้าอี้มากขึ้น เตรียมตัวที่จะหลับ

Y finalmente las mujeres lo agarraron por las axilas.
และในที่สุดพวกผู้หญิงก็คว้าตัวเขาไว้ใต้รักแร้

Abrió los ojos y los miró alternativamente.
เขาเปิดตาขึ้นและมองพวกเขาสลับไปมา

"¡Qué vida ésta!" se quejó al irse a dormir.
"ชีวิตแบบนี้มันอะไรกันเนี่ย" เขาบ่นก่อนจะเข้านอน

"¿Es esta la paz que me ha sido dada en mi vejez?"
"นี่คือความสงบสุขที่ฉันได้รับในวัยชราหรือ?"

Pero entonces, apoyándose en las dos mujeres, se levantó torpemente.
แต่แล้วเขาก็ลุกขึ้นอย่างเก้ๆ กังๆ โดยพิงตัวหญิงทั้งสองไว้

Actuó como si llevara la carga más pesada.
เขาทำราวกับว่ากำลังแบกรับภาระหนักที่สุดอยู่

Dejó que las dos mujeres lo guiaran hasta el final de la habitación.
เขาปล่อยให้หญิงสองคนนำทางเขาไปจนสุดห้อง

Allí les deseó buenas noches y continuó su camino.
จากนั้นเขาก็กล่าวราตรีสวัสดิ์กับพวกเขา
และเดินทางต่อไปตามลำพัง

Pero la madre rápidamente arrojó su kit de costura.
แต่แม่รีบโยนชุดเย็บผ้าลงพื้นอย่างรวดเร็ว

Y la hermana también dejó el bolígrafo y el bloc de notas.
และน้องสาวก็วางปากกาและสมุดลงเช่นกัน

Y corrieron detrás del padre para ayudarle aún más.
แล้วพวกเขาก็วิ่งตามพ่อไปเพื่อช่วยเหลือเขาต่อไป

¿Quién en esta familia sobrecargada de trabajo tenía tiempo para Gregor?
ในครอบครัวที่ทำงานหนักจนแทบไม่มีเวลาเหลือให้ใครเลย ใครจะมีเวลาให้เกรเกอร์ได้บ้าง?

¿Quién podría haberle prestado más atención de la necesaria?
ใครจะไปให้ความสนใจเขามากเกินความจำเป็นได้ล่ะ?

El presupuesto familiar se fue restringiendo cada vez más.
งบประมาณครัวเรือนเริ่มมีจำกัดมากขึ้นเรื่อยๆ

Al final, para ahorrar dinero, tuvieron que despedir a la criada.
ในที่สุด เพื่อประหยัดค่าใช้จ่าย พวกเขาจึงต้องไล่แม่บ้านออก

Fue reemplazada por una mujer de cabello blanco y huesos gruesos.
เธอถูกแทนที่ด้วยหญิงร่างท้วมผมขาวคนหนึ่ง

Pero esta mujer venía sólo por la mañana y por la tarde.
แต่หญิงคนนี้มาเฉพาะช่วงเช้าและเย็นเท่านั้น

Y todo el trabajo más pesado y duro quedó guardado para ella.
และงานที่หนักที่สุดและยากที่สุดทั้งหมดถูกเก็บไว้ให้เธอทำ

La madre se encargaba de todos los demás quehaceres.
ส่วนงานบ้านอื่นๆ แม่เป็นคนจัดการทั้งหมด

Incluso ocurrió que se vendieron varias joyas familiares.
ถึงขั้นมีการขายเครื่องประดับประจำตระกูลหลายชิ้นด้วยซ้ำ

Joyas que las mujeres lucieron felizmente durante las celebraciones.
เครื่องประดับที่ผู้หญิงเหล่านั้นสวมใส่ด้วยความสุขในระหว่างการเฉลิมฉลอง

Gregor aprendió esto en una de las discusiones generales.
เกรเกอร์ได้เรียนรู้เรื่องนี้จากการสนทนาทั่วไปครั้งหนึ่ง

La mayor queja, sin embargo, fue otra.
แต่ข้อร้องเรียนที่สำคัญที่สุดกลับเป็นเรื่องอื่น

El apartamento era demasiado grande, pero no podían mudarse.
อพาร์ตเมนต์นั้นใหญ่เกินไป
แต่พวกเขาไม่สามารถย้ายออกไปได้

No había manera de que pudieran reubicar a Gregor.
เป็นไปไม่ได้เลยที่พวกเขาจะย้ายเกรเกอร์ไปที่อื่นได้

Pero Gregor se dio cuenta de que no era sólo una consideración.
แต่เกรเกอร์ตระหนักว่ามันไม่ใช่แค่การพิจารณาเท่านั้น

Algo más les impidió mudarse a otro lugar.
มีสิ่งอื่นที่ขัดขวางไม่ให้พวกเขาย้ายไปอยู่ที่อื่น

Podría haber sido fácilmente transportado en una caja adecuada.
เขาสามารถถูกขนส่งได้อย่างง่ายดายในกล่องที่เหมาะสม

Sus sentimientos de completa desesperanza los frenaron.
ความรู้สึกสิ้นหวังอย่างที่สุดเป็นอุปสรรคขัดขวางพวกเขา

No querían admitir que la desgracia les había golpeado.
พวกเขาไม่ต้องการยอมรับว่าโชคร้ายได้เกิดขึ้นกับพวกเขาแล้ว

Lo que el mundo exige de los pobres, ellos lo cumplen.
สิ่งที่โลกเรียกร้องจากคนยากจน พวกเขาก็ทำได้สำเร็จ

El padre le preparó el desayuno al pequeño empleado del banco.
คุณพ่อไปเอาอาหารเช้ามาให้พนักงานธนาคารตัวน้อย

La madre se sacrificó por la ropa de desconocidos.
แม่เสียสละตัวเองเพื่อซักผ้าให้คนแปลกหน้า

La hermana corría de un lado a otro para atender los pedidos de los clientes.
น้องสาววิ่งไปวิ่งมาเพื่อรับออเดอร์จากลูกค้า

Pero ya no tenían fuerzas para hacer más.
แต่พวกเขาก็หมดแรงที่จะทำอะไรต่อแล้ว

La herida en la espalda de Gregor comenzó a doler aún más.
แผลที่หลังของเกรเกอร์เริ่มเจ็บปวดมากขึ้นเรื่อยๆ

Cada noche, la madre y la hermana llevaban al padre a la cama.
ทุกคืนแม่และน้องสาวจะพาพ่อเข้านอน

Dejaron su trabajo donde estaba y se sentaron juntos.
พวกเขาละทิ้งงานที่ทำอยู่ แล้วนั่งด้วยกัน

Y se acercaron más y se sentaron mejilla contra mejilla.
แล้วพวกเขาก็ขยับเข้ามาใกล้กันมากขึ้น และนั่งแนบแก้มกัน

La madre señaló la habitación desde donde él observaba.
แม่ชี้ไปที่ห้องที่เขาใช้มองดูอยู่

"¿Podrías cerrar la puerta?" le preguntó a la hermana.
"ช่วยปิดประตูให้หน่อยได้ไหมคะ" เธอขอร้องพี่สาว

Y entonces Gregor se quedó solo otra vez en la oscuridad.
แล้วเกรเกอร์ก็ถูกทิ้งให้อยู่ลำพังในความมืดอีกครั้ง

Y en la habitación de al lado la mujer mezcló sus lágrimas.
และในห้องถัดไป
หญิงคนนั้นก็ร้องไห้สะอึกสะอื้นปะปนกับน้ำตาของพวกเธอ

O bien se quedaban sentados con los ojos secos, simplemente mirando la mesa.
หรือบางคนนั่งนิ่งตา ไม่แสดงอารมณ์ใดๆ
เพียงแค่จ้องมองโต๊ะเท่านั้น

Gregor apenas durmió, ni de noche ni de día.
เกรเกอร์แทบไม่ได้นอนเลย ทั้งกลางวันและกลางคืน

A menudo pensaba en cómo podría ayudar a la familia.
เขามักคิดอยู่เสมอว่าจะช่วยเหลือครอบครัวนี้ได้อย่างไร

Pensó en ganar dinero nuevamente para ellos.
เขาคิดที่จะหาเงินมาให้พวกเขาอีกครั้ง

Pensó en hacer lo que solía hacer por ellos.
เขานึกถึงการทำสิ่งที่เขาเคยทำเพื่อพวกเขา

En sus pensamientos regresó el representante autorizado.
ในความคิดของเขา ตัวแทนที่ได้รับมอบอำนาจก็กลับมา

Y esta vez el jefe también vino al apartamento.
และคราวนี้เจ้านายก็มาที่อพาร์ตเมนต์ด้วย

Y los oficinistas y los aprendices también estaban allí.
และบรรดาเสมียนและเด็กฝึกงานก็อยู่ที่นั่นด้วยเช่นกัน

Incluso el lento empleado de la oficina vino a verlo.
แม้แต่พนักงานออฟฟิศที่สติปัญญาไม่ค่อยเฉียบแหลมก็ยังมา
พบเขา

Había dos o tres amigos de otros negocios.
มีเพื่อนร่วมงานจากธุรกิจอื่นสองสามคน

Una de las camareras de un hotel de provincias.
พนักงานทำความสะอาดห้องพักคนหนึ่งจากโรงแรมในต่างจังห
วัด

Un recuerdo querido y fugaz al que intentó aferrarse.
ความทรงจำอันแสนหวานแต่แสนเลือนรางที่เขาพยายามยึดเห
นี่ยวเอาไว้

Una cajera de una sombrerería para quien tenía intenciones.
พนักงานเก็บเงินจากร้านขายหมวกที่เขาตั้งใจจะให้

Pero había sido un poco lento en ganar su aprobación.
แต่เขาช้าไปหน่อยจึงไม่สามารถเอาชนะใจเธอได้

Todos ellos aparecieron en sus pensamientos, mezclados con desconocidos.
พวกเขาทั้งหมดปรากฏขึ้นในความคิดของเขา
ปะปนกับคนแปลกหน้า

Y otros no aparecieron, ya estaban olvidados.
ส่วนคนอื่นๆ ก็ไม่ปรากฏตัว พวกเขาถูกลืมไปแล้ว

Pero no le ayudaron a él ni tampoco a la familia.
แต่พวกเขาก็ไม่ได้ช่วยเหลือเขา
และก็ไม่ได้ช่วยเหลือครอบครัวของเขาด้วย

Eran inaccesibles y él se alegró cuando se fueron.
พวกเขาเข้าถึงยาก และเขารู้สึกโล่งใจเมื่อพวกเขาจากไป

No siempre estaba de humor para preocuparse por la familia.
เขาไม่ได้อยู่ในอารมณ์ที่จะกังวลเกี่ยวกับครอบครัวเสมอไป

Y se llenó de rabia por la falta de atención.

และเขาเต็มไปด้วยความโกรธแค้นจากการที่ไม่ได้รับความสนใจ

Y no podía imaginar nada que le apeteciera.
และเขานึกไม่ออกเลยว่าตัวเองอยากกินอะไรบ้าง

Pero aún así hizo planes para entrar en la despensa.
แต่เขาก็ยังวางแผนที่จะบุกเข้าไปในห้องเก็บอาหารอยู่ดี

Y él iba a tomar todo lo que se merecía.
และเขาก็จะเอาทุกสิ่งที่เขาสมควรได้รับคืนมา

La hermana ya no hacía ningún esfuerzo especial por él.
น้องสาวไม่ได้พยายามทำอะไรเป็นพิเศษเพื่อเขาอีกต่อไปแล้ว

Ella ya no pasaba el tiempo pensando en complacerlo.
เธอเลิกคิดที่จะเอาใจเขาแล้ว

Antes de ir a trabajar, rápidamente metió algo de comida en la habitación.
ก่อนไปทำงาน เธอรีบนำอาหารเข้าไปในห้องอย่างรวดเร็ว

Y por la noche volvió a barrer rápidamente la comida.
และในตอนเย็นเธอก็รีบเก็บกวาดอาหารเหล่านั้นอย่างรวดเร็ว

Ya no se daba cuenta de si había comido o no.
เธอก็ไม่สนใจแล้วว่าเขาจะกินอะไรหรือไม่

En la actualidad, la mayoría de las veces la comida se dejaba intacta.
ปัจจุบันอาหารส่วนใหญ่มักถูกทิ้งไว้โดยไม่มีใครแตะต้อง

Ella todavía barría rápidamente la habitación por la noche.
เธอยังคงเดินกวาดห้องอย่างรวดเร็วในตอนเย็น

Pero ahora hizo lo mínimo, lo más rápido posible.
แต่ตอนนี้เธอทำแค่ขั้นต่ำที่สุดเท่าที่จะทำได้
และเร็วที่สุดเท่าที่จะเป็นไปได้

Quedaron vetas de suciedad corriendo por las paredes.
มีคราบดินเปื้อนอยู่ตามผนัง

Bolas de polvo y basura quedaron tiradas en el suelo.
เศษฝุ่นและขยะถูกทิ้งเกลื่อนอยู่บนพื้น

Gregor mostró su desaprobación por su falta de cuidado.

เกรเกอร์แสดงความไม่พอใจต่อการที่เธอไม่ใส่ใจ

Se giró en un ángulo particularmente significativo.
เขาหันตัวไปในมุมที่สำคัญเป็นพิเศษ

Pero podría haber permanecido en el puesto durante semanas.
แต่เขาสามารถอยู่ในตำแหน่งนั้นได้อีกหลายสัปดาห์

Su hermana no habría notado su insatisfacción.
น้องสาวของเขาคงไม่ทันสังเกตเห็นความไม่พอใจของเขา

Ella veía la suciedad tan bien como él, o incluso mejor.
เธอเห็นความสกปรกนั้นได้ชัดเจนพอๆ กับเขา
หรืออาจจะชัดเจนกว่าด้วยซ้ำ

Pero ella había decidido dejar la tierra donde estaba.
แต่เธอตัดสินใจที่จะปล่อยดินนั้นไว้ตรงนั้น

En ese momento adoptó una sensibilidad completamente nueva.
ในเวลานั้น เธอได้ซึมซับความอ่อนไหวในรูปแบบใหม่โดยสิ้นเชิง

Ella había hecho de la limpieza de la habitación de Gregor su responsabilidad.
เธอรับหน้าที่ทำความสะอาดห้องของเกรเกอร์

La familia se sintió conmovida por su amable consideración.
ครอบครัวรู้สึกซาบซึ้งใจในความเอาใจใส่และน้ำใจของเธอ

Una vez, la madre le había dado a su habitación una limpieza a fondo.
ครั้งหนึ่ง

แม่เคยทำความสะอาดห้องของเขาอย่างละเอียดถี่ถ้วน

Sólo después de utilizar unos cuantos baldes de agua lo consiguió.
เธอต้องใช้น้ำหลายถังจึงทำสำเร็จ

Sin embargo, la nueva humedad en la habitación perjudicó a Gregor.
อย่างไรก็ตาม
ความชื้นที่เกิดขึ้นใหม่ในห้องนั้นกลับส่งผลเสียต่อเกรเกอร์

Y él yacía ancho, amargado e inmóvil en el sofá.
แล้วเขาก็นอนราบอยู่บนโซฟาอย่างขมขื่นและนิ่งงัน

Pero ese fue sólo su primer castigo por ayudar.
แต่นั่นเป็นเพียงบทลงโทษครั้งแรกของเธอสำหรับการช่วยเหลือเท่านั้น

La hermana notó rápidamente el cambio en la habitación de Gregor.
น้องสาวสังเกตเห็นความเปลี่ยนแปลงในห้องของเกรเกอร์ได้อย่างรวดเร็ว

Y ella corrió a la sala, extremadamente insultada.
แล้วเธอก็วิ่งเข้าไปในห้องนั่งเล่นด้วยความรู้สึกถูกดูถูกอย่างมาก

Su madre levantó las manos y trató de implorarle.
แม่ของเธอยกมือขึ้นและพยายามอ้อนวอนเธอ

Pero a pesar de una explicación sincera, ella rompió a llorar.
แต่ถึงแม้จะอธิบายอย่างจริงใจแล้ว เธอก็ยังร้องไห้ออกมาอยู่ดี

El padre, por supuesto, se sobresaltó y se levantó de la silla.
แน่นอนว่าพ่อตกใจจนลุกจากเก้าอี้

Y los dos padres miraban asombrados e impotentes.
และพ่อแม่ทั้งสองก็มองดูด้วยความตกตะลึงและทำอะไรไม่ถูก

Y con el tiempo sus emociones también se agitaron.
และในที่สุดอารมณ์ของพวกเขาก็เริ่มปั่นป่วนเช่นกัน

El padre reprochó a la madre lo que había hecho.
พ่อตำหนิแม่ในสิ่งที่เธอทำ

"Deberías haber dejado la habitación para que Grete la limpiara."
"คุณน่าจะปล่อยให้เกรเตเป็นคนทำความสะอาดห้องนั้น"

Grete le gritó a la madre por limpiar su habitación.
เกรเตตะโกนใส่แม่เพราะแม่ทำความสะอาดห้องของเขา

"¡Nunca más podrás limpiar su habitación!"
"ห้ามมคุณทำความสะอาดห้องของเขาอีกต่อไป!"

La madre intentó arrastrar al padre al dormitorio.

แม่พยายามลากพ่อเข้าไปในห้องนอน

La hermana se quedó en la habitación, temblando y sollozando.
น้องสาวถูกทิ้งไว้ในห้อง ตัวสั่นและร้องไห้สะอึกสะอื้น

Y golpeó la mesa con sus pequeños puños.
แล้วเธอก็ทุบโต๊ะด้วยกำปั้นเล็กๆ ของเธอ

Y Gregor, enojado, siseó fuertemente contra todos ellos.
และเกรเกอร์ก็คำรามเสียงดังด้วยความโกรธใส่พวกเขาทั้งหมด

¿Por qué a nadie se le ocurrió cerrarle la puerta?
ทำไมไม่มีใครคิดจะปิดประตูให้เขาเลย?

Podrían haberle ahorrado esta vista y este ruido.
พวกเขาน่าจะช่วยให้เขาไม่ต้องเห็นภาพและเสียงแบบนี้

La hermana estaba agotada después de llegar a casa del trabajo.
น้องสาวเหนื่อยล้ามากหลังจากกลับจากที่ทำงาน

Y cuidar a Gregor era aún más trabajo para ella.
และการดูแลเกรเกอร์ก็เป็นภาระงานที่เพิ่มขึ้นสำหรับเธออีกด้วย

Pero eso no significaba que la madre debía haberlo hecho.
แต่นั่นไม่ได้หมายความว่าแม่ควรทำเช่นนั้น

A Gregor, por el contrario, no hay que descuidarlo.
ในทางกลับกัน เราไม่ควรละเลยเกรกอร์

Pero ahora tenían una nueva criada que podía hacer esas cosas.
แต่ตอนนี้พวกเขามีแม่บ้านคนใหม่ที่สามารถทำสิ่งเหล่านั้นได้แล้ว

Una viuda anciana que tenía una estructura ósea robusta.
หญิงม่ายสูงวัยที่มีโครงสร้างกระดูกแข็งแรง

Una estatura que la ayudó a sobrevivir a su difícil vida.
รูปร่างหน้าตาที่ดีช่วยให้เธอเอาตัวรอดจากชีวิตที่ยากลำบากได้

Ella no sentía ninguna aversión real hacia la apariencia de Gregor.

เธอไม่ได้รังเกียจรูปลักษณ์ของเกรเกอร์อย่างแท้จริง

Ella había abierto accidentalmente la puerta de la habitación de Gregor.
เธอเผลอเปิดประตูห้องของเกรเกอร์โดยไม่ตั้งใจ

No fue por ninguna curiosidad particular sobre la habitación.
ไม่ใช่เพราะอยากรู้อยากเห็นเกี่ยวกับห้องนั้นเป็นพิเศษ

Ella simplemente estaba haciendo su trabajo y por casualidad abrió la puerta.
เธอแค่กำลังทำหน้าที่ของเธอ และบังเอิญเปิดประตูเข้าไป

Gregor, por supuesto, quedó completamente sorprendido por ella.
แน่นอนว่าเกรเกอร์รู้สึกประหลาดใจกับเธออย่างมาก

No lo perseguían, sino que corría de un lado a otro.
เขาไม่ได้ถูกไล่ล่า แต่เขาวิ่งไปมา

Y ella simplemente cruzó sus brazos y lo observó gatear.
เธอเพียงแค่กอดอกและมองดูเขาคลานไป

Desde entonces ella siempre le abría un poquito la puerta.
ตั้งแต่นั้นมา เธอก็เปิดประตูให้เขาเสมอ

Una mañana ella entró para ver cómo estaba.
เช้าวันหนึ่งเธอแอบมองเข้าไปดูว่าเขาเป็นอย่างไรบ้าง

Y por la tarde ella fue a ver cómo estaba antes de irse.
และในตอนเย็นเธอก็แวะไปดูเขาก่อนที่จะจากไป

Al principio ella también intentó llamarlo para que viniera con ella.
ตอนแรกเธอก็พยายามเรียกให้เขามาหาเธอด้วย

"¡Ven aquí, viejo escarabajo pelotero!", solía decir.
"มานี่สิ เจ้าด้วงมูลสัตว์แก่!" เธอเคยพูด

O ella dijo, "¡mira ese viejo escarabajo pelotero!", amigablemente.
หรือเธออาจพูดว่า "ดูสิ เจ้าด้วงมูลสัตว์แก่ตัวนั้น!"
ด้วยน้ำเสียงเป็นมิตร

Gregor nunca reaccionó cuando le hablaron de esa manera.

เกรเกอร์ไม่เคยตอบสนองเมื่อถูกพูดจาด้วยวิธีนั้น

Él permaneció allí, sin moverse, y la ignoró.
เขายืนอยู่ที่เดิม ไม่ขยับเขยื้อน และไม่สนใจเธอ

"Si le hubieran dicho cómo hacer correctamente su trabajo."
"ถ้าหากเธอได้รับคำแนะนำเกี่ยวกับวิธีการทำงานที่ถูกต้องตั้งแ
ต่แรกก็คงจะดีกว่านี้"

"En lugar de molestarme debería limpiar mi habitación."
"แทนที่จะมารบกวนฉัน
เธอน่าจะทำความสะอาดห้องให้ฉันดีกว่า"

Una mañana temprano una fuerte lluvia golpeó las ventanas.
เช้าตรู่ของวันหนึ่ง ฝนตกหนักลงมาใส่หน้าต่าง

Quizás la lluvia ya era una señal de la llegada de la
primavera.
บางทีฝนที่ตกลงมาอาจเป็นสัญญาณบ่งบอกถึงฤดูใบไม้ผลิที่กำ
ลังจะมาถึงก็ได้

La criada comenzó a hablarle de esa manera una vez más.
สาวใช้เริ่มพูดกับเขาด้วยวิธีนั้นอีกครั้ง

Gregor estaba tan amargado que se giró para mirarla.
เกรเกอร์รู้สึกขมขื่นมากจนหันไปเผชิญหน้ากับเธอ

Era lento y débil, pero fue una especie de ataque.
เขาเคลื่อนไหวช้าและอ่อนแอ
แต่ก็เหมือนเป็นการจู่โจมอย่างหนึ่ง

La criada, sin embargo, no tenía ningún miedo de Gregor.
แต่สาวใช้กลับไม่กลัวเกรกอร์เลยแม้แต่น้อย

En lugar de eso, levantó una silla que estaba cerca de la
puerta.
แต่เธอกลับยกเก้าอี้ตัวหนึ่งที่อยู่ใกล้ประตูขึ้นมาแทน

Y ella permaneció allí, tranquilamente, con la boca abierta.
และเธอยืนอยู่ตรงนั้นอย่างสงบ โดยที่ปากอ้ากว้าง

Sus intenciones eran claras, incluso Gregor podía verlo.
เจตนาของเธอนั้นชัดเจน แม้แต่เกรเกอร์ก็ยังมองออก

Y se giró, lentamente, a su posición original.

แล้วเขาก็หันกลับไปอยู่ในท่าเดิมอย่างช้าๆ

—Entonces no quieres acercarte más, ¿verdad?
"งั้นคุณก็ไม่อยากเข้ามาใกล้กว่านี้สินะ?"

Y silenciosamente volvió a poner la silla en la esquina.
แล้วเธอก็ค่อยๆ วางเก้าอี้กลับไปที่มุมห้อง

Gregor ya casi no comía nada.
เกรเกอร์แทบไม่กินอะไรเลยอีกต่อไปแล้ว

A veces, mientras caminaba por la habitación, se detenía.
บางครั้ง ในระหว่างที่เขาเดินไปรอบๆ ห้อง เขาก็หยุด

Y se encontró junto a la comida preparada para él.
และเขาก็พบว่าตัวเองอยู่ข้างๆ อาหารที่เตรียมไว้ให้เขา

Se llevó la comida a la boca, pero sólo para jugar con ella.
เขานำอาหารเข้าปาก แต่เพียงเพื่อเล่นเท่านั้น

Y muy a menudo lo escupía de nuevo al cabo de unas horas.
และบ่อยครั้งที่เขาคายมันออกมาอีกครั้งหลังจากนั้นไม่กี่ชั่วโมง

Trató de encontrar una razón para su falta de apetito.
เขาพยายามหาเหตุผลว่าทำไมเขาถึงไม่มีความอยากอาหาร

Quizás porque estaba triste por el estado de su habitación.
อาจเป็นเพราะเขารู้สึกเศร้าใจกับสภาพห้องของเขา

Pero ya se había adaptado a los cambios que se producían en
la habitación.
แต่เขาก็ยอมรับการเปลี่ยนแปลงในห้องนั้นได้แล้ว

Recientemente su habitación se había convertido en una
especie de almacén.
เมื่อไม่นานมานี้
ห้องของเขาได้กลายเป็นห้องเก็บของไปโดยปริยาย

Se habían acostumbrado a dejar las cosas allí.
พวกเขาเคยชินกับการทิ้งสิ่งของไว้ที่นั่น

Y ahora quedaban muchas cosas así en su habitación.
และตอนนี้ก็มีสิ่งของแบบนั้นเหลืออยู่ในห้องของเขามากมาย

Porque una habitación del apartamento estaba alquilada.

เนื่องจากห้องหนึ่งในอพาร์ตเมนต์ถูกปล่อยให้เช่าไปแล้ว

Tres caballeros serios alquilaban la habitación juntos.
สุภาพบุรุษผู้จริงจังสามท่านเช่าห้องพักร่วมกัน

Gregor los vio una vez a través de una rendija en la puerta.
ครั้งหนึ่งเกรเกอร์สังเกตเห็นพวกเขาผ่านรอยแตกของประตู

Llevaban barbas pobladas y estaban vestidos meticulosamente.
พวกเขามีหนวดเคราดกหนา และแต่งกายอย่างพิถีพิถัน

Eran escrupulosos en mantener todo ordenado.
พวกเขาพิถีพิถันมากในการรักษาทุกสิ่งทุกอย่างให้เป็นระเบียบเรียบร้อย

Su insistencia en el orden no se limitaba a su habitación.
การที่พวกเขายืนยันในเรื่องความเป็นระเบียบเรียบร้อยไม่ได้หยุดอยู่แค่ในห้องพักเท่านั้น

Todo el apartamento tenía que mantenerse perfectamente limpio.
ต้องรักษาความสะอาดของอพาร์ตเมนต์ทั้งหมดให้สมบูรณ์แบบอยู่เสมอ

Eran aún más exigentes con el aspecto de la cocina.
พวกเขายิ่งพิถีพิถันมากขึ้นไปอีกเกี่ยวกับรูปลักษณ์ของห้องครัว

Y no podían tolerar ningún desorden innecesario.
และพวกเขาไม่สามารถทนต่อความรกที่ไม่จำเป็นใดๆ ได้เลย

También habían traído consigo sus propios muebles.
พวกเขาได้นำเฟอร์นิเจอร์ของตนเองมาด้วย

Por esta razón muchas cosas se habían vuelto superfluas.
ด้วยเหตุนี้

หลายสิ่งหลายอย่างจึงกลายเป็นสิ่งที่ไม่จำเป็นอีกต่อไป

Eran cosas por las que nadie pagaría dinero.
สิ่งเหล่านั้นเป็นสิ่งที่ไม่มีใครยอมจ่ายเงินซื้อเลย

Pero la familia tampoco quería deshacerse de estas cosas.
แต่ครอบครัวก็ไม่อยากทิ้งสิ่งของเหล่านั้นเช่นกัน

Todas estas cosas fueron a parar a la habitación de Gregor.

สิ่งของทั้งหมดนี้ไปอยู่ในห้องของเกรเกอร์หมดแล้ว

El cajón de cenizas de la cocina ahora estaba guardado en su habitación.

กล่องใส่ขี้เถ้าจากห้องครัวถูกนำไปไว้ในห้องของเขาแล้ว

Y la basura se guardaba en su habitación hasta el día de la basura.

และขยะก็ถูกเก็บไว้ในห้องของเขาจนถึงวันเก็บขยะ

La criada arrojó todo lo que no necesitaba en su habitación.

แม่บ้านโยนสิ่งของที่ไม่จำเป็นทั้งหมดเข้าไปในห้องของเขา

Afortunadamente no vio más que la mano y el objeto.

โชคดีที่เขาเห็นเพียงแค่มือและสิ่งของนั้นเท่านั้น

Probablemente tenía la intención de volver a buscar las cosas más tarde.

เธอคงตั้งใจจะกลับมาเอาของพวกนั้นทีหลัง

O tal vez quería tirarlo todo de una vez.

หรือบางทีเธออาจต้องการทิ้งทุกอย่างไปพร้อมกันทีเดียว

Sin embargo, todo permaneció donde había quedado al principio.

อย่างไรก็ตาม ทุกสิ่งทุกอย่างยังคงอยู่ที่เดิมตั้งแต่แรก

A menos que Gregor moviera la basura moviéndose a través de ella.

เว้นแต่ว่าเกรเกอร์จะเคลื่อนย้ายเศษขยะเหล่านั้นโดยการมุดตัวผ่านไป

Al principio se vio obligado a arrastrarse entre toda la basura.

ตอนแรกเขาต้องคลานฝ่ากองขยะเหล่านั้นไป

No tenía posibilidad de evitarlo.

เขาไม่มีทางหลีกเลี่ยงการกระทำนั้นได้เลย

Pero más tarde realmente encontró placer en esta actividad.

แต่ต่อมาเขากลับพบความสุขในกิจกรรมนี้

Aunque tal esfuerzo lo dejó triste y profundamente cansado.

แม้ว่าความพยายามเช่นนั้นจะทำให้เขารู้สึกเศร้าและเหนื่อยล้า
อย่างมากก็ตาม

Y después no pudo moverse durante muchas horas.
หลังจากนั้นเขาก็ไม่สามารถขยับตัวได้เป็นเวลาหลายชั่วโมง

Los inquilinos a veces comían en la sala de estar.
บางครั้งผู้พักอาศัยก็รับประทานอาหารในห้องนั่งเล่น

La puerta del salón permanecía cerrada esas noches.
ประตูห้องนั่งเล่นยังคงปิดอยู่ตลอดช่วงเย็นเหล่านั้น

Pero a Gregor no le resultó difícil no abrir la puerta.
แต่เกรเกอร์ไม่มีปัญหาอะไรกับการไม่เปิดประตูในตอนนี้

**Incluso cuando la puerta estaba abierta, no siempre miraba
hacia afuera.**
แม้ว่าประตูจะเปิดอยู่ เขาก็ไม่ได้มองออกไปข้างนอกเสมอไป

Pero él se acostó en el rincón más oscuro de la habitación.
แต่เขากลับไปซ่อนตัวอยู่ในมุมที่มืดที่สุดของห้อง

La familia tampoco notó su falta de atención.
ครอบครัวเองก็ไม่ได้สังเกตเห็นว่าเขาไม่สนใจคนอื่นเช่นกัน

Pero hubo una vez que la criada dejó la puerta abierta.
แต่มีอยู่ครั้งหนึ่งที่แม่บ้านลืมปิดประตู

**La puerta permaneció abierta incluso cuando los inquilinos
regresaron.**
ประตูยังคงเปิดอยู่แม้กระทั่งตอนที่ผู้เช่ากลับมาแล้ว

Y la puerta estaba abierta cuando se encendió la luz.
และประตูนั้นก็เปิดอยู่เมื่อเปิดไฟ

El hombre se sentó a la mesa donde la familia cenaba.
ชายคนนั้นนั่งลงที่โต๊ะเดียวกับที่ครอบครัวนั้นรับประทานอาหาร
เย็น

Allí se sentaron en el pasado el padre, la madre y Gregor.
ในสมัยก่อน พ่อ แม่ และเกรเกอร์เคยนั่งอยู่ที่นั่น

Desplegaron las servilletas y cogieron cuchillos y tenedores.
พวกเขาคลี่ผ้าเช็ดปากออก แล้วหยิบมีดและส้อมขึ้นมา

La madre apareció en la puerta con un plato de carne.

แม่ปรากฏตัวที่ประตูพร้อมชามเนื้อใบหนึ่ง

Entonces la hermana entró con un cuenco lleno de patatas.
จากนั้นน้องสาวก็เข้ามาพร้อมกับชามที่เต็มไปด้วยมันฝรั่ง

Los inquilinos se inclinaron sobre los cuencos colocados delante de ellos.
ผู้พักอาศัยก้มลงเหนือชามที่วางอยู่ตรงหน้าพวกเขา

El humo denso de la comida les llegaba hasta la nariz.
ควันหนาทึบจากอาหารลอยขึ้นมาถึงจมูกพวกเขา

Pero aún no habían decidido si comerían la comida.
แต่พวกเขายังไม่ได้ตัดสินใจว่าจะกินอาหารนั้นหรือไม่

Quizás enviarían la comida de vuelta a la cocina.
บางทีพวกเขาอาจจะส่งอาหารกลับไปที่ครัวก็ได้

El hombre sentado en el medio parecía ser la autoridad.
ชายที่นั่งอยู่ตรงกลางดูเหมือนจะเป็นผู้มีอำนาจ

Cortó la carne para determinar si estaba lo suficientemente tierna.
เขาหั่นเนื้อเพื่อตรวจสอบว่านุ่มพอหรือยัง

Estaba satisfecho con el olor y el aspecto de la comida.
เขารู้สึกพอใจกับกลิ่นและหน้าตาของอาหาร

La madre y la hermana los observaban ansiosamente.
แม่และน้องสาวเฝ้ามองพวกเขาด้วยความกังวลใจ

Y empezaron a sonreír con un suspiro de alivio.
และพวกเขาก็เริ่มยิ้มออกด้วยความโล่งอกที่สะสมมานาน

La propia familia iba a comer en la cocina.
สมาชิกในครอบครัวจะรับประทานอาหารในห้องครัว

Pero primero el padre fue a ver cómo estaban los inquilinos.
แต่ก่อนอื่นพ่อไปดูผู้เช่าห้องพักก่อน

Hizo una reverencia, sosteniendo en su mano su gorra de trabajo.
เขาโค้งคำนับหนึ่งครั้ง
โดยถือหมวกที่สวมมาจากที่ทำงานไว้ในมือ

Y caminó en círculo alrededor de la mesa, hacia cada
invitado.
แล้วเขาก็เดินวนรอบโต๊ะไปหาแขกแต่ละคน

Todos los inquilinos se pusieron de pie y murmuraron algo
entre dientes.
บรรดาผู้เช่าห้องพักต่างลุกขึ้นยืน พึมพำกับเคราของตนเอง

Después de que él se fue, comieron en un silencio casi
absoluto.
หลังจากที่เขาจากไป

พวกเขาก็รับประทานอาหารกันด้วยความเงียบงันแทบจะสมบูร
ณ์

A Gregor le pareció extraño que pudiera oír la masticación.
เกรเกอร์รู้สึกแปลกใจที่ได้ยินเสียงเคี้ยวอาหาร

Ningún otro aspecto de la alimentación parecía emitir
ningún sonido.
ดูเหมือนไม่มีเสียงใดๆ เกิดขึ้นจากการกินในด้านอื่นๆ เลย

Pero podía oír claramente el rechinar de los dientes.
แต่เขาสามารถได้ยินเสียงฟันบดกันอย่างชัดเจน

Parecían decirle que necesitaba dientes para comer.
ดูเหมือนพวกเขาจะบอกเขาว่าเขาจำเป็นต้องมีฟันเพื่อใช้ในการ
กินอาหาร

"No puedes hacer nada si tus mandíbulas no tienen dientes".
"คุณทำอะไรไม่ได้เลยถ้าขากรรไกรของคุณไม่มีฟัน"

"Me gustaría comer algo", dijo Gregor ansiosamente.
"ผมอยากกินอะไรสักอย่าง" เกรเกอร์พูดด้วยความกังวล

"Pero no tengo apetito para lo que están comiendo".
"แต่ฉันไม่ชอบอาหารที่พวกคุณกินกันเลย"

"Mira cómo comen estos huéspedes y yo aquí muriéndome
de hambre".
"ดูสิ คนเช่าบ้านพวกนี้ได้กินอิ่มกันใหญ่เลย
ส่วนฉันนี่กำลังอดอยากอยู่เลย"

Aquella noche Gregor pensó por casualidad en el violín.

บังเอิญในเย็นวันนั้น เกรเกอร์นึกถึงไวโอลินขึ้นมา

No había oído el violín desde la transformación.
เขาไม่ได้ยินเสียงไวโอลินอีกเลยนับตั้งแต่การเปลี่ยนแปลงนั้นเกิดขึ้น

Pero entonces, esta noche, se oyó un ruido desde la cocina.
แต่แล้วในเย็นวันนี้ ก็มีเสียงดังมาจากห้องครัว

Los caballeros ya habían terminado su cena.
สุภาพบุรุษเหล่านั้นรับประทานอาหารเย็นเสร็จเรียบร้อยแล้ว

El caballero del medio había comenzado a leer un periódico.
ชายคนกลางเริ่มอ่านหนังสือพิมพ์แล้ว

Les había dado a los otros dos caballeros una hoja a cada uno.
เขาได้มอบผ้าปูที่นอนคนละผืนให้แก่สุภาพบุรุษอีกสองท่านนั้น

Y ahora estaban recostados, leyendo y fumando.
ตอนนี้พวกเขากำลังเอนหลังอ่านหนังสือและสูบบุหรี่อยู่

Cuando el violín empezó a sonar, se pusieron atentos.
เมื่อเสียงไวโอลินเริ่มบรรเลง พวกเขาก็หันมาตั้งใจฟัง

Se levantaron y caminaron de puntillas hacia la puerta de la antesala.
พวกเขาลุกขึ้นยืนและเดินเขย่งเท้าไปยังประตูห้องโถง

Allí estaban, acurrucados juntos, escuchando desde la puerta.
พวกเขายืนรวมกลุ่มกันอยู่ตรงนั้น คอยฟังอยู่ตรงประตู

La familia debió haber escuchado a los hombres desde la cocina.
คนในครอบครัวคงได้ยินเสียงผู้ชายเหล่านั้นจากในครัว

Porque el padre los llamó y les preguntó;
เพราะบิดาเรียกพวกเขาและถามพวกเขาว่า;

¿Acaso el violín resulta incómodo para los caballeros?
"ไวโอลินอาจจะไม่เหมาะสำหรับสุภาพบุรุษใช่ไหมครับ?"

"Si no te gusta la música podemos parar inmediatamente."
"ถ้าคุณไม่ชอบเพลง เราสามารถหยุดได้ทันที"

"Al contrario", dijo el centro de los caballeros.
"ตรงกันข้ามต่างหาก" ชายคนกลางในกลุ่มกล่าว

"¿Le gustaría a la señorita tocar el violín en nuestra habitación?"
"คุณหนูอยากเล่นไวโอลินในห้องของเราไหมคะ/ครับ?"

"Definitivamente es mucho más cómodo y acogedor aquí".
"ที่นี่สะดวกสบายและอบอุ่นกว่ามากอย่างแน่นอน"

El padre respondió como si fuera el propio violinista.
พ่อตอบราวกับว่าตัวเองเป็นนักไวโอลินเสียเอง

"Oh, por favor, eso sería maravilloso", exclamó el padre.
"โอ้ ได้โปรดเถอะ นั่นคงจะดีมาก" คุณพ่อร้องออกมา

Los caballeros regresaron a la sala de estar y esperaron.
สุภาพบุรุษทั้งสองกลับเข้าไปในห้องนั่งเล่นและรออยู่

Pronto el padre entró en la habitación con el atril.
ไม่นานนักพ่อก็เดินเข้ามาในห้องพร้อมกับขาตั้งโน้ตเพลง

La madre entró en la habitación con el libro de música.
แม่เดินเข้ามาในห้องพร้อมกับหนังสือเพลง

Y la hermana entró en la habitación con el violín.
แล้วน้องสาวก็เดินเข้ามาในห้องพร้อมกับไวโอลิน

Ella preparó todo con calma para tocar el violín.
เธอเตรียมทุกอย่างอย่างใจเย็นเพื่อเล่นไวโอลิน

Los padres exageraron su cortesía y modales.
พ่อแม่แสดงความสุภาพและมารยาทเกินจริงไปบ้าง

Nunca antes habían alquilado habitaciones a huéspedes.
พวกเขาไม่เคยให้เช่าห้องพักแก่ผู้เช่ารายใดมาก่อน

Y ni siquiera se atrevieron a sentarse en sus propias sillas.
และพวกเขายังไม่กล้าแม้แต่จะนั่งบนเก้าอี้ของตัวเองด้วยซ้ำ

En lugar de sentarse, el padre se apoyó contra la puerta.
แทนที่จะนั่ง พ่อกลับพิงประตู

Su mano derecha estaba entre dos botones de su abrigo.
มือขวาของเขาอยู่ระหว่างกระดุมสองเม็ดของเสื้อโค้ท

Sin embargo, un caballero le ofreció una silla a la madre.

อย่างไรก็ตาม สุภาพบุรุษท่านหนึ่งได้ยื่นเก้าอี้ให้แก่คุณแม่

Pero ella se sentó donde el caballero había colocado la silla.
แต่เธอนั่งลงตรงที่สุภาพบุรุษท่านนั้นวางเก้าอี้ไว้

Y no había colocado la silla en ningún lugar determinado.
และเขาก็ไม่ได้วางเก้าอี้ไว้ที่ใดเป็นพิเศษ

Así que la madre se sentó apartada de todos, en un rincón.
ดังนั้นแม่จึงนั่งแยกจากคนอื่นๆ ในมุมห้อง

Y finalmente la hermana empezó a tocar el violín.
และในที่สุดน้องสาวก็เริ่มเล่นไวโอลิน

Los padres, en lados opuestos, prestaron mucha atención.
พ่อแม่ทั้งสองฝ่ายต่างตั้งใจฟังอย่างใกล้ชิด

Y observaban atentamente cada movimiento de su mano.
และพวกเขาสังเกตทุกการเคลื่อนไหวของมือเธออย่างระมัดระวัง

Gregor también se sentía atraído por la interpretación del violín.
นอกจากนี้ เกรเกอร์ยังหลงใหลในการเล่นไวโอลินอีกด้วย

Y se aventuró a salir de su habitación un poco más lejos.
แล้วเขาก็เดินออกจากห้องไปเล็กน้อย

Él ya estaba con la cabeza dentro de la sala.
เขาเข้าไปอยู่ในห้องนั่งเล่นแล้ว

Solía enorgullecerse de ser muy considerado.
เขาเคยภาคภูมิใจอย่างมากที่ตัวเองเป็นคนเอาใจใส่ผู้อื่น

Pero últimamente casi no cuestiona su falta de cuidado.
แต่เมื่อไม่นานมานี้

เขาแทบไม่ตั้งคำถามถึงการละเลยความเอาใจใส่ของตนเองเลย

Aunque ahora tenía más motivos para esconderse que antes.
ถึงแม้ว่าตอนนี้เขาจะมีเหตุผลให้ต้องซ่อนตัวมากกว่าแต่ก่อนก็ตาม

Porque su habitación estaba cubierta de polvo y suciedad diversa.
เพราะห้องของเขาเต็มไปด้วยฝุ่นและสิ่งสกปรกต่างๆ

El más leve movimiento levantaba todo tipo de suciedad.
แค่ขยับนิดเดียวก็ทำให้สิ่งสกปรกสารพัดชนิดฟุ้งกระจายขึ้นมา
แล้ว

Toda esa suciedad se le pegó: polvo, pelo, restos de comida.
สิ่งสกปรกต่างๆ เกาะติดตัวเขาไปหมด ทั้งฝุ่น เส้นผม
และเศษอาหาร

Podría haber frotado la suciedad contra la alfombra.
เขาน่าจะถูคราบสกปรกออกกับพรมได้

Esto era algo que solía hacer varias veces al día.
นี่เป็นสิ่งที่เขาเคยทำหลายครั้งต่อวัน

Pero su indiferencia hacia todo era demasiado grande.
แต่ความไม่แยแสต่อทุกสิ่งของเขานั้นมากเกินไป

Así que no tuvo miedo de avanzar un poco más.
ดังนั้นเขาจึงไม่กลัวที่จะก้าวไปข้างหน้าอีกเล็กน้อย

Y se trasladó al inmaculado suelo de la sala de estar.
แล้วเขาก็เดินไปยังพื้นห้องนั่งเล่นที่สะอาดหมดจด

Sin embargo, nadie se dio cuenta ni le prestó atención.
อย่างไรก็ตาม ไม่มีใครสังเกตเห็นหรือให้ความสนใจเขาเลย

La familia estaba completamente absorta en el concierto.
ครอบครัวนั้นจดจ่ออยู่กับการชมคอนเสิร์ตอย่างเต็มที่

Los caballeros, por el contrario, inicialmente se retiraron.
ส่วนสุภาพบุรุษเหล่านั้น ในตอนแรกกลับถอยหนีไป

Y se quedaron cerca, detrás del atril de la hermana.
และพวกเขายืนอยู่ด้านหลังขาตั้งโน้ตเพลงของพี่สาวอย่างใกล้
ชิด

Si hubieran mirado habrían podido ver las notas musicales.
ถ้าพวกเขาตั้งใจมอง พวกเขาก็จะเห็นโน้ตดนตรี

Esto, por supuesto, habría perturbado a la hermana.
แน่นอนว่าเรื่องนี้ย่อมทำให้พี่สาวรู้สึกไม่สบายใจ

Luego se quedaron de pie junto a la ventana, en lugar de
sentarse.
จากนั้นพวกเขาก็ยืนอยู่ข้างหน้าต่างแทนที่จะนั่งลง

Con las manos en los bolsillos seguían hablando.
พวกเขายังคงพูดคุยกันโดยที่มือล้วงกระเป๋าอยู่

Permanecieron allí mientras el padre observaba ansiosamente.
พวกเขาอยู่ที่นั่นขณะที่พ่อเฝ้ามองด้วยความกังวลใจ

Uno tenía la impresión de que tenían otras expectativas.
ดูเหมือนว่าพวกเขาจะมีความคาดหวังอื่น ๆ

Y realmente parecía como si se hubieran decepcionado.
และดูเหมือนว่าพวกเขาจะผิดหวังจริงๆ

Parecía que ya estaban hartos de la actuación.
ดูเหมือนว่าพวกเขาจะเบื่อการแสดงแล้ว

Habían permitido que el violín perturbara su paz.
พวกเขาปล่อยให้เสียงไวโอลินรบกวนความสงบสุขของพวกเขา

Y sólo toleraban la música por cortesía.
และพวกเขายอมทนฟังเพลงนั้นเพียงเพราะเป็นการแสดงมารยาทเท่านั้น

Lo que más me desconcertó fue cómo expulsaron el humo.
วิธีที่พวกเขาเป่าควันออกไปนั้นน่าหวาดเสียวเป็นพิเศษ

Y aún así, tocaba el violín maravillosamente.
แต่เธอกลับเล่นไวโอลินได้อย่างไพเราะเหลือเกิน

Su rostro estaba inclinado suavemente hacia un lado, sobre el violín.
ใบหน้าของเธอเอียงไปด้านข้างเล็กน้อย ขณะกำลังเล่นไวโอลิน

Sus ojos buscaban con tristeza las líneas musicales.
ดวงตาของเธอมองไปตามท่วงทำนองดนตรีอย่างเศร้าสร้อย

Gregor se sintió atraído un poco más hacia la sala de estar.
เกรเกอร์รู้สึกว่าตัวเองถูกดึงดูดเข้าไปในห้องนั่งเล่นมากขึ้นอีกนิด

Mantuvo la cabeza cerca del suelo, pero miró hacia arriba.
เขาก้มศีรษะลงต่ำใกล้พื้น แต่เงยหน้ามองขึ้นไปด้านบน

Tal vez de esta manera la mirada de su hermana podría encontrarse con la suya.

บางทีวิธีนี้อาจทำให้สายตาของน้องสาวสบกับเขาได้

¿Puede realmente decirse que era sólo un animal?
จะพูดได้จริงหรือว่าเขาเป็นแค่สัตว์เดรัจฉาน?

¿Era un animal si la música podía cautivarlo tanto?
ถ้าดนตรีสามารถดึงดูดใจเขาได้มากขนาดนี้
เขาเป็นสัตว์เดรัจฉานหรือเปล่า?

Sintió como si le mostraran un camino hacia una alimentación desconocida.
เขารู้สึกราวกับว่าได้รับการชี้ทางไปสู่แหล่งบำรุงเลี้ยงที่ไม่รู้จัก

Quizás éste era el sustento que le faltaba.
บางทีนี่อาจเป็นสิ่งที่หล่อเลี้ยงชีวิตเขามาตลอดก็ได้

Estaba decidido a dirigirse hacia su hermana.
เขามุ่งมั่นที่จะเดินทางไปหาน้องสาวของเขา

Quería tirar de su falda para llamar su atención.
เขาต้องการดึงกระโปรงของเธอเพื่อดึงความสนใจของเธอ

Quería darle una indicación de una invitación.
เขาต้องการส่งสัญญาณให้เธอรู้ว่ามีการเชิญเขา

"Ven a tocar el violín en mi habitación", quiso decir.
เขาอยากจะพูดว่า "มาเล่นไวโอลินในห้องของฉันสิ"

Él quería que ella fuera recompensada por su hermosa música.
เขาต้องการให้เธอได้รับรางวัลสำหรับดนตรีที่ไพเราะของเธอ

"Aquí nadie te recompensa por tocar el violín".
"ไม่มีใครที่นี่ให้รางวัลคุณสำหรับการเล่นไวโอลินหรอก"

Él ya no quería dejarla salir de su habitación.
เขาไม่ต้องการปล่อยให้เธอออกจากห้องของเขาอีกต่อไปแล้ว

Él quería que ella permaneciera con él mientras viviera.
เขาต้องการให้เธออยู่กับเขาตราบเท่าที่เขายังมีชีวิตอยู่

Por primera vez su transformación tuvo un beneficio.
เป็นครั้งแรกที่การเปลี่ยนแปลงของเขาเกิดผลดี

Su deformidad finalmente iba a serle útil.
ความพิการของเขาจะกลายเป็นประโยชน์ต่อเขาในที่สุด

Quería estar en las cuatro puertas simultáneamente.
เขาต้องการอยู่ที่ประตูทั้งสี่บานพร้อมกัน

Quería silbarles y escupirles desde todos los ángulos.
เขาอยากจะพ่นลมหายใจและถ่มน้ำลายใส่พวกเขาจากทุกทิศทุกทาง

Su hermana no debería verse obligada a quedarse con él.
น้องสาวของเขาไม่ควรถูกบังคับให้อยู่กับเขา

Él quería que ella eligiera quedarse con él voluntariamente.
เขาต้องการให้เธอเลือกที่จะอยู่กับเขาด้วยความสมัครใจ

Ella iba a sentarse a su lado e inclinarse hacia él.
เธอกำลังจะนั่งข้างๆ เขาและโน้มตัวลงไปหาเขา

Y le iba a contar sobre la escuela de música.
และเขากำลังจะเล่าเรื่องโรงเรียนดนตรีให้เธอฟัง

Tenía la firme intención de enviarla a la academia.
เขามีความตั้งใจแน่วแน่ที่จะส่งเธอไปเรียนที่โรงเรียนแห่งนั้น

Se lo habría contado a todo el mundo la pasada Navidad.
เขาคงเล่าเรื่องนี้ให้ทุกคนฟังตั้งแต่คริสต์มาสปีที่แล้วแล้ว

¿Ya había llegado y pasado realmente la Navidad?
คริสต์มาสผ่านไปแล้วจริงๆ เหรอเนี่ย?

Y no habría dejado que nadie le disuadiera de ello.
และเขาจะไม่ยอมให้ใครมาห้ามปรามเขาเด็ดขาด

Pero entonces el desafortunado accidente lo detuvo todo.
แต่แล้วอุบัติเหตุอันน่าเศร้าก็ทำให้ทุกอย่างหยุดชะงักลง

La hermana se habría sentido abrumada por la emoción.
น้องสาวคงจะรู้สึกตื้นตันใจอย่างมาก

Y entonces Gregor se habría subido hasta su hombro.
จากนั้นเกรเกอร์ก็จะปีนขึ้นไปบนไหล่ของเธอ

Y la habría consolado besándole el cuello.
และเขาคงจะปลอบโยนเธอด้วยการจูบที่คอของเธอ

—¡Señor Samsa! —gritó el hombre del medio al padre.
"คุณซัมซา!" ชายที่อยู่ตรงกลางตะโกนเรียกพ่อของเด็ก

Señalaba con su dedo índice hacia Gregor.

เขากำลังชี้นิ้วชี้ลงไปที่เกรเกอร์

Gregor se movía lentamente por el suelo de la sala de estar.
เกรเกอร์กำลังค่อยๆ เคลื่อนตัวข้ามพื้นห้องนั่งเล่น

El sonido del violín se silenció muy rápidamente.
เสียงไวโอลินเงียบลงในเวลาไม่นานนัก

El del medio de los tres hombres sonrió a sus amigos.
ชายคนกลางในกลุ่มสามคนนั้นยิ้มให้เพื่อนๆ ของเขา

Luego meneó la cabeza y volvió a mirar a Gregor.
จากนั้นเขาส่ายหัวและหันกลับไปมองเกรเกอร์

El padre podría haber obligado a Gregor a regresar a su habitación.
พ่อสามารถบังคับให้เกรเกอร์กลับไปที่ห้องได้

Pero esa no fue la primera acción que decidió tomar.
แต่นั่นไม่ใช่การกระทำแรกที่เขาตัดสินใจทำ

Pensó que era más importante calmar a los caballeros.
เขาคิดว่าการทำให้สุภาพบุรุษเหล่านั้นสงบลงนั้นสำคัญกว่า

Aunque en realidad no estaban molestos en absoluto por Gregor.
ถึงแม้ว่าพวกเขาจะไม่ได้รู้สึกไม่พอใจเกรเกอร์เลยสักนิดก็ตาม

Gregor parecía más entretenido que tocar el violín.
ดูเหมือนว่าเกรเกอร์จะน่าสนใจกว่าการเล่นไวโอลินเสียอีก

Corrió hacia ellos con los brazos extendidos.
เขารีบวิ่งเข้าไปหาพวกเขาพร้อมกับกางแขนออก

Estaba intentando hacer lo mejor que podía para ocultar su visión de Gregor.
เขาพยายามอย่างสุดความสามารถที่จะปิดบังไม่ให้พวกเขามองเห็นเกรเกอร์

Y trató de animarlos a regresar a su habitación.
และเขาพยายามชักชวนให้พวกเขากลับเข้าไปในห้อง

En realidad, esto los hizo enfadar un poco.
ถ้าจะมีอะไรเปลี่ยนแปลงไปบ้าง
เรื่องนี้กลับทำให้พวกเขารู้สึกรำคาญเล็กน้อยเสียด้วยซ้ำ

Pero era difícil decir exactamente qué les molestaba.
แต่ก็ยากที่จะบอกได้ว่าอะไรกันแน่ที่ทำให้พวกเขาไม่พอใจ

El padre estaba arruinando la diversión de la noche.
คุณพ่อกำลังทำลายบรรยากาศสนุกสนานของงานในคืนนั้น

Pero también acababan de enterarse de su nuevo compañero de piso.
แต่พวกเขาก็เพิ่งได้รู้จักกับเพื่อนร่วมห้องคนใหม่ด้วยเช่นกัน

Levantaron las manos tal como lo había hecho el padre.
พวกเขายกมือขึ้นเหมือนอย่างที่พ่อเคยทำ

Exigieron una explicación inmediata al padre.
พวกเขาเรียกร้องคำอธิบายจากพ่อโดยทันที

Se tiraron inquietos de la barba esperando una respuesta.
พวกเขาดึงเคราของตัวเองอย่างกระสับกระส่ายเพื่อหาคำตอบ

Y retrocedieron hasta su habitación, pero muy lentamente.
แล้วพวกเขาก็ถอยกลับไปที่ห้อง แต่เป็นไปอย่างช้าๆ

La interrupción había dejado a la hermana en trance.
การขัดจังหวะครั้งนั้นทำให้พี่สาวตกอยู่ในภวังค์

Dejó que el violín y el arco colgaran a su lado.
เธอปล่อยให้ไวโอลินและคันชักห้อยลงข้างตัว

Y ella miraba la partitura como si todavía estuviera tocando.
และเธอมองดูโน้ตเพลงราวกับว่าเธอยังคงกำลังเล่นดนตรีอยู่

Pero de repente ella regresó a la habitación.
แต่แล้วเธอก็พลันดึงตัวเองกลับเข้าไปในห้อง

Y ahora había superado el sentimiento de estar perdida.
และตอนนี้เธอก็เอาชนะความรู้สึกหลงทางได้แล้ว

Ella colocó el instrumento musical en el regazo de su madre.
เธอวางเครื่องดนตรีไว้บนตักของแม่

La madre estaba sentada en la silla, respirando con dificultad.
แม่นั่งอยู่บนเก้าอี้ หายใจหอบหนัก

Y entonces la hermana tuvo que correr a la habitación de al lado.

จากนั้นน้องสาวก็ต้องวิ่งเข้าไปในห้องข้างๆ

Tenía que dejar todo listo para los caballeros.
เธอต้องเตรียมทุกอย่างให้พร้อมสำหรับสุภาพบุรุษเหล่านั้น

Ella arrojó las mantas y los cojines al aire.
เธอโยนผ้าห่มและหมอนขึ้นไปในอากาศ

Y con sus manos expertas dispuso toda la ropa de cama.
และด้วยฝีมืออันชำนาญของเธอ
เธอได้จัดเตรียมเครื่องนอนทั้งหมดอย่างเรียบร้อย

Terminó antes de que los caballeros llegaran a la habitación.
เธอทำธุระเสร็จก่อนที่สุภาพบุรุษทั้งสองจะมาถึงห้อง

Y ella se escabulló antes de interponerse en su camino.
และเธอก็รีบหนีออกไปก่อนที่จะไปขวางทางพวกเขา

El padre parecía estar dominado por su propia terquedad.
ดูเหมือนว่าพ่อจะถูกความดื้อรั้นของตัวเองครอบงำอยู่

Y así olvidó todo respeto que debía a sus inquilinos.
และด้วยเหตุนี้
เขาจึงลืมความเคารพที่เขามีต่อผู้เช่าของเขาไปเสียหมด

Empujó y empujó hasta que su portavoz se opuso.
เขาพยายามผลักดันอย่างต่อเนื่องจนกระทั่งโฆษกของพวกเขา
ต้องคัดค้าน

Al llegar a la puerta, dio una patada furiosa.
เขากระทืบเท้าด้วยความโกรธเมื่อมาถึงประตู

Y con esto logró detener al padre.
และด้วยเหตุนี้ เขาจึงทำให้บิดาหยุดชะงัก

"Por la presente declaro", comenzó dirigiéndose a su propietario.
"ข้าพเจ้าขอประกาศ ณ ที่นี้" เขาเริ่มกล่าวกับเจ้าของบ้าน

Y levantó la mano, mirando a toda la familia.
แล้วเขาก็ยกมือขึ้นมองทุกคนในครอบครัว

"En cuanto a las repugnantes condiciones de la habitación;"
"เนื่องจากสภาพห้องนั้นสกปรกมาก..."

Y se aseguró de que todos escucharan sus palabras.

และเขาก็ทำให้แน่ใจว่าทุกคนกำลังตั้งใจฟังคำพูดของเขา

"Por la presente, le comunico que desocuparé mi habitación".
"ข้าพเจ้าขอแจ้งให้ทราบว่า ข้าพเจ้าจะย้ายออกจากห้องพัก"

Y reiteró su punto escupiendo en el suelo.
และเขาแสดงจุดยืนของตนด้วยการถ่มน้ำลายลงพื้น

"Tampoco pagaré por los días que he vivido aquí."
"และฉันจะไม่จ่ายค่าชดเชยสำหรับวันที่ฉันอาศัยอยู่ที่นี่"

Sin embargo, no estaba completamente satisfecho con este reembolso.
อย่างไรก็ตาม เขายังไม่พอใจกับการคืนเงินครั้งนี้อย่างเต็มที่

"Y consideraré hacer otras demandas contra usted."
"และผมจะพิจารณาเรียกร้องข้อเรียกร้องอื่นๆ
จากคุณเพิ่มเติม"

Créeme, tales exigencias serán muy fáciles de justificar.
"เชื่อผมสิ
ข้อเรียกร้องเหล่านั้นหาเหตุผลมาสนับสนุนได้ง่ายมาก"

Él permaneció en silencio y miró directamente al padre.
เขานิ่งเงียบและจ้องมองตรงไปที่พ่อ

Parecía estar esperando que sucediera algo más.
ดูเหมือนเขาจะคาดหวังว่าจะมีอะไรมากกว่านี้เกิดขึ้น

De hecho, sus dos amigos inmediatamente tuvieron la misma idea.
ที่จริงแล้ว เพื่อนทั้งสองของเขาก็คิดแบบเดียวกันในทันที

"También estamos cancelando nuestras habitaciones", dijeron al unísono.
พวกเขากล่าวพร้อมกันว่า
"พวกเราก็ยกเลิกการจองห้องพักด้วยเช่นกัน"

Luego agarró la manija de la puerta y cerró la puerta.
จากนั้นเขาก็คว้าลูกบิดประตูแล้วปิดประตู

Y con un fuerte estruendo se encerraron en su habitación.
แล้วพวกเขาก็ปิดประตูห้องด้วยเสียงดังสนั่น

El padre se tambaleó hasta su silla con manos torpes.

พ่อเซไปที่เก้าอี้ด้วยมือที่คลำหาอะไรบางอย่างอยู่

Y se dejó caer en la silla, derrotado.
แล้วเขาก็ปล่อยตัวเองทรุดตัวลงบนเก้าอี้อย่างหมดหวัง

Parecía como si fuera a echar su siesta vespertina habitual.
ดูเหมือนว่าเขาจะไปงีบหลับตอนเย็นตามปกติ

Pero su cabeza asintió casi como si no tuviera apoyo.
แต่เขากลับพยักหน้าราวกับว่าไม่มีอะไรมาค้ำจุน

Y se podía ver que no estaba durmiendo en absoluto.
และเห็นได้ชัดว่าเขาไม่ได้นอนหลับเลย

Durante todo este tiempo Gregor no se había movido de su sitio.
ตลอดเวลาที่ผ่านมา เกรเกอร์ไม่ได้ขยับไปไหนจากที่เดิมเลย

Todavía estaba donde los caballeros lo habían visto por primera vez.
เขายังคงอยู่ที่เดิมที่สุภาพบุรุษทั้งสองเห็นเขาเป็นครั้งแรก

Incluso si hubiera querido moverse, le resultó imposible.
ถึงแม้เขาอยากจะย้ายที่อยู่ เขาก็พบว่ามันเป็นไปไม่ได้

Por su decepción, o por su hambre.
เพราะความผิดหวัง หรือเพราะความหิว

Estaba decepcionado por el fracaso de su plan.
เขาผิดหวังที่แผนของเขาไม่สำเร็จ

Y estaba débil por el hambre prolongada que sentía.
และเขาก็อ่อนแรงลงเนื่องจากความหิวโหยที่ยาวนาน

Estaba seguro de que en cualquier momento todos se volverían contra él.
เขามั่นใจว่าทุกคนจะหันมาต่อต้านเขาได้ทุกเมื่อ

Con esta expectativa de colapso inminente, esperó.
เขารอคอยด้วยความคาดหวังว่าการล่มสลายกำลังจะเกิดขึ้น

El violín empezó a deslizarse del regazo de la madre.
ไวโอลินเริ่มลื่นหลุดจากตักของแม่

Con un sonido resonante el violín cayó al suelo.
ไวโอลินตกลงพื้นด้วยเสียงดังสนั่น

Pero ni siquiera ese repentino ruido estrepitoso lo
sobresaltó.
แต่แม้แต่เสียงดังโครมครามที่เกิดขึ้นอย่างกะทันหันก็ไม่ได้ทำใ
ห้เขาสะดุ้งแต่อย่างใด
«Queridos padres», dijo la hermana, «esto no puede
continuar».
"คุณพ่อคุณแม่ที่รัก" น้องสาวกล่าว
"เรื่องแบบนี้จะปล่อยให้เป็นแบบนี้ต่อไปไม่ได้แล้ว"
Y golpeó la mesa con la mano para dejar claro su punto.
และเธอก็ตบมือลงบนโต๊ะเพื่อเน้นย้ำสิ่งที่เธอต้องการจะสื่อ
"No diré el nombre de mi hermano delante de este
monstruo".
"ฉันจะไม่เอ่ยชื่อพี่ชายของฉันต่อหน้าปีศาจตัวนี้"
"Por eso lo digo lo más claramente posible:"
"นั่นเป็นเหตุผลที่ฉันพูดเรื่องนี้อย่างตรงไปตรงมาที่สุด:"
"No tenemos otra opción que deshacernos de este animal".
"เราไม่มีทางเลือกอื่นนอกจากต้องกำจัดสัตว์ตัวนี้"
"Hicimos lo mejor que pudimos para tolerar y cuidar a este
animal".
"เราพยายามอย่างเต็มที่ที่จะอดทนและดูแลสัตว์ตัวนี้"
"No creo que nadie pueda culparnos en lo más mínimo".
"ผมไม่คิดว่าจะมีใครตำหนิพวกเราได้เลยแม้แต่น้อย"
"Tiene mil veces razón", asintió el padre.
"เธอพูดถูกเป็นพันเท่า" คุณพ่อเห็นด้วย
La madre aún no había recuperado del todo el aliento.
แม่ยังหายใจไม่ค่อยสะดวกนัก
Ella empezó a toser sordamente en su mano, respirando con
dificultad.
เธอเริ่มไออย่างแผ่วเบาใส่ฝ่ามือ หายใจหอบหนัก
Y una expresión de locura comenzó a surgir en sus ojos.
และแววตาของเธอก็เริ่มแสดงออกถึงความบ้าคลั่ง
La hermana corrió hacia su madre y le sujetó la frente.

น้องสาวรีบวิ่งไปหาแม่และเอามือแตะหน้าผากแม่

El padre pareció inspirarse en las palabras de la hermana.
ดูเหมือนว่าพ่อจะได้รับแรงบันดาลใจจากคำพูดของน้องสาว

Y sus pensamientos parecían ser más claros que antes.
และความคิดของเขาก็ดูจะชัดเจนขึ้นกว่าเดิม

Dejó de asentir con la cabeza y volvió a sentarse derecho.
เขาหยุดพยักหน้าและนั่งตัวตรงอีกครั้ง

Y jugaba con la gorra de sirviente, sumido en sus
pensamientos.
และเขาก็เล่นกับหมวกของคนรับใช้พลางครุ่นคิดอย่างหนัก

Los platos de los inquilinos todavía estaban sobre la mesa.
จานของบรรดาผู้เช่ายังคงวางอยู่บนโต๊ะ

Y a veces miraba hacia el silencioso Gregor.
และบางครั้งเขาก็หันไปมองเกรกอร์ผู้เงียบขรึม

"Tenemos que intentar deshacernos de él", le dijo la
hermana.
"เราต้องพยายามกำจัดมันออกไป" น้องสาวบอกเขา

La madre estaba demasiado ocupada tosiendo como para
escuchar.
แม่มัวแต่ไอจนไม่ได้ฟัง

"Los matará a ambos, ya lo veo venir."
"มันจะฆ่าพวกคุณทั้งคู่ ฉันมองเห็นลางบอกเหตุแล้ว"

"No podemos seguir trabajando tan duro como lo hacemos
todos."
"เราทุกคนไม่สามารถทำงานหนักเท่านี้ต่อไปได้"

"Y cada día tenemos que volver a casa y encontrarnos con
esta tortura."
"และทุกวันเราต้องกลับบ้านมาเผชิญกับความทรมานนี้"

"No podemos soportarlo más. No puedo soportarlo."
"เราทนไม่ไหวอีกต่อไปแล้ว ฉันทนไม่ไหวแล้ว"

Ella cayó ante su madre en un último estallido de lágrimas.
เธอทรุดตัวลงซบแม่พร้อมกับร้องไห้โฮเป็นครั้งสุดท้าย

Las lágrimas cayeron por su rostro y sobre el de su madre.

น้ำตาไหลอาบใบหน้าของเธอและหยดลงบนใบหน้าของแม่
Y se secó las lágrimas con un movimiento mecánico.
แล้วเธอก็เช็ดน้ำตาออกด้วยท่าทางที่เหมือนไม่เป็นธรรมชาติ
"Hijo mío", dijo el padre con voz compasiva.
"ลูกของฉัน"
พ่อพูดด้วยน้ำเสียงที่เต็มไปด้วยความเห็นอกเห็นใจ

Había profunda simpatía y comprensión en su voz.
น้ำเสียงของเขามีความเห็นอกเห็นใจและเข้าใจอย่างลึกซึ้ง

«Pero ¿qué debemos hacer?», confesó no saberlo.
"แต่เราควรทำอย่างไรดีล่ะ?" เขาสารภาพว่าไม่รู้

La hermana simplemente se encogió de hombros con
impotencia.
น้องสาวได้แต่ส่ายไหล่ด้วยความหมดหนทาง

Y su confianza anterior fue reemplazada nuevamente por
lágrimas.
และความมั่นใจที่เคยมีของเธอก็ถูกแทนที่ด้วยน้ำตาอีกครั้ง

«Si nos entendiera», dijo el padre en voz alta.
"ถ้าเขาเข้าใจพวกเราบ้างก็คงดี" พ่อพูดออกมาเสียงดัง

Y se preguntó si tal vez Gregor entendía.
และเขาก็สงสัยอยู่ครู่หนึ่งว่าเกรเกอร์อาจจะเข้าใจหรือเปล่า

La hermana simplemente sacudió su mano violentamente
mientras lloraba.
น้องสาวสะบัดมืออย่างแรงพลางร้องไห้

Y entonces ella señaló que no se debía pensar en esa idea.
ดังนั้น เธอจึงส่งสัญญาณว่าไม่ควรคิดถึงความคิดนั้น

«¡Si nos comprendiera!», repitió el padre.
"แต่ถ้าหากเขาเข้าใจพวกเราบ้างก็คงดี" พ่อพูดซ้ำ

Cerrando los ojos consideró la respuesta de la hermana.
เขาหลับตาลงและพิจารณาคำตอบของน้องสาว

"Si lo entendiera se podría llegar a un acuerdo con él."
"ถ้าเขาเข้าใจว่าสามารถตกลงกับเขาได้"

"Pero estando las cosas como están..."

"แต่ด้วยสถานการณ์ที่เป็นอยู่เช่นนี้..."

"Tiene que irse", gritó la hermana, "es la única manera".
“มันต้องไป” น้องสาวร้องออกมา “นี่เป็นทางออกเดียว”

"Tienes que deshacerte de la idea de que es Gregor".
"คุณต้องเลิกคิดว่านั่นคือเกรกอร์"

"Que lo hayamos creído durante tanto tiempo es nuestra verdadera desgracia."
"การที่เราเชื่ออย่างนั้นมานานนั่นแหละคือความโชคร้ายที่แท้จริงของเรา"

«¿Pero cómo puede ser Gregor?», le preguntó a su padre.
“แต่จะเป็นเกรเกอร์ได้อย่างไร” เธอถามพ่อของเธอ

"Sabía que un animal así no podía coexistir con los humanos".
"เขารู้ว่าสัตว์แบบนั้นไม่สามารถอยู่ร่วมกับมนุษย์ได้"

Gregor nos habría abandonado hace mucho tiempo, voluntariamente.
"เกรเกอร์คงจากเราไปนานแล้วด้วยความสมัครใจ"

"Es cierto, entonces no tendríamos ningún hermano."
"จริงด้วย ถ้าอย่างนั้นเราก็คงไม่มีพี่ชายแล้ว"

"Pero podríamos seguir viviendo y honrar su memoria".
"แต่เราก็ยังสามารถดำเนินชีวิตต่อไปและระลึกถึงเขาด้วยความเคารพได้"

"Pero esta bestia nos persigue y ahuyenta a nuestros labradores."
"แต่สัตว์ร้ายตัวนี้ไล่ตามเราและขับไล่ผู้เช่าของเราไป"

"Es evidente que quiere apoderarse de todo el apartamento".
"เห็นได้ชัดว่ามันต้องการยึดครองอพาร์ตเมนต์ทั้งหมด"

"Esta bestia quiere hacernos dormir en la calle."
"ไอ้สัตว์ร้ายนี่อยากจะบังคับให้เรานอนข้างถนน"

«Mira, padre», gritó de repente, «¡se mueve otra vez!»
“ดูสิ พ่อ!” เธอร้องออกมาอย่างกระทันหัน

“เขากำลังขยับตัวอีกแล้ว!”

E hizo algo que ni siquiera Gregor pudo entender.
และเธอก็ทำสิ่งที่แม้แต่เกรเกอร์ก็ยังไม่เข้าใจ

Ella se apartó, como sacrificando a la madre.
เธอผลักตัวเองออกไป ราวกับกำลังเสียสละแม่ของตนเอง

Y ella corrió detrás de su padre buscando algún tipo de
seguridad.
และเธอก็วิ่งตามพ่อไปเพื่อหาที่ปลอดภัย

El padre estaba agitado únicamente porque su hija lo estaba.
พ่อรู้สึกกระวนกระวายใจก็เพราะลูกสาวของเขานั่นเอง

Pero entonces él también se levantó y levantó los brazos
sobre ella.
แต่แล้วเขาก็ลุกขึ้นยืนและยกแขนขึ้นโอบกอดเธอ

Pero Gregor no tenía intención de asustar a nadie.
แต่เกรเกอร์ไม่มีเจตนาที่จะทำให้ใครหวาดกลัวเลย

Sobre todo no pensó en asustar a su hermana.
โดยเฉพาะอย่างยิ่ง
เขาไม่มีความคิดที่จะทำให้พี่สาวของเขากลัวเลย

Él sólo estaba intentando regresar a su habitación.
เขากำลังพยายามจะหันกลับไปทางห้องของเขา

Pero dado que su estado estaba empeorando, incluso esto era
difícil.
แต่ด้วยอาการที่ทรุดลงของเขา
แม้แต่การทำเช่นนั้นก็ยังเป็นเรื่องยาก

Y ya no tenía pleno uso de todas sus piernas.
และเขาไม่สามารถใช้ขาได้ครบทุกข้างอีกต่อไปแล้ว

Entonces usó su cabeza para levantar su cuerpo y girar.
เขาจึงใช้ศีรษะยกตัวขึ้นและหมุนตัว

Hizo una pausa y miró a su alrededor esperando la
aprobación de la familia.
เขาหยุดชั่วครู่ แล้วมองไปรอบๆ
เพื่อขอความเห็นชอบจากคนในครอบครัว

Su buena intención parecía haber sido reconocida.

ดูเหมือนว่าเจตนาดีของเขาจะได้รับการรับรู้แล้ว

Su movimiento sólo había sido un shock momentáneo para ellos.
การกระทำของเขาสร้างความตกใจให้พวกเขาเพียงชั่วครู่เท่านั้น

Ahora todos lo miraban en un silencio infeliz.
ตอนนี้ทุกคนต่างมองเขาด้วยสีหน้าไม่สบายใจเงียบๆ

La madre seguía tumbada en el sillón, exhausta.
แม่ยังคงนอนอยู่บนเก้าอี้เท้าแขนด้วยความเหนื่อยล้า

El padre y la hermana estaban sentados uno al lado del otro.
พ่อและน้องสาวนั่งอยู่ข้างกัน

«Quizás ahora me dejen dar la vuelta», pensó Gregor.
"บางทีคราวนี้พวกเขาอาจจะยอมให้ฉันหันหลังกลับก็ได้"
เกรเกอร์คิดในใจ

Y continuó haciendo su torpe movimiento de giro.
และเขาก็ยังคงหมุนตัวอย่างเก้ๆ กังๆ ต่อไป

No podía reprimir los jadeos ocasionales de esfuerzo.
เขาอดไม่ได้ที่จะหอบหายใจเป็นระยะๆ ด้วยความเหนื่อยล้า

Y se vio obligado a descansar un par de veces entre uno y otro.
และเขาจำเป็นต้องพักผ่อนเป็นระยะๆ

Ya nadie le obligaba a apresurarse; la decisión estaba en sus manos.
ตอนนี้ไม่มีใครเร่งให้เขารีบแล้ว ทุกอย่างขึ้นอยู่กับตัวเขาเอง

Al final completó el giro lento y doloroso.
ในที่สุดเขาก็เลี้ยวได้อย่างช้าๆ และเจ็บปวดจนสำเร็จ

Inmediatamente comenzó a caminar directamente de regreso a su habitación.
เขารีบเดินตรงกลับไปที่ห้องของเขาทันที

Se sorprendió de lo lejos que estaba de su habitación.
เขาประหลาดใจที่ตัวเองอยู่ห่างจากห้องมากขนาดนั้น

¿Cómo, a pesar de su debilidad, había llegado allí antes?

ทั้งที่ร่างกายอ่อนแอ เขาไปถึงที่นั่นได้อย่างไรก่อนหน้านี้?

Había recorrido casi el mismo camino sin darse cuenta.
เขาเดินทางเกือบตามเส้นทางเดียวกันโดยไม่ทันสังเกต

Ahora él sólo se concentró en gatear tan rápido como podía.
ตอนนี้เขามุ่งมั่นอยู่กับการคลานให้เร็วที่สุดเท่าที่จะทำได้

La falta de comentarios por parte de alguien no le inquietó.
การที่ไม่มีใครแสดงความคิดเห็นใดๆ
ไม่ได้ทำให้เขารู้สึกกังวลแต่อย่างใด

Sólo cuando ya estaba en la puerta giró la cabeza.
เขาหันศีรษะมาก็ต่อเมื่อเขาเข้าไปในประตูแล้วเท่านั้น

Pero no pudo darse la vuelta para mirar hacia atrás por completo.
แต่เขาไม่สามารถหันกลับไปมองได้อย่างเต็มที่

Porque sintió que su cuello se ponía aún más rígido al girarse.
เพราะเขารู้สึกว่าคอของเขาแข็งเกร็งมากขึ้นไปอีกขณะที่เขาหันตัว

Pero vio que de todas formas nada había cambiado detrás de él.
แต่เขาก็เห็นว่าเบื้องหลังเขานั้นไม่มีอะไรเปลี่ยนแปลงไปเลย

La única diferencia fue que su hermana se puso de pie.
ความแตกต่างเพียงอย่างเดียวคือ น้องสาวของเขาได้ลุกขึ้นยืน

Su última mirada mostró que su madre se había quedado dormida.
สายตาสุดท้ายที่เขาเหลือบมองเห็นว่าแม่ของเขาหลับไปแล้ว

Tan pronto como estuvo dentro de su habitación la puerta se cerró.
ทันทีที่เขาเข้าไปในห้อง ประตูก็ถูกปิดลง

Y tan pronto como la puerta se cerró, el cerrojo quedó bloqueado.
และทันทีที่ประตูถูกปิด กลอนประตูก็ถูกล็อค

Gregor se asustó por el ruido inesperado que se oía detrás.

เกรเกอร์ตกใจกับเสียงดังที่ไม่คาดคิดจากด้านหลัง

Y sus piernas se doblaron bajo él por la repentina sorpresa.
และขาของเขาก็อ่อนแรงลงเพราะความตกใจอย่างกะทันหัน

Fue la hermana quien corrió hacia la puerta detrás de él.
เป็นน้องสาวที่รีบวิ่งไปที่ประตูข้างหลังเขา

Ella ya se encontraba allí de pie, esperándolo.
นางยืนตัวตรงรอเขาอยู่แล้ว

Luego saltó hacia delante ligeramente sin que Gregor la oyera.
จากนั้นเธอก็กระโดดไปข้างหน้าอย่างแผ่วเบาโดยที่เกรเกอร์ไม่ได้ยิน

"¡Por fin!" grito en voz alta mientras giraba la llave.
"ในที่สุด!" เธอร้องออกมาเสียงดังขณะบิดกุญแจ

"¿Y ahora qué?", se preguntó Gregor, solo en la oscuridad.
"แล้วต่อไปจะทำอย่างไร" เกรเกอร์ถามตัวเอง
ขณะที่อยู่ลำพังในความมืด

Pronto descubrió que ya no podía moverse en absoluto.
ไม่นานเขาก็พบว่าตัวเองขยับตัวไม่ได้อีกต่อไป

Pero no le sorprendió realmente su inmovilidad.
แต่เขาก็ไม่ได้แปลกใจอะไรนักกับการที่ตัวเองขยับตัวไม่ได้

Poder moverse con piernas tan delgadas parecía ridículo.
การที่สามารถขยับตัวได้ด้วยขาที่ผอมบางเช่นนั้นดูเหลือเชื่อจริงๆ

No sabía cómo había sido capaz de hacerlo.
เขาไม่รู้ด้วยซ้ำว่าเขาเคยทำเช่นนั้นได้อย่างไร

Pero aparte de eso se sentía relativamente cómodo.
แต่โดยรวมแล้วเขารู้สึกค่อนข้างสบายใจ

Es cierto que sentía un dolor profundo en todo el cuerpo.
เป็นความจริงที่เขารู้สึกเจ็บปวดอย่างรุนแรงไปทั่วทั้งร่างกาย

Pero el dolor parecía hacerse cada vez más débil.
แต่ความเจ็บปวดดูเหมือนจะค่อยๆเบาลงเรื่อยๆ

Y sintió que el dolor eventualmente desaparecería.

และเขารู้สึกว่าความเจ็บปวดจะหายไปในที่สุด

Ya casi no sentía la manzana podrida en su espalda.
เขาแทบไม่รู้สึกถึงแอปเปิ้ลเน่าที่เสียบอยู่ด้านหลังอีกแล้ว

Pensó en su familia con emoción y amor.
เขาหวนนึกถึงครอบครัวด้วยความรู้สึกและความรัก

Sintió las emociones de su hermana incluso más que ella misma.
เขาสัมผัสอารมณ์ของน้องสาวได้มากกว่าตัวน้องสาวเองเสียอีก

Ella tenía razón en lo que había dicho: él tenía que irse.
สิ่งที่เธอพูดนั้นถูกต้องแล้ว เขาต้องจากไป

Pasó algún tiempo en ese estado vacío y pacífico.
เขาใช้เวลาอยู่ในรัฐที่ว่างเปล่าและเงียบสงบแห่งนี้ระยะหนึ่ง

El reloj dio tres veces, silenciosamente, pero con firmeza.
นาฬิกาตีบอกเวลาสามครั้งอย่างแผ่วเบาแต่หนักแน่น

Gregor fue sacado suavemente de sus meditaciones.
เกรเกอร์ถูกดึงออกจากภวังค์ความคิดอย่างนุ่มนวล

Observó cómo la luz de la mañana entraba lentamente en su habitación.
เขามองแสงอรุณรุ่งค่อยๆ ส่องเข้ามาในห้องของเขา

Entonces su cabeza se hundió por completo, sin su voluntad.
จากนั้นศีรษะของเขาก็ทรุดลงจนหมด โดยไม่ตั้งใจ

Y su último aliento fluyó débilmente de su nariz.
และลมหายใจสุดท้ายของเขาแผ่วเบาออกมาจากรูจมูก

La criada entró en su habitación temprano en la mañana.
สาวใช้เข้ามาในห้องของเขาตั้งแต่เช้าตรู่

No encontró nada inusual durante su corta visita habitual.
ระหว่างการตรวจเยี่ยมระยะสั้นตามปกติ
เธอไม่พบสิ่งผิดปกติใดๆ

Con fuerza y prisa cerró de golpe todas las puertas.
ด้วยแรงและความรีบร้อน เธอจึงปิดประตูทุกบานอย่างแรง

No fue posible dormir tranquilo en todo el apartamento.

ไม่มีใครสามารถนอนหลับได้อย่างสงบสุขเลยตลอดทั้งอพาร์ตเมนต์

Le habían pedido que evitara hacer esto por la mañana.
เธอได้รับคำขอให้หลีกเลี่ยงการทำเช่นนี้ในตอนเช้า

Ella pensó que él yacía allí inmóvil a propósito.
เธอคิดว่าเขานอนนิ่งอยู่อย่างนั้นโดยตั้งใจ

Quizás quería demostrarle que estaba ofendido.
บางทีเขาอาจต้องการแสดงให้เธอเห็นว่าเขาไม่พอใจ

Ella confiaba en que él tenía todo tipo de inteligencia.
เธอเชื่อมั่นว่าเขามีสติปัญญาในทุกด้าน

Ella sostenía por casualidad la escoba larga en su mano.
บังเอิญว่ามือของเธอกำลังถือไม้กวาดด้ามยาวอยู่พอดี

Entonces, desde la puerta, intentó hacerle un poco de cosquillas a Gregor.
ดังนั้น เธอจึงพยายามจี้เกรเกอร์เบาๆ จากทางประตู

Ella estaba un poco molesta porque él no respondió en absoluto.
เธอรู้สึกหงุดหงิดเล็กน้อยที่เขาไม่ตอบอะไรเลย

Así que esta vez lo empujó un poco más firmemente.
คราวนี้เธอจึงผลักเขาแรงขึ้นอีกนิด

Cuando él no ofreció resistencia, ella lo miró más de cerca.
เมื่อเขาไม่แสดงท่าทีขัดขืน เธอก็เลยมองดูใกล้ๆ

Pronto se dio cuenta de lo que realmente le había sucedido a Gregor.
ไม่นานเธอก็รู้ว่าเกิดอะไรขึ้นกับเกรเกอร์จริงๆ

Abrió más los ojos y silbó para sí misma.
เธอเบิกตาโตขึ้น และผิวปากเบาๆ กับตัวเอง

Pero no perdió mucho tiempo antes de abrir la puerta.
แต่เธอก็ไม่ได้เสียเวลามากนักก่อนที่จะเปิดประตู

Y clamó a gran voz en la oscuridad:
และนางก็ร้องตะโกนเสียงดังไปในความมืด:

"Ven a echarle un vistazo, ahí está, completamente muerto."

"มาดูสิ ตรงนั้นมันนอนตายสนิทอยู่"

Los dos padres estaban sentados erguidos en el lecho conyugal.
พ่อแม่ทั้งสองนั่งตัวตรงอยู่บนเตียงนอนของพวกเขา

Primero tuvieron que superar el impacto del ruido.
สิ่งแรกที่พวกเขาต้องทำคือเอาชนะความตกใจจากเสียงดังนั้น

Pero poco a poco empezaron a comprender su mensaje.
แต่แล้วพวกเขาก็เริ่มเข้าใจสารที่เธอต้องการสื่อทีละน้อย

El señor y la señora Samsa saltaron cada uno de su lado de la cama.
นายและนางซัมซาต่างกระโดดลงจากเตียงฝั่งของตนเอง

El señor Samsa se echó la gruesa manta sobre los hombros.
นายซัมซาโยนผ้าห่มหนาคลุมไหล่ของเขา

Y la señora Samsa salió sin nada más que su camisón.
และนางซัมซาก็ออกมาโดยสวมเพียงชุดนอนเท่านั้น

Y así entraron en la habitación de Gregor.
และนั่นคือวิธีที่พวกเขาเข้าไปในห้องของเกรเกอร์

Mientras tanto, la puerta de la sala de estar también se había abierto.
ในขณะเดียวกัน ประตูห้องนั่งเล่นก็เปิดออกเช่นกัน

Grete había dormido allí desde que los inquilinos se mudaron.
เกรเตนอนที่นั่นมาตั้งแต่ผู้เช่าย้ายเข้ามาอยู่

Estaba completamente vestida como si no hubiera dormido en absoluto.
เธอแต่งตัวครบชุดราวกับว่าไม่ได้นอนเลย

Su rostro pálido también parecía demostrar su falta de sueño.
ใบหน้าซีดเชียวของเธอดูเหมือนจะบ่งบอกว่าเธอพักผ่อนไม่เพียงพอ

"¿Está muerto?" preguntó la señora Samsa, mirando a la criada.
"เขาตายแล้วเหรอ?" นางซัมซาถามพลางมองไปที่สาวใช้

Ella podría haberlo confirmado mirándolo ella misma.
เธอสามารถยืนยันเรื่องนี้ได้ด้วยการมองดูเขาด้วยตัวเอง

"Creo que sí", dijo la criada cogiendo la escoba.
"ฉันคิดว่าอย่างนั้น" สาวใช้กล่าวพลางหยิบไม้กวาดขึ้นมา

Y ella empujó su cuerpo muy lejos por el suelo.
แล้วเธอก็ผลักร่างของเขาไปไกลมากบนพื้น

La señora Samsa hizo un movimiento como si quisiera
detenerla.
นางซัมซาขยับตัวราวกับต้องการจะหยุดเธอ

Pero al final dejó que la criada llevara a Gregor de un lado a
otro.
แต่สุดท้ายเธอก็ยอมให้สาวใช้พาเกรเกอร์ไปเดินเล่น

—Bueno —dijo el señor Samsa—, por fin podemos dar
gracias a Dios.
นายซัมซากล่าวว่า

"ในที่สุดเราก็สามารถขอบคุณพระเจ้าได้แล้ว"

Hizo la señal de la cruz; cabeza, pecho, hombros.
เขาทำเครื่องหมายกางเขน โดยทำเครื่องหมายที่ศีรษะ หน้าอก
และไหล่

Y las tres mujeres siguieron su ejemplo religioso.
และหญิงทั้งสามก็ปฏิบัติตามแบบอย่างทางศาสนาของเขา

Grete, que no apartaba la vista del cadáver, dijo:
เกรเตซึ่งไม่ละสายตาจากศพกล่าวว่า;

"Mira qué delgado estaba, hacía tanto tiempo que no comía."
"ดูสิ เขาผอมแค่ไหน เขาไม่ได้กินอะไรมานานแล้ว"

"La comida que le dejaba cada mañana siempre estaba
intacta."
"อาหารที่ฉันเตรียมไว้ให้เขาทุกเช้าไม่เคยถูกแตะต้องเลย"

De hecho, el cuerpo de Gregor estaba completamente plano
y seco.
อันที่จริง ร่างกายของเกรเกอร์นั้นแบนราบและแห้งสนิท

Esto era más visible ahora que estaba en el suelo.

สิ่งนี้เห็นได้ชัดเจนยิ่งขึ้นเมื่อเขาอยู่บนพื้นแล้ว

Porque su cuerpo ya no era levantado por sus piernas.
เพราะร่างกายของเขาไม่ได้ถูกยกขึ้นด้วยขาอีกต่อไปแล้ว

Y porque no había nada más que distrajera la vista.
และเนื่องจากไม่มีสิ่งอื่นใดมาบดบังทัศนียภาพ

—Ven un rato con nosotros, Grete —dijo la señora Samsa.
"เข้ามาอยู่กับเราสักพักเถอะ เกรเต" นางซัมซากล่าว

Había una sonrisa dolorosa en sus labios mientras hablaba.
รอยยิ้มที่เจ็บปวดปรากฏอยู่บนริมฝีปากของเธอขณะที่เธอพูด

Grete los siguió, pero también miró hacia el cadáver.
เกรเตเดินตามพวกเขาไป แต่ก็หันกลับไปมองศพด้วย

La criada cerró la puerta y abrió completamente la ventana.
แม่บ้านปิดประตูและเปิดหน้าต่างออกจนสุด

**Todavía era temprano, por lo que normalmente el aire
estaría frío.**
ยังเป็นช่วงเช้าอยู่ ดังนั้นอากาศจึงน่าจะเย็นตามปกติ

Pero también había una mezcla de calidez en el aire frío.
แต่ท่ามกลางอากาศหนาวเย็นนั้นก็มีความอบอุ่นปะปนอยู่ด้วยเ
ช่นกัน

Como un suave recordatorio de que ya era finales de marzo.
เหมือนเป็นการเตือนเบาๆ
ว่าตอนนี้เป็นช่วงสิ้นเดือนมีนาคมแล้ว

Los tres inquilinos ahora también salieron de su habitación.
จากนั้นผู้เช่าทั้งสามคนก็เดินออกมาจากห้องของพวกเขา

**Miraron a su alrededor con asombro en busca de su
desayuno.**
พวกเขามองหาอาหารเช้าด้วยความประหลาดใจ

El desayuno fue olvidado por lo que encontró la criada.
อาหารเช้าถูกลืมไปเพราะสิ่งที่แม่บ้านพบเจอ

"¿Dónde está el desayuno?" se quejó el caballero del medio.
"อาหารเช้าอยู่ไหน?" ชายคนกลางบ่น

La criada se llevó el dedo a la boca para ordenar silencio.

สาวใช้ยกนิ้วขึ้นแตะริมฝีปากเพื่อสั่งให้เงียบ

Y ella rápidamente y en silencio saludó a los caballeros.
แล้วเธอก็โบกมือให้สุภาพบุรุษเหล่านั้นอย่างรวดเร็วและเงียบๆ

La criada acompañó a los tres caballeros a la habitación.
สาวใช้พาชายทั้งสามเข้าไปในห้อง

Y continuó explicándoles lo que había sucedido.
และเธอก็อธิบายเรื่องราวที่เกิดขึ้นให้พวกเขาฟังต่อไป

Y los tres caballeros estaban alrededor del cadáver de Gregor.
และสุภาพบุรุษทั้งสามก็ยืนล้อมรอบศพของเกรกอร์

Con las manos en los bolsillos miraron hacia abajo.
พวกเขาล้วงมือไว้ในกระเป๋าและก้มหน้าลง

La luz de la mañana ahora había inundado completamente la habitación.
แสงแดดยามเช้าสาดส่องเข้ามาในห้องเต็มที่แล้ว

Entonces se abrió la puerta del dormitorio y apareció el señor Samsa.
จากนั้นประตูห้องนอนก็เปิดออก และนายซัมซาก็ปรากฏตัวขึ้น

A un lado estaba su esposa y al otro su hija.
ด้านหนึ่งเป็นภรรยาของเขา
และอีกด้านหนึ่งเป็นลูกสาวของเขา

Para entonces el señor Samsa ya llevaba puesto su uniforme.
ตอนนั้นคุณซัมซาใส่เครื่องแบบเรียบร้อยแล้ว

Se podía ver que todos habían estado llorando un poco.
เห็นได้ชัดว่าทุกคนต่างก็ร้องไห้กันเล็กน้อย

Grete presionó su cara contra el brazo de su padre.
เกรเตซบหน้าลงกับแขนของพ่อ

"¡Sal de mi apartamento inmediatamente!" ordenó el señor Samsa.
นายซัมซาออกคำสั่งว่า
"ออกไปจากอพาร์ตเมนต์ของฉันเดี๋ยวนี้!"

Y señaló la puerta sin dejar salir a las mujeres.

แล้วเขาก็ชี้ไปที่ประตูโดยไม่ยอมปล่อยให้ผู้หญิงทั้งสองไป

"¿Qué quieres decir?" preguntó el intermediario desconcertado.

"คุณหมายความว่ายังไง?" คนกลางถามด้วยความงุนงง

Y él hizo lo mejor que pudo para sonreír dulcemente al señor Samsa.

และเขาก็พยายามอย่างเต็มที่ที่จะยิ้มหวานให้คุณซัมซา

Los otros dos llevaban las manos tras la espalda.

ส่วนอีกสองคนนั้นเอามือไขว้หลัง

Y se frotaron las manos con anticipación.

พวกเขาต่างถูมือเข้าด้วยกันด้วยความคาดหวัง

Parecía que esperaban que se produjera una fuerte pelea.

ดูเหมือนพวกเขาจะคาดหวังว่าจะเกิดการทะเลาะวิวาทเสียงดังขึ้น

Pero ellos parecían estar contentos con la discusión que se avecinaba.

แต่ดูเหมือนพวกเขาจะยินดีกับการโต้เถียงที่จะเกิดขึ้น

Creían que la disputa sería a su favor.

พวกเขาคิดว่าข้อพิพาทครั้งนี้จะเป็นไปในทางที่เอื้อประโยชน์ต่อพวกเขา

"Quiero decir exactamente lo que acabo de decir", respondió el señor Samsa.

"ผมหมายความตรงตามที่ผมเพิ่งพูดไปนั่นแหละครับ" นายซัมซาตอบ

Caminó en línea recta con sus dos compañeros.

เขาเดินเป็นเส้นตรงไปพร้อมกับเพื่อนร่วมทางอีกสองคน

Y el señor Samsa se dirigió directamente a su caballero principal.

และคุณซัมซาได้เข้าไปหาหัวหน้าของพวกเขาโดยตรง

El caballero primero se quedó quieto, mirando al suelo.

สุภาพบุรุษผู้นั้นยืนนิ่งอยู่ครู่หนึ่ง แล้วมองลงพื้น

El contenido de su cabeza todavía estaba ordenándose.

ความคิดในหัวของเขายังคงกำลังเรียบเรียงอยู่

—Está bien, nos vamos —dijo y miró al señor Samsa.
"ตกลง เราไปกัน" เขากล่าวพลางเงยหน้ามองนายซัมซา

Una nueva humildad pareció apoderarse de él de repente.
ดูเหมือนว่าความอ่อนน้อมถ่อมตนรูปแบบใหม่ได้เกิดขึ้นกับเขาอย่างฉับพลัน

Y parecía estar pidiendo permiso para esta decisión.
และดูเหมือนเขาจะขออนุญาตสำหรับการตัดสินใจครั้งนี้

El señor Samsa abrió mucho los ojos y asintió un poco.
คุณซัมซาเบิกตาโตและพยักหน้าเล็กน้อย

Los caballeros obedecieron inmediatamente su orden.
สุภาพบุรุษเหล่านั้นปฏิบัติตามคำสั่งของเขาในทันที

Y efectivamente dieron largos pasos por el pasillo.
และพวกเขาก้าวเท้าเข้าไปในโถงทางเดินอย่างรวดเร็วทีเดียว

Sus amigos ya habían dejado de frotarse las manos.
เพื่อนๆ ของเขาหยุดถูมือกันแล้ว

Habían estado escuchando cómo iba la conversación.
พวกเขาได้ฟังบทสนทนาที่เกิดขึ้นมาตลอด

Y ahora corrían tras él, como si tuvieran miedo.
และตอนนี้พวกเขาก็วิ่งไล่ตามเขาไป ราวกับว่ากำลังหวาดกลัว

El señor Samsa aún podría aislarlos de su líder.
นายซัมซาอาจยังคงแยกพวกเขาออกจากผู้นำของพวกเขาอยู่

Sacaron sus palos del contenedor.
พวกเขาดึงไม้ของตนออกจากกล่องใส่ไม้

Y se inclinaron en silencio antes de salir del apartamento.
และพวกเขาก้มศีรษะอย่างเงียบๆ ก่อนออกจากอพาร์ตเมนต์

El señor Samsa y las dos mujeres salieron del patio delantero.
นายซัมซาและหญิงทั้งสองคนเดินออกมาจากลานด้านหน้าอาคาร

Pero en realidad no tenían motivos para desconfiar de los hombres.

แต่ในความเป็นจริงแล้ว

พวกเขาไม่มีเหตุผลที่จะไม่ไว้ใจผู้ชายเหล่านั้น

Se apoyaron en la barandilla para comprobar si se habían ido.

พวกเขาพิงราวบันไดเพื่อตรวจสอบว่าพวกเขาจากไปแล้วหรือยัง

Los tres caballeros efectivamente estaban bajando las escaleras.

สุภาพบุรุษทั้งสามท่านกำลังลงบันไดมาจริง ๆ

En un determinado recodo de la escalera desaparecieron.

เมื่อถึงทางโค้งของบันได พวกเขาก็หายไป

Y entonces la escalera los trajo de nuevo a la vista.

แล้วบันไดก็พาพวกเขากลับมาอยู่ในสายตาอีกครั้ง

Esta aparición y desaparición se repite en cada piso.

การปรากฏและหายไปนี้เกิดขึ้นซ้ำๆ ในแต่ละชั้น

Pero al final casi habían llegado al fondo.

แต่ในที่สุดพวกเขาก็เกือบจะถึงก้นบ่อแล้ว

Cuanto más avanzaban, más aburridos parecían.

ยิ่งพวกเขาไปไกลเท่าไหร่ พวกเขาก็ยิ่งน่าเบื่อมากขึ้นเท่านั้น

Todos regresaron a casa, como si se sintieran aliviados.

ทุกคนกลับเข้าไปในบ้านราวกับโล่งใจ

Decidieron aprovechar el día para descansar y salir a pasear.

พวกเขาตัดสินใจใช้เวลาวันนี้พักผ่อนและไปเดินเล่น

Sentían que merecían este descanso de su trabajo.

พวกเขารู้สึกว่าพวกเขาสมควรได้รับช่วงพักจากการทำงานนี้

No sólo merecían este descanso, sino que lo necesitaban.

พวกเขาไม่เพียงแต่สมควรได้รับช่วงพักนี้เท่านั้น

แต่พวกเขายังต้องการมันอย่างมากด้วย

Se sentaron a la mesa para escribir cartas de disculpas.

พวกเขานั่งลงที่โต๊ะเพื่อเขียนจดหมายขอโทษ

El señor Samsa escribió una carta de disculpas a su dirección.

นายซัมซาได้เขียนจดหมายขอโทษถึงผู้บริหารของเขาแล้ว

La señora Samsa escribió su carta de disculpas a sus clientes.
นางซัมซาเขียนจดหมายขอโทษถึงลูกค้าของเธอ

Y Grete escribió su carta de disculpa a su director.
และเกรเตได้เขียนจดหมายขอโทษถึงครูใหญ่ของเธอ

Mientras todos escribían, la criada llegó a la habitación.
ขณะที่พวกเขากำลังเขียนหนังสือกันอยู่นั้น
สาวใช้ก็เดินเข้ามาในห้อง

Su trabajo de la mañana había terminado, por lo que se
dirigía a casa.
เธอทำงานตอนเช้าเสร็จแล้ว จึงกำลังจะกลับบ้าน

Los tres escritores asintieron al principio, sin levantar la
vista.
นักเขียนทั้งสามคนพยักหน้าในตอนแรก
โดยไม่ได้เงยหน้าขึ้นมามอง

Pero la criada no parecía querer irse todavía.
แต่ดูเหมือนว่าสาวใช้ยังไม่อยากจากไปในตอนนี้

Esperó un poco, hasta que los tres escritores levantaron la
vista.
เธอรออยู่ครู่หนึ่ง จนกระทั่งนักเขียนทั้งสามเงยหน้าขึ้นมา

"¿Y bien?" preguntó el señor Samsa, enojado como los
demás.
"แล้วไงล่ะ?" นายซัมซาถามด้วยความโกรธเช่นเดียวกับคนอื่นๆ

La criada estaba parada en la puerta con una sonrisa en su
rostro.
สาวใช้ยืนอยู่ที่ประตูด้วยรอยยิ้มบนใบหน้า

Dio la impresión de tener buenas noticias que informar.
เธอให้ความรู้สึกว่ามีข่าวดีมาแจ้งให้ทราบ

Pero ella no iba a compartir la noticia a menos que se lo
pidieran.
แต่เธอจะไม่บอกข่าวนี้เว้นแต่จะถูกถาม

La pluma de avestruz erguida sobre su sombrero se
balanceaba ligeramente.

ขนนกกระจอกเทศที่ตั้งตรงอยู่บนหมวกของเธอแกว่งไหวเล็กน้
อย
Aquella pluma de avestruz siempre había molestado al
señor Samsa.
ขนนกกระจิบนั้นสร้างความรำคาญใจให้กับนายซัมซามาโดยตล
อด
—Entonces, ¿qué quieres? —preguntó la señora Samsa con
firmeza.
"แล้วคุณต้องการอะไรกันแน่ล่ะ?"
นางซัมซาถามอย่างหนักแน่น

La criada todavía tenía mucho respeto por la señora Samsa.
แม่บ้านยังคงให้ความเคารพคุณนายซัมซาเป็นอย่างมาก

"Sí", respondió ella y soltó una carcajada amistosa.
"ใช่ค่ะ" เธอตอบพร้อมกับหัวเราะอย่างเป็นมิตร

Por un momento su risa le impidió hablar.
เสียงหัวเราะของเธอทำให้เธอพูดไม่ออกชั่วขณะ

"No tienes que preocuparte por esa cosa de al lado".
"คุณไม่ต้องกังวลเรื่องนั้นที่อยู่บ้านข้างๆหรอก"

"Ya he decidido cómo nos desharemos de él".
"ฉันจัดการเรื่องกำจัดมันเรียบร้อยแล้ว"

La señora Samsa y Grete continuaron escribiendo sus cartas.
นางซัมซาและเกรเตยังคงเขียนจดหมายต่อไปเรื่อยๆ

Pero el señor Samsa se dio cuenta de que la criada aún no
había terminado.
แต่คุณซัมซาเห็นว่าแม่บ้านยังทำงานไม่เสร็จ

Ahora quería describir todo con más detalle.
ตอนนี้เธอต้องการอธิบายทุกอย่างให้ละเอียดมากขึ้น

Pero él extendió su mano para rechazar sus esfuerzos.
แต่เขายื่นมือออกไปปฏิเสธความพยายามของเธอ

Se dio cuenta de que no estaban interesados en sus planes.
เธอจึงรู้ว่าพวกเขาไม่สนใจแผนการของเธอ

Y entonces recordó la gran prisa en la que había estado.

แล้วเธอก็นึกขึ้นได้ว่าตอนนั้นเธอรีบร้อนมาก

"Ciao entonces", dijo ella, insultada por la falta de interés.
"ลาก่อนนะ" เธอกล่าวด้วยความรู้สึกไม่พอใจที่เขาไม่สนใจ

Pero antes de irse cerró la puerta de un golpe terriblemente fuerte.
แต่ก่อนที่เธอจะออกไป เธอปิดประตูเสียงดังมาก

"La despedirán esta noche", dijo el señor Samsa.
นายซัมซากล่าวว่า "เธอจะถูกไล่ออกในเย็นนี้"

Pero su esposa y su hija estaban demasiado ocupadas para responderle.
แต่ภรรยาและลูกสาวของเขายุ่งเกินกว่าจะตอบเขาได้

Porque la criada había perturbado la paz recién adquirida.
เพราะสาวใช้ได้มารบกวนความสงบสุขที่พวกเขาเพิ่งได้รับมา

La madre y la hija se levantaron para ir a la ventana.
แม่และลูกสาวลุกขึ้นไปที่หน้าต่าง

Y abrazados se quedaron allí.
และพวกเขาก็ยังคงกอดกันอยู่อย่างนั้น

El señor Samsa se giró en su silla para mirarlos.
คุณซัมซาหันเก้าอี้ไปมองพวกเขา

Y por un rato los observó en silencio mientras estaban allí de pie.
และสักพักหนึ่งเขาก็เฝ้ามองพวกเขาที่ยืนอยู่ตรงนั้นอย่างเงียบ ๆ

Finalmente les gritó: "¿Queréis venir a mí?"
ในที่สุดเขาก็ร้องเรียกพวกเขาว่า "พวกเจ้าจะมาหาเราไหม?"

"Olvidémonos de todas esas cosas viejas, ¿de acuerdo?"
"เรามาลืมเรื่องเก่าๆทั้งหมดไปกันเถอะ"

"Ven a mí y dame un poco de tu atención."
"เข้ามาหาฉันสิ แล้วให้ความสนใจฉันสักหน่อย"

Las dos mujeres hicieron lo que él les dijo y corrieron hacia él.
หญิงทั้งสองทำตามที่เขาบอก และรีบวิ่งไปหาเขา

Le dieron un abrazo cariñoso y le besaron.
พวกเขาโอบกอดเขาด้วยความรักใคร่ และจูบเขา

Regresaron rápidamente para terminar de escribir sus cartas.
พวกเขารีบกลับไปเขียนจดหมายต่อให้เสร็จ

Luego los tres abandonaron el apartamento juntos.
จากนั้นทั้งสามคนก็ออกจากอพาร์ตเมนต์ไปด้วยกัน

No habían salido juntos de casa desde hacía meses.
พวกเขาไม่ได้ออกจากบ้านด้วยกันมาหลายเดือนแล้ว

Y tomaron el tranvía hasta las afueras de la ciudad.
แล้วพวกเขาก็นั่งรถรางไปยังชานเมือง

Tenían todo el vagón del tranvía para ellos solos.
พวกเขามีที่นั่งในรถรางทั้งคันเป็นของตัวเอง

La luz del sol entraba a raudales por la ventana desde el exterior.
แสงแดดสาดส่องเข้ามาทางหน้าต่างจากภายนอก

La familia se reclinó cómodamente en sus asientos.
ครอบครัวนั้นเอนหลังอย่างสบายๆ บนที่นั่งของพวกเขา

Y discutieron las perspectivas para su futuro.
และพวกเขาก็ได้หารือถึงโอกาสในอนาคตของพวกเขา

Al examinarlos más de cerca, sus perspectivas no eran malas.
เมื่อพิจารณาอย่างละเอียดแล้ว
โอกาสของพวกเขาก็ไม่เลวเลยทีเดียว

Los tres tenían trabajos con potencial para ganar más.
ทั้งสามคนมีงานที่มีโอกาสได้รับรายได้เพิ่มขึ้น

Nunca se habían preguntado sobre su trabajo.
พวกเขาไม่เคยถามไถ่กันเกี่ยวกับงานของกันและกันเลย

Pero ahora finalmente tenían tiempo para discutir esas cosas.
แต่ตอนนี้พวกเขามีเวลาพูดคุยเรื่องเหล่านี้เสียที

También tenían la opción de mudarse a un apartamento más pequeño.
พวกเขายังมีตัวเลือกที่จะย้ายไปอยู่ห้องชุดที่เล็กกว่าได้อีกด้วย

Esto tendría el mayor impacto en sus vidas.

สิ่งนี้จะมีผลกระทบต่อชีวิตของพวกเขามากที่สุด

Su apartamento actual había sido elegido por Gregor.
เกรกอร์เป็นคนเลือกอพาร์ตเมนต์ที่พวกเขาอยู่ปัจจุบัน

Pero ahora podrían mudarse a algún lugar más asequible.
แต่ตอนนี้พวกเขาสามารถย้ายไปอยู่ที่ที่ค่าครองชีพถูกกว่าได้แล้ว

Un apartamento más pequeño, pero en un lugar más práctico.
อพาร์ตเมนต์ขนาดเล็กกว่า
แต่ตั้งอยู่ในทำเลที่ใช้งานได้จริงมากกว่า

Hablar sobre el futuro hizo que Grete se sintiera nuevamente más animada.
การพูดคุยเกี่ยวกับอนาคตทำให้เกรเต้กลับมามีชีวิตชีวาอีกครั้ง

El señor y la señora Samsa también notaron otros cambios en ella.
คุณและคุณนายซัมชา สังเกตเห็นการเปลี่ยนแปลงอื่นๆ ในตัวเธอด้วยเช่นกัน

Sus mejillas se habían vuelto pálidas por todas sus preocupaciones.
แก้มของเธอซีดเผือดเพราะความกังวลใจมากมาย

Pero ahora su hija se estaba convirtiendo en una bella dama.
แต่ตอนนี้ลูกสาวของพวกเขากำลังเติบโตเป็นหญิงสาวที่งดงามแล้ว

Ahora ella realmente era una joven bien formada y hermosa.
ตอนนี้เธอเป็นหญิงสาวรูปร่างดีและงดงามจริงๆ

Sus padres guardaron silencio y admiraron a su hija.
พ่อแม่ของเธอเงียบไปและชื่นชมลูกสาวของตน

Se miraron el uno al otro comunicándose inconscientemente.
พวกเขาสบตากัน สื่อสารกันโดยไม่รู้ตัว

"Pronto llegará el momento de encontrar un buen hombre para ella."
"อีกไม่นานก็ถึงเวลาที่จะหาผู้ชายดีๆ สักคนให้เธอแล้ว"

El tranvía había llegado a su destino y redujo la velocidad.
รถรางมาถึงจุดหมายแล้วและชะลอความเร็วลง

Su hija pareció confirmar sus nuevos sueños.
ลูกสาวของพวกเขาดูเหมือนจะยืนยันความฝันใหม่ของพวกเขา

Ella fue la primera en levantarse y estirar su joven cuerpo.
เธอเป็นคนแรกที่ลุกขึ้นยืนและยืดเส้นยืดสายให้กับร่างกายอัน
อ่อนเยาว์ของเธอ